증상의 시학

김영범

1975년 경상남도 밀양에서 태어났다.

고려대학교 국어국문학과를 졸업하고, 동 대학원에서 박사 학위를 받았다.

2013년 『실천문학』을 통해 문학평론가로 등단했다.

저서 『한국 근대시론의 계보와 규준』 『신라의 재발견』(공저), 평론집 『증상의 시학』을 썼다.

2022년 한국문학이론과비평학회 우수논문상을 수상했다.

ARCADE 0017 CRITICISM 증상의 시학

1판 1쇄 펴낸날 2023년 1월 20일
지은이 김영범
디자인 최선영
인쇄인 (주)두경 정지오
펴낸이 채상우
펴낸곳 (주)함께하는출판그룹파란
등록번호 제2015-000068호
등록일자 2015년 9월 15일
주소 (10387) 경기도 고양시 일산서구 중앙로 1455 대우시티프라자 B1 202-1호
전화 031-919-4288
팩스 031-919-4287
모바일팩스 0504-441-3439
이메일 bookparan2015@hanmail.net

ⓒ김영범, 2023, printed in Seoul, Korea

ISBN 979-11-91897-47-0 03810

값 27,000원

증상의 시학

김영범

지금-여기를 이해하고 설명하는 일은 인문학의 공통된 과제이다. 인문학이 과거를 주시할 때, 사후적으로 재구성된 그것은 현재의 유래를 살피고 미래로의 노정을 세우는 데 참조점이 된다. 하지만 현재를 바라보는 인문학은 혼란에 빠진 것처럼 보일 수 있다. 눈앞의 시공간에서 각축하는 여러 세계관들을 도구로 삼기 때문이다. 그것들의 적합성과 타당성을 보증할 근거들이 생성 중인 역사의 현장에서 인문학자는 이를테면 바디우가 말한 '충실성(fidelity)' 이외에는 기댈 데가 별로 없다. 미래를 얘기할 때는 더욱 곤혹스럽다.

그럼에도 인문학의 한 갈래인 문학의 방법론이 유효한 이유가 있다면, 그것은 문학이 다기한 가치관의 존재와 그것들의 충돌을 제각기의 시선으로 드러내지만, 결국에는 타자의 선택을 기다린다는 데 있다. 문학작품들은 저마다가 목도한 '있는 그대로'의 사실들을 묘사하거나 나름의 가치판단들을 표명하나, 이러한 다각성과 수동성으로 인해 한 시대를 수놓는 정신들의 장엄한 풍경화를 이룬다. 그리하여 문학은 몇몇 작가나 시인만이 아닌 동시대인까지 세계의 실상을 파지하고 미래를 견인하는 주체로 초대한다. 이 점이 문학의 역능이라면 역능일 것이다.

주지하듯 루카치가 『소설의 이론』에서 상기시켰던 인류의 유년이 상실된 후, 문학은 총체성의 원환이 파괴된 세계를 그릴 수밖에 없었다. 골드만의 『숨은 신』 역시 그러한 세계에서 진정한 가치를 탐색하는 과정에 놓인 역설을 보여 주었다. 이런 까닭에 근대 이후의 소설은 말하자면 '붕괴를 드러내기'로써 정립되었다고 거칠게 요약할 수 있다. 반면 시는 이와 같은 소설의 전략과 더불어 '내면성으로 극복하기'라는 방법을 병행해 왔다. 일테면 시에서 낭만주의는 붕괴된 세계로부터 비상함으로써, 스스로에게 은총을 내리려는 시도였다.

문학비평의 기본적인 기능이자 일차적인 목적은 문학작품의 예술적 의의와 심미적 효과를 밝히는 일이다. 하지만 문학은 진공 속에서 배출되지 않는다. 현실이라는 공기에 둘러싸여 있다. 따라서 문학비평의 또 다른 기능과 목적은 작품이 배태된 현실과 그것에 대한 창작자의 시선을 공히 탐침함으로써, 인간 삶의 개별성에 내재하는 보편성을 짚어 내고, 이것을 가능케 한 세계의 특수한 구조를 작자 그리고 독자와 함께 들추어내는 일이기도 하다. 그럼으로써 오늘날 문학의 근황을 살피고, 그 속에 잠재하고 있는 문학의 미래 나아가 세계에 대한 전망까지 내다보는 것은 비평가들의 공통된 바람이자 의무일 터이다.

당선 소감에서 김기림이 제안한 새로운 시학을 인용했었다. 그는 시에 대한 형이상학적 질문에 매이기보다 "시는 '어떻게' 있는가"라는 사실에 집중해야 한다고 말했다. 그의 주장은 여전히 유효하다. 시는 늘 자신으로부터 이탈하면서 거대한 장르의 프랙털 구조를 형성해 간다. 시인도 탈주하면서 성장한다. 예컨대 박용철이 주창했던 '무명화(無名火)'에는 한 편의 좋은 시를 쓰고 나면 더 좋은 시를 쓸 능력이 생긴다는 의미가 담겨 있었다. 비평가도 비슷한 길을 간다.

임화는 작가가 의도한 세계와 의도를 벗어나 형성된 '잉여의 세계'를 상정한 후, 이들 두 세계를 분석하고 초과함으로써 비평가는 제 '비평의 세계'를 구축할 수 있다고 했다.

앞으로도 지금-여기에 발 디딘 우리의 시인들이 써내는 작품들을 꼼꼼하게 살필 것이다. 그들이 포착한 세계의 실상과 그들의 목소리에 담긴 희로애락의 면면들 그리고 그들이 고투 속에서 길어 올린 미학적 성취들을 풀어내며, 우리 문학의 지형도를 그려 갈 것이다. 그러나 이러한 작업이 단순히 작품의 뒤를 따라가는 일이어서는 안 된다고 믿는다. 비평가가 해야 할 또 다른 소임은 자신만의 비평 규준을 세움으로써, 문학이 추구해야 할 지향과 지평을 간접적으로라도 제시하는 일이기도 한 때문이다. 작품 속의 '잉여'를 발굴하고, 그것이 초래하는 미래를 예견하면서 말이다. 지난한 여정이겠지만 그렇게 하기 위해 노력하고 있다.

첫 번째 비평집이다. 등단 후 쓴 비평문의 일부를 모아 싣는다. 여

기에 묶지 않은 글들은 이 책의 방향성과 다소 어긋나는 까닭에 제
외했다. 시인의 분투와 번민 그리고 나 자신의 고뇌와 궁리가 담긴
만큼 다음을 기약한다. 원고를 시작하기 전이나 끝맺은 후 박물관이
나 미술관을 찾아 전시물을 들여다보는 취미가 있다. 사물과 그것의
내력을 살피고 그것을 만들어 낸 이들의 상상력과 생활과 삶을 떠올
리는 것은 때로는 흥미롭고 때로는 아픈 일이다. 문학도 그런 오랜
응시와 공감의 산물이라 여긴다. 이 작업을 꿋꿋이 혼자서 오늘도 해
내고 있는 선배들과 동료들 그리고 이 길로 들어서고야 말 후배들께
연대의 말을 전한다. 살면서 선생님과 형과 누나가 되어 주신 분들께
항상 감사하는 마음이다. 이 책의 출간을 허락해 준 파란의 채상우
시인께도 감사드린다.

　언제든 옆에 있는 가족들께 고맙다.

2022년 12월 김영범

차례

일러두기

인용문 가운데 일부는 읽기의 편의를 위해 현행 맞춤법 규정에 따라 띄어쓰기를 수정하였습니다.

제1부 조우

지금-여기의 비극과 리얼리즘

1. 리얼리즘 시 vs 시의 리얼리즘

한국 현대시에 있어서 '리얼(real)'이 무엇인가를 묻기 위해 해야 할 첫 작업은 무엇일까. 그것은 아마도 전사(前史)로서의 리얼리즘 논쟁에 대한 검토일 것이다. 한국시사에서 리얼리즘과 관련해서 제출된 최초의 논의는 일반적으로 김팔봉의 「단편서사시의 길로」(『조선문예』, 1929.5)가 뽑힌다. 그는 임화의 「우리 오빠와 화로」(『조선지광』, 1929.2) 등을 근거로 삼아 이야기 혹은 사건적 요소를 시에 도입해야 할 필요성을 제기하였다. 그의 주장은 흔히 '단편서사시 논쟁'으로 불리는 논전을 거쳐, 이후 1930년대 프로문학에서 리얼리즘 시론을 정립하는 데 일정하게 기여한 것으로 평가받는다. 그러나 프로문학 측의 성과는 한국전쟁을 거치며 남쪽에서는 수용이 불가능해진다.

남한에서 활성화된 것은 민족민중시 계열의 문학운동이었다. 그런데 1987년 6월 민주화 항쟁은 역설(逆說)적이지만 그것에 새로운 국면을 제공했다. 군사정권에 대항했던 이 계열의 시 운동은 "심각한 한계에 직면"했고 그것을 돌파하기 위한 "자기 반성적 노력"이 요구되었다.[1] 이런 까닭에 1990년대를 전후로 촉발된 것이 바로 '시와 리얼리즘 논쟁'이었다. 이 과정에서 '세부적 진실성'과 '상황 및 인물의 전형' 등 이른바 '엥겔스의 규율'에 대한 비판적 거리 조정이 이루어진다. 우리 시사에서 리얼리즘의 성취를 보여 준 많은 작품들이 '서사성'을 지닌다는 데 주목한 최두석의 접근법 역시 전대의 김팔봉을 잇는 것이었지만, 소설의 전형 개념을 시에 유연하게 적용해야 함을 인정하였다.[2]

"범주로서의 리얼리즘 시"를 거론한 최두석에 대해[3] 황정산은 최두석의 '이야기 시'가 "특정 기법을 지칭하는 개념"에 지나지 않는다고 반박한다.[4] 이처럼 이 논쟁에서 대다수의 논자들이 초점을 맞춘 것은 오히려 소설과는 다른 '시의 리얼리즘'이 무엇이며 어떻게 성취될 수 있는가라는 문제의식으로 수렴된다. 판에 박힌 기계론적 반영론·전형론으로는 시에서의 리얼리즘을 달성할 수 없을 것이라는 진단들은 엥겔스주의적 반영론과는 구별되는 "열려 있는 리얼리즘"을 요청하게 된다.[5] 백낙청과 염무웅이 '리얼리즘 시'라는 용어 자체를

---

1 김종철, 「인간, 흙, 상상력」, 『녹색평론』, 1992.3-4, p.98; 윤여탁·이은봉 편, 『시와 리얼리즘 논쟁』, 소명출판, 2001, p.31. '시와 리얼리즘 논쟁'은 일차로 『시와 리얼리즘』(공동체, 1993)으로 묶여서 출판되었다. 이 글에서 사용하는 책은 그것의 추가증보판이다.
2 최두석, 「이야기 시론」, 윤여탁·이은봉 편, 『시와 리얼리즘 논쟁』, pp.75-77.
3 최두석, 「이야기 시론」, p.74.
4 황정산, 「'시와 현실주의' 논의의 진전을 위하여」, 윤여탁·이은봉 편, 『시와 리얼리즘 논쟁』, p.122.
5 윤영천, 「한국 '리얼리즘 시론'의 역사적 전개와 지향」, 윤여탁·이은봉 편, 『시와 리얼리즘 논쟁』, p.278.

사용하지 않았다는 이은봉의 지적은 이런 사정을 대변한다.[6] 당시의 논쟁은 "역사 발전의 정합성 또는 합법칙성에 부합하는 세계관의 정당한 표현"으로 리얼리즘이 가능해진다는 데 대체로 합의하게 된다.[7] 시에 있어서 리얼리즘의 성취를 위한 당대의 논의는 창작 방법에 주목한 것이었지만 결과적으로는 세계관의 측면에서 봉합되었다고 할 수 있다.

2. 내포적 총체성으로서의 시

회화사를 살펴보면, 사진의 등장이 회화를 변모시켰음을 알 수 있다. 화가들은 더 이상 '사실에 대한 경쟁'에 집착하지 않게 되었다. 대신 그들은 사진보다 더 사실적일 수 있는 수단을 발명하기 위해 골몰했다. 덜 사실적인 방식으로 말이다. 그것은 이후 아방가르드 운동으로 이어졌다.[8] 이 점에서 회화사가 말해 주는 것이 시의 리얼리즘과 직접 관련되지는 않는다. 그러나 사진이 자연주의에 가깝다는 사실에 동의하기란 어렵지 않은 일일 것이다. 리얼리즘은 자연주의에 대립한다. 그것은 '있는 그대로의 사실'을 드러내는 것을 목표로 하지 않는다. 이쯤에서 참고해야 할 것은 '시와 리얼리즘 논쟁'에서 주요한 근거로 활용되거나 비판받은 루카치의 견해이다.

현실의 외연적 총체성은 필연적으로 모든 가능한 예술적 형상화의

---

6 이은봉, 「'리얼리즘 시 논쟁'의 주요 쟁점에 대하여」, 윤여탁·이은봉 편, 『시와 리얼리즘 논쟁』, p.288. 백낙청과 염무웅의 글 역시 이 책에 실려 있다.
7 윤여탁, 「'시의 리얼리즘' 논의의 문제점과 앞으로의 과제」, 윤여탁·이은봉 편, 『시와 리얼리즘 논쟁』, p.235.
8 제임스 맬패스, 『리얼리즘』, 정헌이 역, 열화당, 2003, pp.7-12.

한계를 넘어선다. (중략) 예술작품의 총체성은 오히려 내포적인 것이다. 그것은 형상화된 삶의 단편에 대해 결정적인 의미를 지니는, 전체적 삶의 과정 속에서의 그것의 존재와 운동, 그것의 특질과 위치 등을 결정하는 여러 규정들의 그 자체 내적으로 완결되고 마무리된 연관 관계이다. 이러한 의미에서 가장 짧은 노래도 웅대한 서사시와 마찬가지로 하나의 내포적 총체성이다.[9]

보르헤스의 『기억의 천재 푸네스』에서 서술자가 보여 준 우려를 떠올려 보자. 현실의 순간을 모두 기록하거나 기억하는 일에 결핍될 수 있는 것은 바로 '사고(思考)'였다. 그것은 차이점을 지우고 일반화와 개념화를 거쳐 세계를 이해하게 한다. 모든 것이 즉자적으로 인지되는 세부들로 구성된 세계의 푸네스와 달리 우리는 사고로써 세계를 인식하고 판단한다. 인용한 루카치의 첫 문장을 적용하면 소설은 결코 "현실의 외연적 총체성"을 표현할 수 없다는 점에서 "내포적 총체성"을 담을 수밖에 없다. 따라서 그것은 여러 틀을 사용할 수밖에 없으며, 특히 엥겔스식의 틀을 선택했을 때 창출될 수 있는 것은 엥겔스적인 리얼리즘일 것이다. "예술적 형상화의 한계" 앞에서 시는 더욱 열악한 상황에 있다. 그러나 인용의 마지막 문장은 "내포적 총체성"이 "형상화된 삶의 단편"에 충분히 담길 수 있다는 사실을 지시하고 있음에 주목하자. 루카치는 그것만으로도 이 세계에 처한 삶의 전체적인 연관 관계가 드러날 수 있다고 주장한다.

물론 오늘의 시는 '사고'를 토대로 차이를 지우는 방식을 선택하

---

9 게오르그 루카치, 「예술과 객관적 진리」, 『리얼리즘 미학의 기초이론』, 이춘길 역, 한길사, 1985, p.55.

지 않는다. 반대로 차이를 부각시키는 방법을 택한다. 이리하여 시는 일반화와 개념화를 거부한다. 미래파 이후 시가 가고 있는 길의 하나가 소외를 끌어들이는 일이 된 것은 우연이 아니다. 진중권이 이 시대의 예술과 미학을 설명하기 위해 "소외에 적응함으로써 그 소외에 항의한다"는 페터 뷔르거(Peter Bürger)의 명제를 적극 빌려 오는 것도 같은 맥락에서다.[10] 일반화와 개념화를 부정하는 시는 파편으로서의 "삶의 단편"을 독자 앞으로 내민다. 그리고 그것은 무엇보다 사고가 아니라 우선은 '이미지'이다. 그것은 소외를 양산하는 세계의 부정적 총체성을 내포하고 있다. 마치 엥겔스의 틀을 사용하지 않은 카프카 소설의 리얼리티처럼[11] 오늘날의 시는 더 이상 일반화와 개념화를 작품 안에서 구성하기를 고집하지 않는다. 자주 그것은 독자의 몫으로 남겨지는데, 이 경우 시가 준비한 소외를 몸소 관통한 이들에게만 시의 "내포적 총체성"은 드러나게 된다.

그보다 더 숭고한 사명을 띠고 있다. 즉, 그것은 정신을 느낌으로부터 해방시키는 일이 아니라 느낌 속에서 해방시키는 일이다. (중략) 해방된 내면은 만족된 자의식 속에서 자유로이 자신에게로 되돌아와 머문다. 그러나 거꾸로 이처럼 처음에 객관화시키는 일은 지나치게 나아가 주관적인 심정과 열정으로 하여금 주체가 실제 현실 속에서 행

---

10 진중권, 『서양미술사—모더니즘 편』, 휴머니스트, 2011, p.359.
11 "『변신』은 리얼리티의 통용되는 개념에 의문을 제기한다. 혹은 통용되는 개념을 확장할 것을 요구한다. 꿈과 같은—혹은 신비한, 또는 환상적인—이야기를 독자의 눈앞에 실재인 것으로 제시하고, 실재적인 수법을 사용하여 설명하기. 많은 카프카 작품들의 효과가 탄생하는 지점이 바로 여기이다." 미하엘 뮐러, 「서문」, 프란츠 카프카, 『꿈』, 배수아 역, 워크룸프레스, 2014, p.17.

위를 하지 않고 자기에게 되돌아가도록 표현해서는 안 된다. 왜냐하면 내면성 자체는 여전히 내면에 가장 가까운 실재성이어서 자신으로부터 벗어 나온다는 것은 직접적이고 둔탁하며 표상하지 않는 집중된 마음으로부터 벗어나 자신을 언표하고자 열기 때문에 전에는 느끼기만 했던 것을 자의식적인 직관과 표상의 형태로 포착하여 표현하는 것을 뜻하기 때문이다.[12]

이제는 고전이 되어 버린 헤겔의 글이다. 그는 "직관적인 방식"을 사용하는 시문학의 목적을 "말로 이미지화하는 것"이라고 말했다.[13] 인용한 부분에서는 시가 부여받은 "숭고한 사명"을 거론하고 있다. '정신을 느낌 속에서 해방시키기'가 바로 그것이다. 여기에서 눈여겨볼 것은 '느낌으로부터의 해방'이 아니라는 사실이다. 헤겔은 정신과 느낌을 배타적으로 분리하지 않는다. 정신은 차라리 느낌을 경유해야만 해방이 가능하다. "전에는 느끼기만 했던 것"은 시라는 언표 행위를 통해 "자의식적인 직관과 표상의 형태"로 포착되고 표현될 수 있는 것이다. 이처럼 느낌은 시라는 매개를 지나 내면의 정신성이 발현하게 하는 계기가 된다. 따라서 이러한 시의 사명은 느낌을 정신성으로 고양시킨다는 점에서 숭고하다. 그런데 이것이 끝이 아니다. 헤겔은 '느낌 속에서 해방시키기'가 실제적 현실에서의 행위를 동반해야 한다고 말하고 있지 않은가.

그렇지만 헤겔의 글에서 말하는 정신은 당연하게도 '절대정신'으로 나아가는 과정에 있다. 알려진 대로 그에게 예술은 종교와 철학

---

12 G. W. F. 헤겔, 『헤겔 미학 Ⅲ』, 두행숙 역, 나남출판, 1996, pp.591-592.
13 G. W. F. 헤겔, 『헤겔 미학 Ⅲ』, p.439.

의 아래에 존재한다. 스텀프는 전자가 주는 미적 경험은 '감정의 행위'에 지나지 않으며, 후자만이 '사유 행위'로서 가치를 가진다는 게 헤겔의 생각이라고 설명하였다.[14] 그러나 헤겔이 추구한 '절대정신'에 도달하지 못했다고 해서 예술의 정신성과 그것이 견인하는 행위의 가능성을 폄하할 필요는 없다. 어떤 점에서 종교와 철학이 절대자의 자리를 상실한 이 시대에 예술만이 그러한 경지 가까이라도 이를 수 있는 유일한 길일지도 모른다. 하여 예술이 생산하는 '감정의 행위'는 "실제 현실"에서의 행동을 불러올 수 있다는 점에서 지금-여기, 종교나 철학과는 거리가 먼 속세에서는 실제적 가치를 가지지 나 않을까. 나아가 오늘의 시들이 실천하는 소외에의 적응들은 독자에게 우리가 사는 이곳에 대한 철학적 '사유 행위'를 촉진하고 있지는 않는가.

3. 지금-여기의 현실

다시 회화로 잠시 돌아가자. 고흐의 「구두」에 대한 상반된 해석은 잘 알려져 있다. 구두의 주인을 농촌 아낙네로 본 하이데거와 고흐 자신으로 본 샤피로의 대립. 이들의 견해차와는 별도로 이 논란에는 이미지에 서사가 담길 수 있는 사실이 전제되어 있다. 시 역시 이미지를 내세운다는 점에서 동일한 이해가 가능할 것이다. 요컨대 시가 사용하는 모든 이미지에는 그 자체의 이야기가 삽입되어 있다고 하겠다. 오늘의 시가 현상해 내는 파편적 이미지들이 쉽게 읽히지 않는 이유는 앞에서 이미 언급했지만, 보다 근본적인 이유는 삶의 다기한 양상들과 더불어 소통이 불가능해진 사람들 사이의 관계에 있다.

---

14 사무엘 E. 스텀프, 『서양철학사』, 이광래 역, 종로서적, 1988, pp.452-453.

그럼에도 접혀진 서사의 주름을 펴는 실마리는 언제나 이미지 자체에 있다. 헤겔이 말한 바를 참조하자면, 우리의 직관만이 "내포적 총체성"을 품은 이미지의 실타래를 풀 수 있는 열쇠이다. 그러나 꼭 그렇지만은 않다. 아래에서 우리는 응축된 이미지 이외에도 세계의 허위를 드러내는 시의 오래된 전략들을 만나게 된다. '시와 리얼리즘 논쟁'의 당사자들이 기대했던 리얼리즘을 위한 창작 방법들은 대부분 이미 도착해 있었다. 시의 리얼리즘을 위해 새로운 방식을 계발하는 것보다 시급한 일은 기존의 그것을 어떻게 사용할 것인가였다. 형식의 활용을 한정하는 순간 정신의 자유는 구속된다. 형식과 내용은 우연히 만날 뿐이다. 그 결합이 합목적적인가에 대한 가치 평가는 작품을 읽은 다음에 내려질 사안이다.

그는 도둑고양이와 그림자를 사랑하고 그가 누운 관에선 흰 비둘기가 날아오른다 나는 드넓은 상치밭을 가꾸고 푸르고 여린 잎들 사이로 불쑥 솟은 거대한 굴뚝에 사네 낡은 성당의 저녁 종이 들판에 울려 퍼지고 그의 목소리 가까이 들린다 계단도 없고 문도 없으니 아가씨, 좁은 창문으로 너의 길고 탐스러운 머리 좀 내려 줘

아주 오래 연주되기 위해서
긴 머리를 가진 여자들……

벌써 여덟 번째야 그가 머리채를 잡고 올라와 내 목을 친 것이, 그가 머리통을 창문 밖으로 던진다 나는 바람 빠진 공처럼 튀어 오르며…… 소리 지른다 여보세요 야옹, 야옹 저도 고양이의 일종이에요 나는 오늘로 아홉 번째 태어났다 그러니까 달팽이는 백 마리 아무도 그려지지

않은 검은 도화지 속을 나 혼자 뛰어가기

찢어진 상추잎들, 바람에 날아오르며 얼굴을 후려친다
　　　―진은영, 「라, 라, 라푼젤」(『우리는 매일매일』, 2008) 전문

　미래파 담론 이후 지금까지 계속되고 있는 '시와 정치' 문제에 있어서 빠뜨릴 수 없는 시인은 진은영이다. 위의 시는 라푼젤과 드라큘라 이야기를 패러디하여 지금-여기에서 사랑하는 젊은이들을 노래한다. 스스로를 드라큘라가 사랑하는 고양이라 생각하는 라푼젤은 하지만 "벌써 여덟 번째야"라며 그간의 실패들을 고백한다. 드라큘라 역시 "계단도 없고 문도 없"는 여자의 거처에 닿기 위해 그녀가 가진 "긴 머리"의 도움을 받아야 할 만큼 무력하다. 이들 앞에 가로놓인 것은 이처럼 사랑의 불가능성이다. 왜일까. 질문의 답은 드라큘라와 라푼젤이라는 인물이 품은 이미지 자체에서 찾을 수 있다. 그들은 지하와 탑에서 사는 이들로 우리에게 각인되어 있다.
　짐작하겠지만 지금-여기의 지하와 탑은 반지하와 옥탑방이다. 현대의 드라큘라와 라푼젤은 그런 곳에 홀로 유폐된 자들이다. 도시의 주민이 거처하는 곳의 말단에서나 겨우 머무를 수 있는 이들에게 사랑은 가능한가. 아니 그들이 그곳에서 빠져나올 수나 있을까. 그들은 탑에 갇힌 라푼젤이자 관에 누운 드라큘라가 아니던가. 이 도시의 주체들은 "검은 도화지 속"을 홀로 달려간다. 그들은 아름다운 그림 하나 될 수 없다. 진은영은 희망으로 고문하지 않는다. 냉정한 그의 시선은 이 도시의 잔혹한 동화를 고발하고 있다. 진은영의 시는 상호텍스트성과 자기 반영성 등 포스트모더니즘의 대표적인 특성을 보여 주는 동시에 그것으로써 이 나라의 현실을 겨냥한다.

7. 용역(龍另)

용산에서 발흥했으며 우면산의 검경(劍京), 발치산의 공산(恐汕)과 함께 3대 조폭이었으나 동이와 오환의 대살육 때에—이를 육이오(戮吏鳥)라 부른다—검경과 연합, 공산을 궤멸하여 장안을 장악했다 정직한 자를 잡아가고 가난한 자를 태워 죽이며 속이는 자에게 쌀을 주고 부유한 자의 곳간을 지켜, 그 악명이 자자하다 최루탄지공, 개발이익조, 아수라권, 물대포신장, 소요진압진 등의 연합 무공을 쓴다

—권혁웅, 「소문들—유파」(『소문들』, 2010) 부분

동음이의어를 활용한 '펀(pun)'이 지배적인 시이다. 유의할 점은 권혁웅의 언어유희에서 현실 세계의 언어를 대체하는 것이 조어(造語)라는 사실이다. 이로써 그는 일반적인 펀보다 강도 높은 비판이 들어설 여지를 마련한다. 그야말로 용산 참사는 무림에서와 같은 유파들의 난투극이 빚어낸 비극으로 조망된다. 첫째 '용역(用役)'을 대신하는 "용역(龍另)"의 '역'은 '높이 솟다'와 '산이 잇달아 솟아 있는 모양'을 뜻하므로, 노무를 제공하는 일을 지칭하는 용역의 본래 의미는 용처럼 높이 솟은 건물을 위한 재개발 자체와 같아진다. 용역은 자본에 충성하는 모든 계급과 그들의 하수인을 지칭하게 되는 것이다. 둘째 우리가 알고 있는 용산 참사는 경찰과 용역 업체가 감행한 무리수 진압에 그 원인이 있었다. 경찰은 용역 업체와 협력했다. 경찰은 용역 업체와 다르지 않았다. 이리하여 의미는 다시금 미끄러진다. 이 시가 최종적으로 전하는 바는 경찰이 바로 용역이라는 우리네 세상의 현실이다. 최루탄과 물대포 그리고 소요 진압 등 그들의 무공이 인정을 두지 않는 자들은 모두 정직하고 가난한 이들이다. 그들은 이들의 반대편, 즉 속이고 부유한 자들을 위해 복무한다. 그러

므로 개발에서의 이익을 위해 세상을 아수라장으로 만드는 자본과 그들은 한통속이다. 하지만 이게 다는 아니다. 그들이 "연합"한 이들은 "검경"이 아닌가. 검경에 이미 경찰이 포함되어 있지만, 이것을 문제 삼을 필요는 없다. 한배를 탔으니 그들이 닮는 것은 어쩌면 당연한 일이다. 그보다는 검찰 역시 용역과 한패라는 인식이 중요해 보인다. 권혁웅은 이렇게 언어유희를 통해 지금-여기의 현실을 짚어 낸다. 유파들의 각축이 끝난 이곳에서 정직하기에 가난한 자들에게 용산 참사는 비극의 알레고리로 던져져 있다.

이웃은 누구인가?
이웃은 냄새를 풍기는 자이며,
이웃은 소리를 내는 자이고
그냥 이웃하고 사는 자일 뿐인데,

좋은 이웃을 만나는 일은
나쁜 이웃을 만나는 일처럼 어렵지 않은가.
하지만 누가 이웃을 결정할 수 있단 말인가.
좋은 이웃으로 남기조차 어려운 일이다.

이웃에게는 냄새가 있고
소리가 있고 또 감정이 있다.
일요일의 이웃은 냄새를 피우고
월요일은 소리를,
일주일은 감정들로 가득해
두드리고 두드려도

그 깊이를 헤아릴 수 없다.

우리는 틈이 갈라지는 벽을 이웃하고 있다.
냄새와 감정을 나누는 이웃이 있다.
못과 망치를 빌리러 갈 이웃이 있다.
이웃에게 못과 망치를 빌리러 가자.
　　　　　　—이현승, 「좋은 사람들」(『친애하는 사물들』, 2012) 부분

　꾸미지 않은 언술로 구성되었다는 점에서 진은영이나 권혁웅의
사례와는 구분되는 시이다. 이현승 시의 주체는 층간 소음을 포함한
아파트 생활의 문제를 기교 없는 평이한 문체로 서술한다. 먼저 그
는 '이웃'에 대해서 자문자답한다. 이웃은 냄새를 풍기고 소음을 내
고 '나'와 이웃하여 사는 이들이다. 그런 이웃함은 지극히 우연에 기
대므로 "나쁜 이웃"을 만나기가 십상이다. 그러니 자신이 "좋은 이
웃"이 되기도 쉽지 않은 일이다. 그런데 이웃이 내는 냄새와 소리는
그들이 살아가고 있다는 증거이다. 따지고 보면 주체 역시 그런 냄
새와 소리를 만들어 내지 않는가. 그래서 이웃에게 "감정"이 있다는
사실은 주체 자신을 들여다봄으로써 능히 짐작할 수 있는 일이다.
이런 이유로 그들의 삶은 "깊이를 헤아릴 수 없"이 고유하고 유일무
이한 것일 수밖에 없다.
　이웃의 감정까지 인정할 때, 냄새는 "풍기는"에 스몄던 부정적인
뉘앙스와 멀어진다. 그것은 이제 "나누는" 것이 된다. 가령은 이웃
의 식탁에 오른 저녁과 아침에 대해 주체의 가족은 이야기할 것이
다. 그렇게 가족이 함께할 다음 식사의 메뉴가 정해질 수도 있을 터
이다. 그들이 우리와 마찬가지로 살아간다는 깨달음. 그것으로 밀폐

된 아파트의 문들은 "틈이 갈라지는 벽"으로 열릴 수도 있으리라. 마지막 행에서 주체가 제안하는 것은 단순히 "못과 망치"를 빌리는 일을 뜻하지 않는다. 그들과 우리가 함께 살아가는 세상에 대한 각성은 사소해 보이지만 심각한 여러 문제를 해결할 첫걸음이 된다고 이현승 시의 주체는 말하고 있는 것이다. 무기교의 기교로써 이현승은 지금-여기에 만연한 사람 사이의 질곡을 극복해야 한다고 말한다.

담벼락 밑에 웅크리고 앉은 노숙자의 발끝에서
영혼이 빠져나오지 못한다

붉은 장미꽃 그늘 아래 발끝을 모으고 앉아 있는 고양이는
공기의 도축을 이미 알아차렸다

우리가 받아들여야 할 운명은 토막 난 장미의 거친 숨결
첫 번째 죽음의 매혹을 기록하는 일이다

육체와 그림자를 분리하기 위하여 바람은 한동안 끙끙거렸다
냄새와 울음이 동시에 바람의 집으로 들어갔다
(중략)
노숙자의 발끝에서 그림자가 태어나고 있다
발뒤꿈치엔 둥근 파문이 화석처럼 굳어진 지 오래고
그는 담벼락 밑에 앉아 햇볕을 쬐는 시체
나는 공기의 도축을 알아차리고 재빨리 그 풍경을 빠져나왔다
시체의 마음속으로 장미 꽃잎 하나가 침몰하고 있다

담벼락 위 고양이는 모든 것을 알아챈 눈빛

여름 저녁의 입구에 조등처럼 별 몇 개가 반짝반짝

나는 아직 당신을 외면하는 법을 배우지 못했다

—박서영, 「여름 저녁을 기록하는 일」

(『좋은 구름』, 2014) 부분

어느 여름의 저녁 박서영 시의 주체는 노숙자를 마주친다. 그가 기대앉은 담벼락의 위는 장미꽃이 흐드러졌고 그 아래는 "햇볕을 쬐는 시체"와 같이 꽃들이 떨어져 있다. 잔반과 음식물 쓰레기를 뒤져서 살아가는 도시의 고양이는 동무인 양 그의 옆을 차지하고 앉았다. 장미와 고양이와 노숙자가 병치된 이 풍경은 이들을 하나의 이미지로 묶어 낸다. 장미의 아름다움과 낙화는 노숙자의 과거와 현재로 연결되고, 우아한 외견과 동떨어진 고양이의 생존 방식은 삶의 곳곳에 매복한 위태로움을 환기시킨다. 셋의 처지는 그다지 변별되지 않는 것이다. 이럴 때 "공기의 도축"이란 표현의 의도가 궁금해진다. 이들 셋은 마치 자연스러운 일인 것처럼 세계가 준비한 도살장으로 끌려가고 있는 것일까.

시의 주체는 "냄새와 울음"이 배어든 그 풍경에서 죽음의 기운을 느끼고 도망치듯 벗어 나온다. 그런데 수월하게 "영혼이 빠져나오지" 못하는 노숙자의 발끝에서 새로이 돋아나는 것은 "그림자"이다. 그는 열기가 식은 여름 저녁 살기 위해 도시의 어딘가로 걸어갈 것이다. 그는 아직 죽어 가고 있는 중이다. 말하자면 그는 살아서 이곳을 끈질기게 부유하는 존재이다. "공기의 도축"은 그렇다면 떠도는 그들을 외면하는 우리가 만들어 낸 사회적 분위기를 지칭하는 게 아닐까. 박서영 시의 주체가 보여 주는 황급한 도망은 우리 자신이 외면하고 있는 그들, 곧 지금-여기의 치부를 감추려는 우리의 모습이나 진배없다. 하지만 시의 마지막을 다시 보자. 이들을 방치하는 일을 부끄러워하고 마음에 새기는 일만이 이 비극을 그치게 할 수 있지 않을까. 박서영의 시는 이미지를 중첩시키는 방식을 통해 그런 일이 증폭될 수 있는 지금-여기의 위기를 포착해 낸다.

4. 현실의 비극과 문학의 책임

한국에서 학생운동이 활발했던 것은 그것이 노동운동이 불가능한 시대, 일반적으로 정치운동이 불가능한 시대의 대리적 표현이었기 때문입니다. 그러므로 보통 정치운동이나 노동운동이 가능하게 되면, 학생운동은 쇠퇴하기 마련입니다. 문학도 그것과 닮아 있습니다. 실제 한국에서 문학은 학생운동과 같은 위치에 있었습니다. 현실적으로 불가능하기 때문에 문학이 모든 것을 떠맡았습니다.[15]

인용한 책에서 고진은 근대문학이 끝나 버렸다고 주장한다. 그가 말하는 근대문학은 소설에 초점을 맞춘 것이지만, 그렇다 하더라도 그의 선언을 수용하기란 불가하다. 사실 그의 주장은 "'문학'이 윤리적·지적인 과제를 짊어지기 때문에 영향력을 갖는 시대"가 종결되었다는 것이 핵심이기 때문이다.[16] 하지만 한국(문학)사를 돌아보면 고진이 말하는 과업을 문학이 떠맡았던 시기는 잘해야 식민지 시대의 일부일 뿐이다. 그것도 한국(문학)사를 식민지 한반도에 한정해서

---

15 가라타니 고진, 『근대문학의 종언』, 조영일 역, 도서출판b, 2006, pp.48-49.
16 가라타니 고진, 『근대문학의 종언』, p.65.

볼 때에나 적용될 수 있다. 많이 양보하더라도 그가 사용한 "일반적
으로"와 "보통"은 '보편타당성'을 지시하지 않는다는 점에서 처음부
터 가설에 지나지 않는다.

　엄밀히 말해 한국(문학)사에서 문학과 학생운동은 정치운동이나
노동운동의 대리보충이 아니었다. 1980년대까지의 두 혁명은 학생
운동과 결합된 시민운동의 결과가 아니었던가. 시사(詩史)만을 거론
하더라도 4.19 이후 다시 활성화되기 시작한 노동운동과 김수영·신
동엽 등에 의해 확산된 참여시가 1970년대에 맞물려서 이뤄 낸 리
얼리즘의 성취는 부정하기 어렵다. 그리고 흔히 '시의 시대'로 불리
는 1980년대는 한편으로는 '정치의 시대'이기도 했다. 그러나 고진
의 주장이 전혀 무의미한 것은 아니다. 우리는 그의 말을 받아 이렇
게 되물어야 할지도 모른다. 문학이 그러한 책임을 부여받는다는 것
은 현실에 있어서의 비극을 반증하지 않을까.

　1990년대는 또 다른 의미에서 '시의 시대'였다. 정치적 중압으로
부터 자유로워진 시는 생태, 일상, 여성, 신서정, 정신주의 등을 추
구했고, 그런 만큼 다양한 내용과 형식을 모색할 수 있었다. 2000년
대를 열었던 미래파 담론은 그런 실험들 이후에 가능해진 시의 극
단에 대한 환영과 우려가 교차하는 양상이었다. 그러나 이내 등장
한 것은 '시와 정치'라는 테제였다. 다른 말로 그것은 '시와 현실'이라
고 할 수 있다. 이미 살폈지만 1990년대 벽두에 무성했던 '시와 리얼
리즘 논쟁'은 창작 방법을 구하였으나 세계관의 문제로 귀착하였다.
그럴 수밖에 없었다. 전자는 개별 시인의 창작 과정을 거쳐야만 얻
을 수 있는 구체적 산물이기 때문이다. 반면에 후자는 세계의 변동
에 주파수를 맞출 때 개인의 내면에서 얼마든지 변모가 가능한 것이
아닌가.

앞서 읽어 본 시인들을 상기해 보자. 진은영의 포스트모더니즘과 권혁웅의 레토릭은 자본 그리고 그것과 결탁한 권력을 비판하고, 이현승의 담담한 어조와 박서영의 중첩된 이미지는 그런 세계를 살아가야 하는 우리 자신을 돌아보게 하는 한편 연대 의식을 요구한다. 모두가 다른 기법으로 시를 쓰지만, 이들이 인식하는 세계와 그것에 대한 비판의 목소리는 겹쳐진다. 우리를 포위한 세계는 지금-여기의 현실을 바로 볼 때에만 바뀔 수 있다는 믿음. 그것은 역사가 가야 할 길을 밝히는 우리 자신들의 세계 인식에서 시작된다. "의인은 가난한 자의 사정을 알아주나 악인은 알아줄 지식이 없느니라"(『잠언』 29장 7절). 진짜 악인은 곤궁한 자의 처지 자체를 모르는 자이다. 적어도 오늘의 시는 그런 현실을 외면하지 않는다. 더불어 지금-여기의 시들이 그것을 외면하지 못하게 하는 것은 이 땅에서 사는 우리의 비극이다. 문학이 육박해 오는 '리얼'한 세계를 방관할 수 없는 까닭은 다른 데에 있지 않다. (2014)

불가능한 정치, 가능한 시

1. '2013년 체제'와 질문들

한 시대와 그 시대의 문학은 어떻게 규정되고 발명될 수 있는가. 2013년도 지나가고 있는 지금, 이러한 물음에 답한다는 것은 그리 쉬운 일이 아닌 것 같다. 이 해의 벽두에 몇몇 문학인들은 '2012년'과 구분되는 '2013년'을 기대했다.[1] 그들 그리고 우리는 어떤 방식으로든 세상이 바뀌길 기다렸는지도 모른다. 그러나 채 3개월도 지나지 않아 이광호는 "'2013년 체제'의 좌절"을 이야기하며, "자본-권력의 구조적 완강함"을 거론하였다.[2] 세상은 쉽사리 변하지 않을 모양이다. 그의 진단을 참고하자면, 말할 것도 없이 후자 때문일 터이다.

이른바 '2013년 체제'에 대한 문학인들의 반응은 각 계간지의 최근 기획들에서 드러난다. 이광호의 글은 '오늘의 한국시, 무엇을 이

---

1 백낙청 외, 「2012년과 2013년」, 『창작과 비평』, 2013.봄.
2 이광호, 「비성년 커넥션」, 『문학동네』, 2013.여름, p.346. 이하 쪽수만 표기.

야기할까'라는 특집의 하나였다. 그 밖에도 '2000년대 이후 한국문학이 겪은 것, 겪어야 할 것'이 무엇인지에 대한 질문이나(『문학과 사회』 봄호), '새로운 주체, 재현 그리고 정치'에 대한 모색도(『실천문학』 가을호) 같은 맥락에서 시도된 것이었다. 이러한 기획의 부름에 비평가들은 무슨 대답을 들려주는가. 2000년대 이후 나아가 지금-여기의 시(문학)를 언급하면서 그들의 진술은 교차되면서 분기된다. 공명하면서 변별되는 목소리가 자아내는 이러한 직조물은 그 자체로 이 시대의 시(문학)에 대한 비평적 조감을 이룬다. 이것이 비평가의 진단과 전망에 한정된다는 점은 물론 간과되어서는 안 될 노릇이지만, 2013년을 겪어 내는 지금-여기에 어떤 기대와 좌절이 그리고 다른 가능성에 대한 염원들이 '반복'되고 있음은 유의미한 일이다.

2. 과거 그리고 현재로서의 2000년대

각각의 특집에 실린 글들 중에서 2000년대의 담론들에 대한 메타비평으로서, 지금까지의 문학과 앞으로의 그것에 대한 바람을 담은 것은 강동호의 글이다. 그는 '2000년대 이후 한국문학이 겪은 것, 겪어야 할 것'이라는 특집의 주제에 대해 「파괴된 꿈, 전망으로서의 비평」이란 글로 응답했다.[3] 그는 논쟁들로 2000년대를 되돌아보고 그 과정에서 누설되었던 "틈새들의 가능성을 일종의 메시지로 복원"할 것을 요청한다.(p.335) 그가 직접 거론하는 것은 '근대문학의 종언', '미래파', '시와 정치' 등의 담론이다. 강동호는 여기에 참여한 비평가들의 발언을 파롤로 상정하고, 그 목소리들의 합 혹은 대화가 "사회/역사적인 계열체로서의 랑그"로 구축될 수 있다고 파악한

---

3 강동호, 「파괴된 꿈, 전망으로서의 비평」, 『문학과 사회』, 2013.봄, 이하 쪽수만 표기.

다.(p.336) 당연하게도 그가 다룬 비평들이 직접적으로 논쟁적 국면을 형성했던 것은 아니다. 그보다 그것들은 자기만의 자리를 가지고 시대와 문학을 논한다는 점에서 강동호에 의해 대화의 장에 초대될 수 있었다. 그는 각각의 담론의 의미와 한계를 지적하며 논의를 진행시킨다. 그가 보기에 특히 시 평론 분야에서 볼 수 있는 '종언론'에 대한 부정은 미래파를 승인했던 시 비평가들의 어떤 '신념'과 관련되어 있다. 그것은 김홍중을 인용하여 그가 강조했듯 시 비평이 "시의 시간과 다른 시간"을 지향하고 있었던 연유에서다.(p.344) 물론 그러한 기투는 '미래'를 향해 있다.

여기까지가 그가 말하는 '겪은 것'이라면, '겪어야 할 것'은 무엇인가. 바로 이 지점에서 그는 이미 사라져 버린 '진정성'의 신화를 새로 쓰자고 제안한다. 요컨대 '진정성 있는 문학'이라는 오래된 개념을 다시 정의하자는 것이다. 이 제의에는 과거와는 다른 지금-여기의 시적 실천들이 이전과 같이 모종의 '운동'으로 모아질 수는 없다는 인식이 깔려 있다. 그것은 "다른 방식(캠페인적)으로 작동하는 진정성"이라는 판단에서다.(p.356) 이런 견지에서 강동호는 '시와 정치' 담론을 새롭게 전면화한다. 그는 시와 관련된 '정치'의 문제를 이론이나 실천이란 측면에서 이해할 것이 아니라 "다양한 실천의 계기"를 열어 주는 텅 빈 기표로 받아들이자고 말한다. 그럴 때, '정치'가 "더 나은 삶을 바라는 인간의 모든 진정한 소망이 총집중된 '기표'"가 될 수 있다는 것이다.(p.358) 강동호에게 그러한 개별적 암중모색의 기표들에서 의미 있는 의제들을 찾아내어 "시대적 메시지를 창출해야" 하는 것이 비평의 사명이다.(p.365) 말하자면 시에서 '정치적인 것'은 비평에 의해 발굴되어야 한다는 것이다.

이처럼 강동호는 2000년대의 담론을 지금-여기의 문제와 연속

선 위에서 사유한다. 그것들은 일종의 수렴 과정을 거쳐 여전히 우리 앞에 존재한다. 그에게 문학의 종언이라는 가라타니 고진의 견해는 '목적론'으로 의심된다. 그리고 미래파 담론은 '서정'에 대한 진지한 고민 없이 이루어지고 종결되지 않았는가 하는 의혹을 사기도 한다. 그의 이런 비판은 일견 메타적이지만, 몇 가지 점에서 이 시대의 시에 시사하는 바가 있다. 첫째, 그는 문학의 종언이 적어도 시에서는 선언되지 않았다고 말한다. 그것이 아직 건재하므로 이에 동의하기란 어렵지 않은 일이다. 둘째, 그에게 미래파적인 시는 2000년대에 돌출한 시가 아니라는 점이다.(pp.345-349) 모든 아방가르드가 그러하듯, 진위란 대타항을 세우고서야 선언될 수 있다는 점에서 이는 타당하다. 셋째, 시와 정치는 직접적으로 연결되어야 할 관계로 설정되지 않는다. 이럴 때, 다양한 주체들의 발언 혹은 그것의 파편들이 시에 쏟아지더라도 일단은 문제가 되지 않는다. 그는 그것들이 어떤 실천을 견인하는 시대의 목소리라고 여긴다.

첫째와 둘째를 모으면 우리는 2000년대의 시를 문학사의 일부로 무리 없이 편입시킬 수 있다. 가령 '시의 시대'이자 '정치의 시대'였던 1980년대를 지나, 1990년대의 생태·일상·여성·신서정·정신주의 시들이 보여 준 수다한 시도들은 시적 모험의 가능성을 오래전에 개척해 놓지는 않았는가. 이에 대해서는 보다 엄밀한 계보학적 탐구가 필요하겠지만, 적어도 2000년대의 시들에서 1990년대와 그 이전의 여러 성향들이 혼종되고 심화된 것을 확인하기란 그렇게 어려운 일은 아니다. 그러면 셋째는 어떤가. 종언론과 미래파 담론을 거쳐 지금-여기에 만연한 것은 '시와 정치'의 문제이다. 지나갈 수 있는 것과 그럴 수 없는 것의 차이가 여기에 기인할 것이다. 앞의 두 담론 또한 어느 정도 정치적으로 해석될 여지가 있고 실제로도 그러하겠지만, 마지막 것은 저 1980년대와 다른 의미에서 '여전히' 존재하는 정치 현실과의 불화를 분명하게 지시하지 않겠는가. 강동호가 최종적으로 도달한 결론에 대해 이제부터 살펴볼 비평가들 역시 일정하게 동의하고 있다.

3. 구획되(지 않)는 이정(里程)

강동호가 메타적인 지평에서 2000년대의 시를 위한 하나의 이정표를 세우고자 했다면, 여기에서 다룰 글들은 개별 시인의 작품을 관통하며 그 일을 해낸다. 신형철, 이광호, 김종훈 등에게 지금-여기의 시는 어떤 상황에 처해 있으며 어디로 향하고 있는가.

우선 신형철의 글은 특집으로 기획된 것이 아니다.[4] 해당 계간지는 '2013년에 무엇을 해야 하나'를 주제로 정치·사회평론을 싣고 있다. 그러나 이광호가 "2013년 체제의 불가능성"을 거론하면서 각주에서 신형철의 글이 가진 몇 가지 문제에 대해 지적한 바와 같이,[5] 그의 비평문은 이 글의 목적에 부합하는 시기와 주제를 다루고 있다. 그는 2010년대의 시를 이야기하기 위해 2000년대를 되짚는다. 그에게 2000년대 시는 김행숙과 황병승으로 기억된다. 그들이 "누구도 될 수 있고 무엇이건 말할 수 있"는 "위조 신분증"을 발명했다는 것이다.(p.365) 즉 그들로 인해 이전의 시와 차별되는 인식과 정서를 가진 '감응적 인물'이 시에 등장하게 되었으며, 주류적 인물의 바깥에 존재하는 이들의 언어가 번역에 가까운 낯섦으로써 쓰이게 되

---

4 신형철, 「2000년대 시의 유산과 그 상속자들—2010년대의 시를 읽는 하나의 시각」, 『창작과 비평』, 2013.봄. 이하 쪽수만 표기.
5 이에 대해서는 이광호, 「비성년 커넥션」, p.347 참고.

면서 새로운 '딕션'이 도입되었다는 것이다. 신형철은 이렇게 된 이유를 빅토리아 시대와의 정치적 상동성에서 그 실마리를 찾으려 한다. 그에게 2000년대는 '대의 불가능성'과 '대의 불충분성'으로 요약된다.

그의 비평이 목적으로 하는 것은 이러한 토대를 가지고 2010년대의 시를 바라보는 것이다. 그가 거명하는 것은 조인호와 김승일이다. 그들의 시가 사회가 대의하지 않거나 배제시켜 버린 '감성의 구조'를 노출시킨다는 점에서 그들은 황병승과 김행숙의 '상속자들'로 파악되고 있다. 전자의 시에서 보이는 체제의 언어에 대한 '되받아쓰기'와 '과잉 동일시', 후자의 시가 부정적으로 재현하는 소통의 '공백 상태'가 그러하다는 얘기다. 한편 신형철은 2008년 3월을 '2000년대'의 종결 시점이라고 말한다.(p.372) 그런데 문제는 의외의 곳에서 발생한다. 2010년대를 대표하는 시인으로 그가 거론한 이들이 시대착오적인 인물이 되기 때문이다. 하지만 그렇게 볼 수는 없다. 신형철은 같은 곳에서 이 '종결' 이후는 미래파가 아니라 '시와 정치'가 중심 담론이라고 말하지 않는가. 따라서 그의 글에서 누락된 2010년대의 정치적 상황에 대한 판단은 '정치의 부정적 묘사'에 해당한다. 그것은 이제 말할 필요가 없는 사안이 되었다.

다음으로 살필 것은 이광호의 글이다. 그는 지금-여기에서 가능한 문학의 자리는 2013년이라는 우리의 체제가 가진 함의에 대한 정치·사회학적 탐침이라기보다 그러한 "희비극을 번역하는 언어"나 이 "체제의 불가능성과 공백을 사유하는 언어"에 있다고 말한다.(pp.346-347) 그럼으로써 문학은 "정치와는 다른 자리에서 급진적인 정치적 언어"가 될 수 있다는 것이다.(p.348) 이 점에서 이광호는 신형철과 문제의식을 공유한다. 실제로 기존하는 체제의 바깥을 사유하는 행위 그 자체가 이의 제기일 수 있다. 그것은 지금-여기와는 다른 새로운 가능성으로 우리 앞에 제출되기 때문이다. 이광호는 '2013년 체제'를 사유하는 성년의 정치·사회학적 시각과 구별되는 젊은 시인들의 '미학적·정치적 상상력'에 눈을 준다. 그가 활용하는 것은 그들에 대한 신해욱식의 명명, 곧 '비성년'이다. 성년의 나이가 되었으나, 성년의 삶과 인식을 거부하는 자. 이들은 체제의 안에 거주하지만 동시에 그들의 정신세계는 그것의 밖에 있다. 그들은 스스로를 배제된 자로 받아들였다. 그러므로 이광호는 그들을 "실현되는 정치성"이라고 부른다.(p.351) 그들은 (주체의 의지에 의해) 가능하면서 (체제 자체로서는) 불가능한 존재들이기 때문이다. 그가 언급하는 이들은 박준, 박성준, 김승일 등이다.

이광호는 그들의 시에서 "애도하(지 않)는 존재"들을 만난다. 애도가 사태의 마무리가 아니라 예상 밖의 따라서 체제의 문법을 벗어나는 "새로운 사태"를 야기하는 "잠재적 실재의 가능성"이 된다는 점에서, 그는 "아직 등기되지 않은 감각의 시적 (불)가능성"을 발견한다.(p.360) 이것이 그가 말하는 문학의 언어에 가능한 정치성이다. 흥미로운 것은 이광호가 젊은 시인들을 다루었지만, 논의의 전제로 "세대적 동일성을 구축하는" "세대론을 '단념''할 것을 건의한다는 사실이다.(p.352) 이 지점에서 그는 신형철과 나눠진다. 이를테면 그는 2000년대를 특권화하는 데 반대하는데(p.347), 그것은 그가 문학사의 영역을 "반복-변이가 만드는 비결정의 지대"로 상정하기 때문이다.(p.352) 이럴 때, 지금-여기의 시는 문학사적 운동의 흐름으로 수렴될 수 있으며, 각각의 반복과 변이들은 그것을 추동해 가는 힘이 된다. 어떤 의미에서 지금-여기의 시가 담보하는 정치성은 '사후적으로' 재구성될 수밖에 없는 미결정의 영역이다. 섣불리 이를 규정할 때, 거기에는 또 다른 의미에서 부정적인 정치성, 즉 문학장 내의 정치를 야기할 수도 있을 것이다.

마지막으로 들여다볼 글은 김종훈의 것이다.[6] 그가 2010년대 시에서 주시하는 부분은 '갇힌 주체'들의 모습이다. 그는 2010년대를 2000년대와 가를 수 있는 기준으로 정치·사회의 전반적인 문제들에서 찾을 수밖에 없음을 고백한다. 이 점에서 그는 앞의 비평가들과 동일한 차원에 서 있다. 이어서 '왜소화된 주체'와 2010년대의 현실에서 "'시적인 것'이 확보되는 지점"이 무엇인지에 대해 김종훈은 살펴본다.(p.32) 그의 논의는 황인찬, 이이체, 주하림, 김성규, 김승일, 서대경 등의 시가 담아낸 지금-여기의 풍경들로 채워진다. 여러 시인을 살피는 만큼 그의 비평문은 거리를 마련한 관찰자의 일지에 가까워지고 메타적 담론에서 멀어진다. 여기에 기록된 시의 근황은 어떠한가. 그를 따라가 보자. 먼저 이 시대는 "일상 자체를 경이롭게 여기는" 주체들을 낳았다.(p.36) 이들 주체가 유입시키는 일상이라는 현실은 허나 김종훈에 따른다면 "화학적 변화"를 거친 것이다. 그것이 "시의 대기"에 스며들어 불행의 그림자를 드리우고 있는 까닭에서다.(p.39) 배면에 깔린 이러한 현실의 풍경들에 최근의 시들은 서사적 지향을 더하기도 한다. 이리하여 이미지보다 거기에 겹쳐진 주체의 "사유와 태도"에 집중하는 시가 출현한다.(p.42) 시는 이렇게 '직접 진술'을 들여오기에 이르렀다.

"서정과 은유의 대리 보충물"들이 개입되는 최근 시의 경향은 (p.43) 서정 장르로서의 시에게는 자신의 존립 근거를 뒤흔들 수 있다

---

6 김종훈, 「갇힌 주체의 부정성―2010년대 시의 감성 구조」, 『실천문학』, 2013.가을. 이하 쪽수만 표기.

는 점에서 반겨야 할 상황은 아니다. 하지만 그것이 앞에서 검토한 비평가들이 확인하는 '시와 정치' 문제의 당대성과도 멀지 않음은 유의해서 볼 일이다. 김종훈은 다음과 같이 정리한다. "형식의 부정성은 시대의 요구에 힘입어 그 필연성을 부여받는다."(p.45) 모름지기 기존의 것과 다른 것을 말하기 위해서는 다른 형식을 장만할 수밖에 없다. 시는 스스로 진화하거나 퇴화할 수 없다. 그러한 변이의 원인은 시의 내부가 아닌 외부로부터 온다. 이것이 비단 그만의 생각이 아님은 이미 검토한 바와 같다. 모든 시대의 시는 현실로부터 자유로울 수 없다. 문학사의 수많은 호명이 역설하듯이 시의 틀을 규정하는 것은 언제나 시대였다. 지금 우리가 '시대'라는 말의 넓은 폭 대신에 '정치'라는 단어로 시를 사유하는 것은 그것이 구체적 '행위'로서 존재하기 때문이다. 거기에서 '시대정신'을 찾아볼 수 있었다면 이 말이 전면에 나설 수는 없었을 것이다.

4. 진무한을 향한 실패들

1980년대를 '시의 시대' 혹은 '정치의 시대'라고 회고하지만, 그것은 달리 '시와 정치의 시대'라고도 하겠다. 그때 시와 정치는 '우리'의 것으로 공존했었다. 시는 정치의 대타항이 아니라 차라리 휴식처였다. 그러나 지금-여기의 시와 정치는 어떤 의미에서든 대립적이며 후자는 더 이상 우리의 것이 아님이 밝혀졌다. 어쩌면 그것은 체제 자체의 것인지도 모른다. 이런 상황에서 삶과 예술, 정치와 시 사이에서 우리가 취할 수 있는 태도는 대략 세 갈래 정도로 나누어지는 것 같다. 그 두 가지는 옥타비오 파스를 참고할 수 있다. 파스는 공고라가 변혁 가능성이 없는 역사에 대한 환멸로부터 시를 변화시키는 계기를 마련하였으며, 랭보는 삶을 변화시키려고 시를 변화시켰다고 말한 적이 있다.[7] 전자가 시로의 도피라면, 후자는 시를 무기로 삼는 일이다. 여기까지가 미학의 자리이다. 마지막 하나는 삶과 예술, 정치와 시를 구분하고 가르는 경계선을 해체하는 일이다. 이성민은 '미학적 실천 주체'에 대한 특집에서 "미학의 종언"을 요청한 바 있다. 미학이 "우리를 영원한 실패의 감옥"에 가둔다는 것이 그의 주장이다.[8] 그는 미학이 우리를 '실패의 악무한'에 머물게 한다고 말한다.

그렇다. 도처에 '실패'가 있다. 예컨대 이 글이 살핀 세 비평가들이 빼놓지 않고 다룬 시인은 김승일이다. 그는 2013년이라는 문학적 시기의 특수성을 대표하는 시인이라고 할 수 있다. 이 점에서 이 시대의 많은 젊은 시인들은 실패한 이들이다. 사정은 김승일에게도 마찬가지다. 2000년대 시의 계승자라 불리는 순간 그가 마주 보는 것은 자신의 실패이다. 아방가르드의 계승자는 그것을 부정하고 극복하는 자가 아닌가. 하지만 앞에서 언급했듯, 잊지 말아야 할 것은 이 글들이 비평가가 그려 낸 지도라는 사실이다. 지도란 많은 생략과 그와 대비되어 강조된 선택들로 조직된 하나의 상징체계이다. 그렇다면 이 지도의 바깥 혹은 그물망 사이로 빠져 버린 시들은 어떨까. 만약 미래의 문학사가 담론의 바깥을 횡단하고 있는 이들 시에 주목하게 된다면, 그것이 더불어 증언할 바는 지금-여기의 비평가들이 실패했다는 결론이리라. 시인들과 비평가들의 (잠정적인) 실패들. 그리고 무엇보다 우리의 실패가 여기 있다.

이광호는 "비성년의 존재와 시간을 만나는 시적 사건을 '커넥션'"

---

7 옥타비오 파스, 『흙의 자식들 외』, 김은중 역, 솔, 1999, p.144.
8 이성민, 「미학의 종언」, 『실천문학』, 2013.여름, p.47.

이라 부르자고 했었다.(p.351) 그의 언급에서 '사건'이라는 이름은 바디우식으로 읽어야 할 것이다. 지금-여기에 '충실성(fidelity)'을 부여하는 것은 '미래'에 대한 신념의 문제인 까닭에서다. 규정할 수 없는 것을 그대로 놔둠으로써 이광호는 시적 모험의 다기한 가능성을 열어 두었는데, 그가 바라는 것은 "비결정의 다른 사회성"이 생성되는 것이다.(p.352) 물론 그것이 지금과 같은 '시와 정치'라는 담론에 한정될 필요도 이유도 없다. 몇 년간 반복된 이 담론의 실패는 오히려 '정치'를 수사의 차원으로 탈정치화시켰을 수도 있지 않은가. 그러나 할 포스터는 "하나의 사건은 오로지 그것을 기록하는 또 다른 사건을 통해서만 등재되며, 우리가 누구인지를 우리는 오로지 지연된 작용 속에서만 알게 된다"라고 말하지 않았던가.[9] 그러므로 오늘의 시는 부정성으로, 즉 헤겔이 말했던 '부정적인 것에 머물기'로서 존재할 수밖에 없다. 그것은 '실패라는 진무한'을 경유하여 미결정의 영역을 개방하는 여정이며, 비평의 전망을 초월한 어떤 불가지로의 이행이다. 나아가 그것은 '시와 정치'라는 담론을 중지시키기 위한 유일한 시적 실천이다.

> 정신은 오직 부정적인 것을 정면으로 바라보며 그에 머물기 때문에만 이러한 위력이다. 이러한 머물기야말로 부정적인 것을 존재로 전환시키는 마력이다.[10]

(2013)

---

9 할 포스터, 「누가 네오 아방가르드를 두려워하는가?」, 『실재의 귀환』, 이영욱 외역, 경성대 출판부, 2004, p.70.
10 하세가와 히로시, 『헤겔 정신현상학 입문』, 이신철 역, 도서출판 b, 2013, p.29.

초대하지 않은, 리얼리즘

1. 지나간 '봄'들

지난해 봄, 문인들 사이에서 떠오른 화제들 중 하나는 이전과 구분되는 '2013년'이었다.[1] 여야가 뒤바뀌진 않았으나 강력한 대통령 중심제를 고수하는 한국에서 대통령의 교체는 우려와 기대가 다소간 교차하는 사건일 수 있었다. 얼마 안 가 재빠른 진단이 나왔으니 기대는 오래가지 않았다고 하겠다. 자본과 결탁한 권력, 곧 "자본-권력의 구조적 완강함"은 여전히 맹위를 떨칠 기세를 보였기 때문이다.[2] 그러니 '2014년'이 저물고 있는 시점, 현실이 된 우려와 폐기된 기대의 낱낱들을 거론하는 것은 벌써 새삼스러운 일이 되었다. 그것은 이제 문학보다는 정치의 몫일지도 모른다. 과연 그렇기만 할까. '서울의 봄' 이후 찾아온 여섯 번의 봄을 돌이켜 보면, 정치적 상황에

---

1 백낙청 외, 「2012년과 2013년」, 『창작과 비평』, 2013.봄.
2 이광호, 「비성년 커넥션」, 『문학동네』, 2013.여름, p.346.

시가 어떻게 반응해 왔는지의 대강이 드러난다.

먼저 두 번의 봄들이 시작될 때 촉발된 '시와 리얼리즘' 논쟁을 떠올려 보자. 당시 '민족민중시 계열'의 시 운동은 역설(逆說)적이지만 군사정권의 종식에 뒤이어 와해의 위기에 처해 있었다. 돌파구가 필요했다. 일련의 논의를 거쳐 "역사 발전의 정합성 또는 합법칙성에 부합하는 세계관의 정당한 표현"으로써 시의 리얼리즘이 가능하다는 것으로 의견이 모아졌다.[3] 이로써 시의 리얼리즘 문제의 중심은 '민족민중'에서 보다 포괄적인 범위로 '확장'되었다. 그런데 잊지 말아야 할 것은 민족민중시 계열과 함께 1980년대 시를 이끌었던 또 다른 흐름, 즉 '해체시'적 경향이다. 이 계열의 시들은 "한 시대의 총체적 폭력과 왜곡상에 우화적으로 저항"했다는 점에서 전자의 동반자였는데, 이들은 공히 "급격한 산업화와 정통성 없는 정치 세력이 가져온 불구적 근대"를 비판했기 때문이다.[4] 요컨대 정치적 전위와 미학적 전위는 1980년대에 창작 방법을 달리했음에도 그들의 세계관은 포개질 수 있었다. 그러던 것이 1990년대에 들어 상황이 바뀐 것이다. "역사 발전의 정합성 또는 합법칙성"을 내세웠지만 말이다. 1990년대에 전자는 1980년대의 한국이라는 특수한 상황에 대응해 해체의 대상을 '집약'함으로써 자신과 만났던 후자의 운동과 정확히 반대 방향으로 움직였다. 이 점을 기억하자.

그렇게 1990년대는 시작되었으나, 정치적 중압으로부터 상대적으로 자유로워진 때에 등장했던 시들이 이전 시대의 창작 방법과 세

---

3 윤여탁, 「'시의 리얼리즘' 논의의 문제점과 앞으로의 과제」, 윤여탁·이은봉 편, 『시와 리얼리즘 논쟁』, 소명출판, 2001, p.235.
4 유성호, 「시적 리얼리즘의 형상과 논리」, 『딩아돌하』, 2014.여름, p.21, p.23.

계관으로부터 거리를 두게 된 것은 당연한 일이었다. 이 시기에 나타났던 시의 다양한 형식과 내용들(일상·생태·여성·신서정·정신주의 등)은 세계관의 수렴이 긴급히 요청되지 않는 정치적 요건에서 피어난 시대의 산물이라고 해도 무리가 아닐 것이다. 이러한 실험과 모색들이 2000년대의 소위 '미래파'라는 새로운 시의 세대가 탄생하는 토대가 되었음은 물론이다. 시인과 주체의 거리가 자유롭게 조정됨으로써, 시는 주류 세계 바깥을 마음껏 횡단할 수 있게 되었다. 이른바 '위조 신분증'을 보유한 시인들이 새로운 '딕션'을 도입하면서 시의 운신 폭이 세계가 은폐한 곳 혹은 주변부까지 넓어질 수 있었다는 점에서[5] 이 시대는 시에서 '서정'의 외연까지 확대시키는 결과를 낳게 된다. 말하자면 서정에 있어서 양질 전환이 일어난 것이다.

다섯 번째 봄이 오면서 상황은 일변했다. 2000년대의 종결 시점을 '2008년 3월'로 규정한 한 평론가의 주장이 결코 무시할 수 없는 현실감으로 다가온다면 말이다.[6] 그의 지적에 동의하지 않더라도 '미래파' 논쟁 뒤 실제로 담론의 중심을 차지한 것이 '시와 정치'였음은 부정할 수 없는 사실이다. 이 단계에서 2000년대의 시는 일종의 유산이나 재산이라는 의미를 가진다. '시와 정치'를 논하는 자리에서 인용되었던 많은 시가 1980년대적인 의미에서의 리얼리즘과는 다른 얼굴을 가졌음을 일일이 예로 드는 것은 어쩌면 무용한 일이다. 그 동안 축적된 자본-권력의 '적폐'가 조성한 다변화된 상황의 질곡만큼 그리고 시의 자산과 관심이 풍부해지고 폭을 넓힌 만큼, 거기에

---

5 신형철, 「2000년대 시의 유산과 그 상속자들—2010년대의 시를 읽는 하나의 시각」, 『창작과 비평』, 2013.봄.
6 신형철, 「2000년대 시의 유산과 그 상속자들—2010년대의 시를 읽는 하나의 시각」, p.372.

내쳐진 사람들이 겪어 내야 하는 계층화되고 주변화된 삶의 편린들은 여러 각도에서 조망된다.

다소 의아한 일은 여섯 번째 봄이 온 후 '시와 정치'에 대한 논의가 잠시 소강 상태로 접어 들었다는 것이다. 그 이유를 이 글에서 소상히 밝히는 일은 허나 문학의 바깥으로 나가는 일이 될 수도 있겠다. 그럼에도 몇 가지 추측을 연달아 던져 볼 수는 있다. 가령 이런 침묵은 상황에 압도당해 버렸기 때문이 아닐까. 이를테면 추상적 사유까지 다다르는 것을 원천적으로 차단하는 구체적 현실의 몰상식성과 몰역사성에 질려 버린 것이 그 원인일까. 그리하여 그것은 모종의 폭풍을 예비하고나 있지는 않을까. 올해의 봄, '4.16'은 지금-여기를 지배하는 자본-권력의 전횡을 민낯으로 보여 줬다. 오래된 명언을 상기하자. "역사는 두 번 반복된다. 처음에는 비극으로, 다음에는 희극으로." 우리는 웃을 수조차 없는 희극을 겪고 있는 걸까. '민주주의'라는 정체(政體)는 지금 우리에게 너무 웃다가 끝내 눈물로 귀착되고야 마는 씁쓸함을 안겨 주고 있지나 않은가. 그것은 겨우 5년에 한 번 돌아오는 계절일지도 모른다.

2. 분배되고 판매되는 위험

울리히 벡은 '위험'이 '부(富)'와는 역방향으로 분배되고 축적된다고 주장한 바 있다. 빈곤은 위험을 만연시키지만, 풍요는 그것으로부터의 면죄부를 사들일 여력을 준다는 것이다. 이런 상황은 위험 앞에서의 계급화를 강화시켜 새로운 계급사회를 고착시킬 수 있다. 바야흐로 위험은 계급 유형에 밀착되었다.[7] 최근의 사회면에서 '폭

---

7 울리히 벡, 『위험사회—새로운 근대성을 향하여』, 홍성태 역, 새물결, 1997, p.75.

발적으로' 늘어난 뉴스는 먼 나라의 토픽이 아닌 우리네 이웃의 참극들이다. 해서 그것은 언제든 우리를 넘볼 수 있다. '하우스푸어', '렌트푸어', '카푸어' 등은 사회구조가 낳은 가난을 지칭하는 데 그치지 않는다. 이들이 비슷한 시기에 만들어진 최근의 신조어라는 사실은 사회구조가 가난을 '조장'했다는 혐의를 부각시킨다.

차마 들여다볼 수 없는 나의 정체 나의 정체
설명할 수 없어 설명할 수 없어
눈을 감았다 뜨는 흰 별들의 밤
아비의 집을 떠나 노새처럼 걷는 밤
생각보다 많은 불빛과 불빛 속의 사람들
크고 아련하여 자꾸 뒤돌아보면
아무도 더할 수 없고 덜할 수 없는 전쟁이 끊어지지 않는다
(중략)
세 모녀가 밀폐된 방에 번개탄을 피우는
서울의 밤, 송파의 밤, 젊은 부부는
아이를 낳지 않기 위한 합의에 도달한다
계약에 익숙해지고 조약에 익숙해지고
아무것도 구원할 수 없는 세계의 얼굴은 위압적이고
우리는 매일 놀라서 달려야 하고
네 아비의아비의아비의 죄악을 떠나
잠든 흰 이마를 잠깐 만지다 말다 매일 달려야 하고
달려도 달라지지 않는
내 말과 네 말을 섞어야 하고
나쁜 말을 걸러 내고

나쁜 피를 찾아

부르짖어야 하고

　　　　　—이재연, 「내 말과 너의 말」(『서정시학』, 2014.여름) 부분

'나는 누구인가?'라는 질문은 '사춘기'에 처음 던져진다. 생(生)의 여정을 거쳐 다시 이 물음이 돌아왔을 때를 우리는 '사추기'라고 부른다. 그러나 이는 상식적인 이야기이다. 일상의 변화가 적고 삶의 낙차가 크지 않았던 때, 다가올 삶을 고민하거나 지나간 인생을 반추하는 일은 한 번씩이면 족했으리라. 그러나 주체가 사는 서울이라는 도시는 그것을 불가능하게 한다. 아픈 부친을 걱정하면서도 그는 "매일 달려야" 한다. 그러나 달음질치는 생활이 변화를 불러오지는 못한다. 그것을 잘 아는 이는 주체만이 아니다. '너' 역시 그렇다. "노새처럼"이 시사하듯 둘은 연인 관계가 아닌 "전쟁"과 같은 일상을 치르는 "생각보다 많은" 사람들 중의 일부일 뿐이다. 그들 사이의 몰이해에 비극이 잠재되어 있다고 해도 그들은 무력하다.

그러므로 그들 중 하나인 '너', 즉 '우리'가 생계를 해결할 수 없어서 죽음을 택한 '송파 세 모녀 사건'이나, 행복한 삶을 물려줄 수 없어서 아이 낳기를 포기하는 젊은 부부의 선택을 남의 이야기로 치부할 수만은 없다. 세계는 우리를 놀라게 하고 끊임없이 달리게 하지 않는가. 그것의 위압적인 얼굴은 "아무것도 구원할 수 없는" 것이 아니라 차라리 '아무것도 구원하지 않으려는' 속내를 감추고 있다고 해야 한다. 그러나 우리는 상대방에게 "나쁜 말"을 하지 않고, 단지 "나쁜 피를 찾아" 그것을 비난하는 혼자만의 부르짖음으로 만족하지나 않았던가. 하지만 그렇게 사회의 문제를 개인의 일탈로 한정하는 데 머문다면, 사안의 본질을 놓치게 될 것이다. 이재연 시가 요청하

는 '말'은 우리가 처한 '세계' 자체를 겨냥하는 것일 터이다. "차마 들여다볼 수 없는" 비참한 정체성을 우리에게 부여한 것은 일차적으로 '세계'라고 그의 주체가 들려주고 있으니 말이다.

며칠 전 회사에서 퇴근을 한 후, 몇 편의 연극과 영화에서 불구적인 욕망에 침잠하다가 마침내 파괴되는 문제적인 현대인의 캐릭터를 연기했던 배우 K와 대학로 카페에서 만나지 않았다. 그 대신 나는 종각역까지 걸어가 독자들과 심각하게 불화하고 있는 소설가 P를 만나 그가 꿈꾸는 노스탤지어가 무엇인지 묻지 않았다. 몇 분의 시간이 흐른 뒤, 나는 지하의 중고서점에 들어가 셰이머스 히니의 시집 126쪽에 밑줄 긋지 않았다. 대신 나는 붉은 옷을 입은 아홉 명의 승객이 타고 있던 273번 버스를 타고 가다가 불현듯 생각난 것처럼 버스 기사에게 노르웨이로 가 달라고 말하지 않았다. 나는 아현동 정류장에서 내려 횡단보도 한가운데에서 매우 짧은 스커트를 입은 아름다운 여자가 헬프 미를 외치며 주저앉아 우는 것을 보지 못했다. (중략) 그리고 나는 심지어 죽지도 않았다.
— 김도언, 「부정사가 오늘의 날씨에 미치는 영향에 대한 고찰」
(『현대시』, 2014.8) 부분

매번 되풀이되는 일상의 패턴은 뜻밖의 '대신'들과 '부정사'로 달라질 수 있다. 일반적으로 그것들은 삶의 쳇바퀴로부터 벗어나는 일이기에 '자신'을 찾아가는 행동이라 하겠다. 그러나 이 시에서는 그리 단정할 수 없다. 주체는 욕망에 시달리다 자멸하고 마는 인간상을 연기한 배우를 만나는 대신, 소설가를 만난다. 소설가의 꿈이 독자와의 불화를 낳고 있지만 주체는 "그가 꿈꾸는 노스탤지어가 무엇인지" 묻지 않는다. 여기에서 자명해지는 것은 현대인의 "불구적인 욕망"도 그것을 부정하는 것도 어떤 의미에서든 비극으로 치닫는다는 사실이다. 그러므로 주체는 '세계' 안에서 진퇴양난이다. 일련의 '대신'과 '않았다/못했다'가 지시하는 것은 바로 이러한 상황이다. 따라서 주체는 셰이머스 히니의 시집을 사지 못한다("밑줄 긋지" 않은 이유는 다른 데 있지 않다).

몇 번의 '대신'은 그를 일상으로 되돌려놓는다. 귀갓길의 버스에서 들려오는 비틀즈의 노래는 주체가 결코 '노르웨이'로 떠나지 못하리라는 것을 재확인하게 한다. 변혁시킬 수 없는 일상이 주는 유희란 기껏해야 버스에 탄 사람들 사이에서 "붉은 옷"을 입은 사람들의 수나 세는 일이다. 이렇게 사람들 속으로 물러앉은 주체가 도움을 요청하는 여인을 "보지 못했다"고 말하는 것은 요컨대 '방관자 효과' 때문이다. 그는 그녀의 아름다움을 보았으나 그녀의 위기를 돌보지 않았다. 그는 사람들 사이에서 그들과 함께 그녀를 '구경'했다. 그러나 이것은 "며칠 전"의 일이다. 주체는 그날 하지 않은 일들을 되새기고 있다. 그 일들이 "오늘의 날씨", 즉 '오늘의 기분'에 미친 영향은 다음 날 주체가 죽지 않았다는 데에서 기인한다. 생명의 위협이 없는 상황에서도 두려움을 느끼는 것은 그렇다면 무엇 때문일까.

나는 생명보험도 들고 운전자보험도 들고 손범수가 선전하는 복불복이라는 다 거기서 거기라는 암보험도 하나 골라 들고 혹시 몰라서 건강식품도 챙겨 먹고 주말에는 등산도 하고 실연을 당해도 눈보라가 닥쳐도 혹시라도 갑자기 죽게 되더라도 자식들에게 일이천이라도 남겨 주려고 전쟁이 나더라도 원자력발전소가 가동을 중단하더라도 쓰나미가 해안가 일부를 뒤흔들더라도 내가 죽을 경우 살아남을 경우 다

칠 경우 수술할 경우 입원할 경우 모든 경우 경우의 수를 대비해서
　　　　　—박순원, 「나는 한때」(『서정시학』, 2014.가을) 부분

알다시피 보험 상품들은 '위험'을 관리하라고 외친다. 이때 "경우
의 수"로 제시되는 것들은 위험의 세목들일 것이다. 그것들은 우리
가 사는 세계가 얼마나 위태로운지 미주알고주알 파헤치고 증언한
다. 죽지 않기 위해, 죽더라도 자식을 위해 우리가 그것을 소비하지
않을 수 없게 말이다. 마침내 자본은 위험을 '상품'으로 유통시키기
에 이르렀다. 그러나 위험은 개인에 한정된 문제가 아니다. 가령 인
용의 후반에 언급된 전쟁은 지난 수십 년간 특정 정치 세력의 보험
이었다. 또한 원자력발전소의 가동 시한을 연장하는 무리수는 시민
의 안전 따위는 아랑곳하지 않는 자본의 본성을 노출시킨다. 이들
사례는 자본-권력에게 위험은 도구에 불과하다는 강력한 증거이다.
그렇다면 이쯤에서 물어야 할 것은 '무엇이 정말 위험일까'가 될 것
이다. 이를테면 보험이나 연금 혹은 적금이 없다면 자식에게 물려줄
것이 아무것도 없다는 주체의 인식이야말로 지금-여기의 우리가 맞
닥뜨린 진정한 위험을 누설하고 있는 것이 아닐까. '복지'의 사전적
의미대로, '좋은 건강, 윤택한 생활, 안락한 환경들이 어우러져 행복
을 누릴 수 있는 상태'를 제도적으로 보장해 주지 못하는 한국이라
는 나라의 도처에 웅크린 것이 참으로 '위험' 그 자체가 아닐까. 하지
만 상황은 그보다 훨씬 심각하다.

3. 지금-여기의 무게

홍성태의 설명에 따르면 '위험(risk)'은 원래 스페인의 항해술 용어
에서 파생된 것이라고 한다. 그리고 17세기에 통용되었던 그것의 원

뜻은 "위험을 감수하다, 암초를 뚫고 나가다"였다. 무역을 위한 원거리 항해는 그것에 "부를 얻기 위해서 당연히 감수해야만 하는 난관"이라는 함의를 불어넣었다.[8] 이를 참고하면 이 단어는 구체어에서 추상어로 어의의 확장이 이루어졌음을 알 수 있다. 그런데 지난 4월 16일, 우리 사회는 추상어에서 구체어로 회귀한 위험의 실례와 마주쳤다. 요컨대 '4.16'은 더 이상 사전적 의미가 아니라 구체적 현실로 다가온 위험의 실체를 보여 주었다. 차차 밝혀졌지만, 그것은 처음부터 모면하지 못할 것으로 예정되어 있었다. "부를 얻기 위해서"라는 목적이 "당연히 감수해야만 하는 난관"을 도외시했음을 목격하면서 우리 사회는 공황(恐慌)을 겪고 있다. 더구나 부와 권력을 좇는 그토록 많은 주체들의 직간접적인 공모가 하나씩 드러날 때마다, 우리의 '사람다움'과 우리 사회의 실상은 되물어져야 했다.

김춘수 시인은 말라르메처럼 무게가 없는 언어로 시를 써 보려고 했다. 중력이 없는 언어를 생각했다. 말라르메의 무거운 생활을 알지 못해서 우주를 유영하기 위해 별을 바라보기만 해도 우주인이 된다고 생각했다. 그래서 강의를 자주 **빼먹고** 국회의원이 되었지만 언어는 하늘로 떠오르지 않았다.

세월호는 너무 둔했다. 미월(眉月)이 뜬 밤, 아침으로 가기에는 몸이 너무 늙었다. '엄마, 미안해!'라는 말을 싣고 어둠을 헤치기에는 너무 낡아, 무거운 아침이 생게망게하여 모든 언어는 무참했다. 그리하

---

8 홍성태, 「역자 서문」, 울리히 벡, 『위험사회—새로운 근대성을 향하여』, 새물결, 1997, p.6.

여 막말과 눈물이 선거 방송처럼 떠다니는 거리에서 어느 색과도 어울리지 못한 노란, 샛노란 리본이 물결 졌다.

—전기철, 「무거움에 대하여」(『애지』, 2014.가을) 부분

삶이 주는 무게에 대한 사유들은 여러 곳에서 찾을 수 있다. 예컨대 사마천이 남긴 "누구나 한 번 죽지만 어떤 죽음은 태산보다 무겁고 어떤 죽음은 새털보다 가벼운 것은 죽음을 사용하는 방향이 다르기 때문이다(人固有一死 或重于泰山 或輕于鴻毛 用之所趨異也)"라는 언급은[9] 잘 알려져 있어서 영화에서 변용되기도 했다. 이대로 죽을 바엔 궁형을 당해 환관이 되는 치욕을 자청했던 선비 사마천은 자신의 삶에 무게를 주기 위해 『사기』를 완성하였다. 비슷한 맥락에서 밀란 쿤데라는 "가장 무거운 무게는 동시에 가장 집약적인 삶의 충족 이미지"이며 그와 대비된 '가벼움'은 인간을 "세속의 존재로부터 멀리 떠나게 한다"라고 말했다.[10] 물론 그는 '가벼움'을 '무거움'으로 옮길 수 있는 게 삶의 비의라는 사실을 놓치지 않았다. 사마천이 '죽음을 사용하는 방법', 즉 어떻게 꾸려 나가는지에 따라 삶의 가치가 달라질 수 있음을 이야기한 것처럼 말이다.

인용한 시의 전반부는 말라르메와 김춘수의 시와 삶을 대비시킨다. 전자는 "무게가 없는 언어"를 꿈꾸었고, 그의 시를 전범으로 삼았던 후자는 "중력이 없는 언어"를 생각해 냈다. 하지만 후자는 전자의 언어가 "무거운 생활"의 반작용임을 몰랐다. 그렇기에 그는 군사정권에 복무하는 국회의원이 될 수 있었다. 말라르메에게 시란

---

9 사마천, 「報任安書」: 김영수, 『사기의 리더십』, 원앤원북스, 2011, p.297 재인용.
10 밀란 쿤데라, 『참을 수 없는 존재의 가벼움』, 송동준 역, 민음사, 1988, pp.13-14.

"철학적으로, 보다 높은 보완으로, 언어의 결함을 보충"하는 것이었다.[11] 반면 김춘수는 삶의 하중을 이기고 그러한 '절대적 정신'을 추구한다는 시의 위의(威儀)에 대한 고민이 없었다. 결과적으로 그의 언어는 처음부터 '무중력'이었다는 것이 주체의 판단이다. 사마천과 쿤데라가 휘발해 버리고 마는 인간 삶의 가치를 '무거움'에서 찾았다면, 시(詩)는 일견 그와는 반대의 길을 택하는 것으로 보인다. 하지만 말라르메가 예증하듯이 시는 그러한 '무거움'에서 다시 한 번 비약함으로써 존재를 고양시킨다.

시의 후반부는 한없이 무거웠던 우리의 아침과 그것이 아직 끝나지 않은 오늘을 이야기한다. 어떤 '무거움'은 시로 고양되기 어려울 만큼 '생게망게하다', 이렇게나 '갑작스럽고 터무니가 없다'. 그리고 어느새 거리에는 온통 "막말과 눈물이 선거 방송처럼 떠다"닌다. 그런데 정치적으로 재해석되는 한편으로 본질이 흐려지고 있다는 것은 중요한 시사점을 제공한다. 이러한 상황을 연출하는 '주체들'이 밝혀지기 때문이다. 이미 욕망의 무게가 침몰시킨 배의 안일지도 모르는 지금-여기의 현실을 끊임없이 은폐하는 자들 말이다. 만약 그렇다면 사마천과 쿤데라 그리고 말라르메가 의식했던 '무거움'은 우리가 직면한 그것과 질이 달라진다. 그들이 짊어진 무게의 배후에는 인간의 실존적 조건이 전제되어 있었기 때문이다. 그것의 하중은 특정할 수 있는 '주체들'이 지워 준 것이 아니었다.

주체는 "샛노란 리본"만이 침묵으로 나부끼는 거리 한쪽에 서 있다. 그 앞에서 "모든 언어는 무참했다"는 진술은 아무것도 할 수 없는 기막힌 현실 앞에서 솟구친 무력감의 토로일 것이다. 그렇지만

---

11 스테판 말라르메, 「운문의 위기」, 황현산 역, 『포지션』, 2014.여름, p.185.

이 시가 일상과 정치의 언어가 끔찍하고 참혹하게 울려 퍼지는 지금-여기를 그려 내고 있다는 데 주목해야 한다. 이와 같이 '4.16'은 수많은 문인들에게 영향력을 행사하고 있지 않은가. 그들이 써내는 최근의 시편들이 힘껏 말하는 것은 비약해 버릴 수 없는 '무거움'과 대면했을 때, 곧 존재론적이지 않은 정치사회적인 하중을 조우했을 때 시가 할 일이 무엇인가에 대한 자각이다.

> 삼백 명을 산 채로 수장시킨 세월호, 저 바다의 아우슈비츠를
> 생중계로 보아야 하는 나는 조금은 벙어리인 사람
> 우리 애 저기 없는 게 천만다행이지, 위안하는 나는 조금 부족한 사람
>
> 세월이 가도 변함없이 의원들 해외여행비나 내주는 나는 조금은 억울한 사람
> 북에서는 세습쇼 전쟁쇼 남에서는 불통쇼 패션쇼 왕조시대 행세를 바라보며
> 민방위도 졸업한 졸개로 살아가는 나는 조금은 힘없는 사람
>
> 원전마피아, 금융마피아, 건설마피아, 해수부마피아, 법조마피아,
> 의료마피아, 교육마피아, 기상청마피아, 통신마피아……
> 마피아 천국에 사는 나는 조금은 불안한 사람
> ─오자성, 「조금은 불행한 사람」(『현대시』, 2014.8) 부분

> 낯선 항구의 방파제까지 떠내려가
> 실종인지 실족인지 행방을 알 수 없는 심장

실종은 왜 죽음으로 처리되지 않나

영원히 기다리게 하나

연락 두절은 왜 우리를

노을이 뜰 때부터 질 때까지 항구에 앉아 있게 하나

달이 뜰 때부터 질 때까지 앉아 있게 하나

바다에 떨어진 빗방울이 뚜렷한 글씨를 쓸 때까지

물속을 물끄러미 들여다보게 하나

기다리는 사람은 왜 반성하는 자세로

사타구니에 두 손을 구겨 넣고는 고갤 숙이고 있나

　　　　　—박서영, 「성계」(『시로 여는 세상』, 2014.가을) 부분

　　울리히 벡은 위험이 '사회적 부메랑 효과'를 가진다고 말했다. 차
츰 확산된 그것은 결국 '위험으로 득을 보는 사람들'의 안전까지 위
협하리라는 것이다.[12] 현재라는 시간의 지평을 미래까지 연장하면
그의 의도는 보다 분명해진다. 위험의 수혜를 누리는 자들의 후손
역시 혜택을 계속 받으리라는 보장은 없다. 만연해진 위험이 누구를
덮칠지는 더욱 알 수 없게 된다. 허나 그러한 시간 여행을 할 필요가
있을까. 우리 거개가 그것의 제물인데 말이다.

　　먼저 인용한 시에서 주체가 세월호에 자식이 타지 않았다고 안도
하는 장면을 보자. 주체의 위안은 대부분의 사람들이 위험에 처해
있다는 인식을 반영한다. 오늘은 방관자마냥 '생중계'로 보고 있지
만, 이런 일이 자신에게도 일어날 수 있다는 불안감이 주체를 엄습

---

12 울리히 벡, 『위험사회—새로운 근대성을 향하여』, p.78.

하는 것은 이런 이유에서다. 그는 그야말로 "마피아 천국에 사는" 자가 아닌가. 눈여겨볼 것은 주체가 대변하는 소시민들의 자의식이 "조금(은)"이라는 자기혐오적 반어로 나타난다는 점이다. 지금-여기의 문제들과 그런 현실을 감내하는 소시민의 모멸감이 부딪히는 것이다. 이리하여 전자가 가능하도록 방치한 이가 실제적으로 누구인가가 밝혀진다. 삶이 불안하고 억울해도 벙어리처럼 침묵하며 스스로를 힘없고 부족한 사람으로 만든 이는 소시민들, 바로 '우리'였다.

두 번째로 인용한 시의 배경이 어디인지 짐작하기란 어렵지 않다. "실종은 왜 죽음으로 처리되지 않나"라는 질문 그리고 이어지는 영원과 같은 기다림은 주체가 실종자 가족과 자신을 동일시하고 있음을 알려 준다. 상상력과 공감 능력이 조금이라도 있는 이에게 '4.16'은 그럴 수밖에 없도록 다가왔으니 이러한 투사는 낯설지 않다. 주체의 질문에서 도발성을 느낀다면 그것은 의미에만 집중했다는 뜻이다. 실제로 그것은 절규이기 때문이다. 문면처럼 실종과 죽음을 나누는 것은 행정적인 절차라는 단순한 문제일지도 모른다. 그러나 그렇지가 않다. 죽음을 포함한 '사라짐' 일체가 실종이기 때문이다. 말하자면 실종에는 죽음 이외의 가능성이 담겨 있다. 물론 실종자 가족들이 그것을 바란다고 할 수는 없다. 하지만 적어도 이것 하나만은 진실이다. 그들은 실종이라는 상태가 종료되길 원한다. 죄 없이 "반성하는 자세"를 취한 까닭은 그렇게라도 하지 않으면 이 바다에서 영원히 기다려야 할 것이기 때문이다. 성계처럼 까맣게 탄 심장으로 말이다. 이 시의 절규와 그 이후는 실종이 주검으로 밝혀져야만 참된 애도가 가능하다는 전언을 담고 있다. 첨언하자면 그것만으로는 우리 사회가 겪은 트라우마를 치유하지는 못한다.

4. 또다시 기다리는 '봄'

돌아보면 1980년대의 '민족민중시 계열'이 표방하던 리얼리즘은 시에 출현하는 주체의 계급적 위치와 그에 부합하는 언어만으로도 충분히 형식적으로 특화될 수 있었다. 그런데 같은 시기의 해체시적 경향은 결과적으로 전자와 만나게 된다. 외면할 수 없을 정도의 정치적 중압은 두 계열의 세계관이 멀어질 수 없는 구심력으로 작용했다. 정치적 사안이 사회 전반을 아우르는 현안에서 물러난 다음에 전개된 '시와 리얼리즘' 논쟁이 '세계관' 차원에서 봉합된 것은 한편으로는 자연스러운 일이었다. '시민혁명'을 거친 연후였기 때문이다. 1990년대의 시가 행한 여러 형식 실험들과 시적 관심의 확대는 이전 시대와 확연히 구분되는 풍요로움이었다. 2000년대에 등장했던 시들은 여기에서 한 걸음 더 나아갔다. 이제까지 받아들였던 시의 요건을 의심하면서 '서정' 자체까지 재해석하기에 이르렀던 것이다. '전통 서정'과 구별되는 '다른 서정'이라는 호명은 시의 본질에 대한 단순한 이견 제출이 아니었다. 그것은 시의 새로운 영역이 개척되었음을 선언한 것이었다.

2010년대를 살아가는 오늘 우리는 불행하게도 1980년대와 일맥상통하는 시의 풍경을 목도하고 있다. 시에서 리얼리즘은 어쩌면 오래 잠복해 있었다. 그리고 1990년대의 논쟁 이후 '시와 정치'에 대한 논의가 문단에서 거론되었을 때, 담론의 중심에는 전통적인 의미에서의 리얼리스트가 아닌 시인들과 평론가들이 있었음을 기억하자. 지금-여기라는 불모지를 서성이고 있는 '다른 얼굴을 한 리얼리즘'을 우리는 이렇게 여직 마주하고 있다. 그렇지만 그 얼굴들이 부르는 노래를 흘려들을 수는 없다. 그것들은 '봄'을 기다리는 우리의 열망과 공명하고 있다. 달갑지 않은 얼굴이지만, 정치사회적 '무거움'

은 시에게 그런 얼굴을 꾸미도록 몰아세우고 있다. 리얼리즘의 귀환. 이는 우리가 '서울의 봄'을 제대로 애도하지 못했기 때문일까. 그렇다면 우리가 해야 할 일은 명확해진다. 지금-여기의 우리는 시가 아닌 삶으로써 '악무한'을 끝내야 한다. 그러지 못한다면 어느 먼 훗날, 리얼리즘은 다른 얼굴로 다시금 찾아올 것이다. 그것이 시의 의무들 중 하나이기 때문이다. (2014)

조우와 수렴

경험만이 취미를 얻게 해 준다.

—클레멘트 그린버그

1. 아포리아(aporia)

"시가 아닌 것은 무엇인가." "시란 무엇인가"를 해명하기 위해 선결되어야 할 것으로 야콥슨이 제기한 질문이다.[1] 오늘날의 시를 정의하기란 쉽지 않은 일임을 이처럼 솔직하게 표현한 이는 드물다. 하지만 아포리아의 역사는 오래되었을 뿐만 아니라 시에 있어서는 본질적이기까지 하다. 아리스토텔레스는 시의 일반적인 본질을 '모방'에서 찾았고, '수단·대상·양식'의 상이함을 기준으로 시를 구분하였다.[2] 그에게는 '시란 무엇인가'보다 '시란 어떻게 존재하는가'가 중요한 문제였다.

본질론의 차원이 아닌 존재론의 시각에서 시를 이해한 것은 동양

---

1 로만 야콥슨, 「시란 무엇인가」, 로만 야콥슨 외, 『현대시의 이론』, 박인기 편역, 지식산업사, 1989, p.5.
2 아리스토텔레스, 『시학』, 천병희 역, 문예출판사, 2002, pp.25-26.

에서도 마찬가지였다. 『시경』의 「모시서(毛詩序)」는 마음속의 '뜻(志, 情)'이 말로 나타나면 '시'가 된다고 설명했는데, 치세(治世)와 난세(亂世)와 망국(亡國)의 노래에는 백성들의 마음이 녹아들어 있다고 여겼다.[3] 이러한 견해에는 공자의 생각이 담겨 있었다. 그는 "시는 선한 마음을 흥기시키고 덕행과 정사를 관찰할 수 있으며, 여럿이 모여 화(和)하게 지낼 수 있고 완곡한 표현으로 원망스러운 심경을 토로할 수" 있는 수단으로 이해했다.[4] 공자는 존재론의 견지에서 기능론의 차원까지 염두에 두었던 것이다.

2. 진통 서정·리얼리즘·모더니즘, 최초의 조우

한국시사에서 소제목에서 제시한 세 지향이 처음으로 공존했던 시기는 1920년대이다. 하지만 본격적인 궤도로 오른 것은 1930년대라고 보아야 한다.[5] 그런데 박용철과 임화 그리고 김기림으로 대표되는 이 시기의 시론은 대립한다기보다는 섞여 드는 양상을 보였다. 엄밀히 말하면 박용철을 전통 서정과 단순하게 직결시키는 것은 온당하지 않지만 말이다. 몇 가지 장면들을 나열해 본다.

임화는 김영랑을 "현재의 부르주아 시단을 대표한다는 2, 3 시인들"의 하나로 지목하고 "자기를 율격화하려는 강고한 경향"이라며 에둘러 비판했다.[6] 반면 박용철은 그의 시를 "좁은 의미의 서정주의의 한 극치"라고 추켜세우는 한편[7] '성급한 현실의 채찍'으로 인

---

3 朱子, 『詩經集傳』, 성백효 역주, 전통문화연구회, 1993, pp.29-30 참고.
4 孔子, 「陽貨」, 『論語』: 성백효, 「이 책에 대하여」, 朱子, 『詩經集傳』, p.5에서 재인용.
5 최동호, 「근대시의 전개」, 오세영 외, 『한국현대시사』, 민음사, 2007 참고.
6 임화, 「가톨릭 문학 비판」(1933.8.11-18), 『임화 전집 4』, 소명출판, 2009, pp.286-287.
7 박용철, 「병자시단의 일년 성과」(1936.12), 『박용철 전집 2』, 깊은샘, 2004, p.108.

해 프롤레타리아 시인들이 '인내 있는 예술의 창작'에 종사하기 어렵다는 점을 인정했다.[8] 또한 김기림은 "상징주의의 몽롱한 음악 속에서 시를 건져 낸" 이로 정지용을 들었고,[9] 박용철은 정지용의 「유리창 1」을 분석하고 '변설'이 아닌 시의 전범으로 제시했다.[10] 임화는 시문학파의 일원이자 구인회의 멤버였던 정지용을 순수시 운동과 기교주의, 즉 전통 서정과 모더니즘의 연결 고리로 보았으나, 그의 언어적 성취를 부정하지는 못했다.[11] 그래서 그는 민족어에 대해 관심을 기울이기 시작했으며,[12] 1930년대 말에 이르러서는 "언어란 풍토와 더불어 자연스러운 것"이라고 주장했다.[13] 일본어로 된 이 문장을 낳은 역사적 상황은 능히 짐작할 수 있다. 비슷한 때 김기림이 내놓은 모더니스트의 과제가 "사회성과 역사성을 이미 발견한 말의 가치를 통해서 형상화하는" 것이었던 사실도 우연은 아니다.[14] 더 일찍 발표된 박용철의 마지막 글도 이들의 생각과 크게 어긋나지는 않는다. 그는 시인을 오랜 장마(長霖)와 흐린 하늘(曇天) "아래서는 험상궂인 버섯으로 자라날 수 있는 기이한 식물"이라고 설명했다.[15]

1930년대를 관통하며 임화, 김기림, 박용철의 시론이 만나는 장면들에는 다양한 동인이 작용했다. 1930년대 중반 이후 식민지 조선의 사정은 물론 이들의 시론이 접합하는 것을 가속시켰을 터이다.

8 박용철, 「을해시단총평」(1935.12.24-28), 『박용철 전집 2』, pp.82-83.
9 김기림, 「1933년 시단의 회고」(1933.12.7-13), 『김기림 전집 2』, 심설당, 1988, p.62.
10 박용철, 「을해시단총평」, 『박용철 전집 2』, pp.91-92.
11 임화, 「담천하(曇天下)의 시단 1년」(1935.12), 『임화 전집 3』, 소명출판, 2009, p.483.
12 임화, 「조선어와 위기 하의 조선문학」(1936.3-24), 『임화 전집 4』, p.589.
13 임화, 「언어를 의식한다」(1939.8.16-20), 노혜경 역, 『임화 전집 5』, 소명출판, 2009, p.492.
14 김기림, 「모더니즘의 역사적 위치」(1939.10), 『김기림 전집 2』, p.57.
15 박용철, 「시적 변용에 대해서—서정시의 고고한 길」(1938.1), 『박용철 전집 2』, p.8.

이 점은 부인할 수 없다. 그러나 잊지 말아야 할 것은 박용철이 '넓은 의미의 서정주의'의 영역을 남겨 놓았다는 점, 임화가 정지용이 획득한 시어의 성과를 일정하게 긍정했다는 점, 김기림과 박용철이 정지용의 시를 공히 인정했다는 점 그리고 그런 정지용의 시를 임화가 전통 서정과 모더니즘에 걸쳐진 시인으로 파악했다는 점 등이다. 이들의 후배인 조지훈은 나중에 정지용과 김영랑을 "한국의 시심을 위한 현대적 기법을 체득"했으며, 후자의 경우 "소월의 선을 받아 세련시킴으로서 전통파의 단초를 열었다"라고 평가하기도 했다.[16] 이것으로써 분명해지는 것은 1930년대의 시와 시론이 단지 부정적으로 조우하지 않았을 뿐만 아니라 다양성을 담보한 상태에서 교류하여 상호 영향 관계를 형성하고 있었다는 사실이다.

이러한 양태는 김기림의 제안으로 종합된다고 할 수 있다. 그는 "시는 '어떻게' 있는가"라는 질문에서 시작되고 끝나는 '새로운 시학'을 요청했다. 그러기 위해서는 "구체적인 개개의 시를 개인의 소산으로서 또는 한 민족, 한 시대의 소산으로서 그대로 취급"해야 한다고 덧붙였다.[17] 그가 제출한 존재론으로서의 시학은 당대 시의 여러 지향들을 아우르고 있었다.

3. 모더니즘 그리고, 모더니즘 시와 서정시

사전은 모더니티(modernity)를 예술 사조로서의 모더니즘에 드러나는 근대적인 특징이나 성향이라고 정의한다. 칼리니스쿠는 그런 특징과 성향을 '모더니티, 아방가르드, 데카당스, 키치, 포스트모더

---

16 조지훈, 「한국현대시사의 관점」(1960.4), 『조지훈 전집 3』, 나남, 1996, p.136.
17 김기림, 「시학의 방법」(1940.2), 『김기림 전집 2』, pp.14-16.

니즘' 등으로 나누어 설명한다.[18] 특징과 성향에 따라 배열된 이것들은 '역사'의 흐름과 거의 일치한다. 하지만 그보다 눈에 띄는 것은 이것들 중 하나, 곧 모더니티가 나머지를 '대표'하고 있다는 점이다. 요컨대 모더니티는 역사적 개념이지만 동시에 그것을 끊임없이 이탈하는 질적 개념이다. 말하자면 이것은 사적으로 고정된 것이 아니라 시대와 함께 유동하는 개념으로 현재하고 있다고 해야겠다.

칼리니스쿠가 모더니티를 "스스로를 새로운 전통 내지 권위의 한 형태로 인식하는 한에 있어서 그 자신에 대한 대립 속에 있는 위기 개념"이라고 요약한 것은 이런 맥락과 관련된다.[19] 따라서 모더니티는 하나의 입장이자 태도로 오래전 자리를 잡은 하나의 전통이라고 하더라도 이상할 게 없다. "불변하며 초월적인 미의 이상에 대한 신념에 기반한 유서 깊은 영원성의 미학"과 구별되는 "변화와 새로움을 중심적 가치로 삼는 일시성과 내재성(immanence)의 미학"이 바로 칼리니스쿠가 정리한 모더니즘의 핵심이었다.[20]

변화와 새로움이 지속성을 획득하지는 못하므로 모더니즘 시는 끝없는 자기 갱신의 여정에 있을 수밖에 없을 것이다. 그렇다면 서정시는 어떠한가. 그렇지 않은가. 그럴 리 없다. 칼리니스쿠가 표현한 "영원성의 미학"과 오늘날의 서정시를 직결시키기란 요원한 일이다. 무엇보다 "미의 이상에 대한 신념"을 이들 서정시에서 찾기란 어렵고 난감한 것이 되어 버렸기 때문이지만, 모더니즘 시의 기법들을 서정시가 흡수하고 있는 것도 무시할 수 없는 이유이다. 예컨대, 이미지

18 M. 칼리니스쿠, 『모더니티의 다섯 얼굴』, 이영욱 외역, 시각과언어, 1993.
19 M. 칼리니스쿠, 「서론」, 『모더니티의 다섯 얼굴』, p. x ix.
20 M. 칼리니스쿠, 「서론」, p.xi.

를 활용하거나 객관적 상관물을 적극적으로 사용하거나 대상을 낯설게 배치하는 기법은 이미 모더니즘 시만의 배타적인 수법이 아니다.

그런즉 차라리 현재에 있어 서정시와 모더니즘 시를 나눌 수 있는 근거는 칼리니스쿠의 발언을 확장해 보자면 고집스레 "그 자신에 대한 대립 속에" 있으려는 태도의 유무일지도 모르지만, 이마저도 단정적으로 말할 수는 없다. 자신의 시를 대상화하여 이를 갱신하려는 노력이 모더니즘 시인의 특권일 수는 없으니 말이다. 기실 전통적 서정의 전범으로 자주 거론되는 하이쿠 역시 명백하게도 자신의 감정을 타자에게 대상으로 세움으로써 주체의 감정을 객관화해 오지 않았던가. 서구의 낭만주의와 달리 동양에서 충일한 감성이나 그것에의 몰입 자체가 시의 핵심으로 행세한 사례는 그렇게 많지 않았다.

그러므로 서정시와 모더니즘 시를 구분할 수 있는 유일한 기준은 전자보다 후자가 기법과 세계관의 측면에서 적극적인 변화를 도모하려 한다는 것 이상일 수 없다. 독자에게 이미 익숙한 기법과 세계관으로부터 간단없이 달아나려 하는 시도로서 존재하는 시, 그렇게 불편하게 다가감으로써 당대에 대한 비판적 거리를 획득하려는 시를 우리는 모더니즘 시의 후예라고 칭할 수나 있지 않을까. 가장 당대적인 동시에 그런 것들에 제일 먼저 비판적 태도를 취하는 질적 태도를 말이다. 만약 그렇다면 현재의 서정시가 가지는 영역은 바로 그 옆까지 가서 조금은 더 독자에게 편안하게 다가가는 것이라고 할 수도 있겠다.

4. 리얼리즘 시의 공백

2010년대 중반에 쓴 글에서 나는 다음과 같은 요지로 말한 바 있다. 1980년대는 흔히 '시의 시대'로 불렸지만 '정치의 시대'이기도 했다. 그래서 진정한 의미의 '시의 시대'가 실제로 도래한 것은 1990년 대였다. 정치라는 핵심 명제에서 벗어날 수 있었던 시는 생태·일상· 여성·신서정·정신주의 등의 다양한 지향성을 가질 수 있었고, 이와 더불어 다기한 형식과 내용의 탐험이 가능했다. 2000년대의 미래파 담론은 그런 탐색의 토대 위에 우려 속에서도 흥행할 수 있었다. 그 런데 이후에 등장했던 '시와 정치'라는 테제는 1980년대와는 다른 차 원에서 정치를 시에 유입시켰다. 모더니즘의 계보를 잇는 진은영의 포스트모더니즘과 권혁웅의 레토릭은 자본 및 이것의 공모자인 권력 을 비판하고, 서정시의 전통 위에 섰다고 할 이현승과 박서영은 제각 기 담담한 어조와 중첩된 이미지로 그것들이 장악한 세계의 거주자 인 우리 자신을 돌아보게 하고 연대 의식을 요구했다.[21]

요컨대는 거진 거세된 리얼리즘의 동력이 일정하게 대체되는 양 상을 보인 것이다. 이러한 흐름은 1980년대 시의 중요한 두 축으로 자리매김했던 민족민중시 계열과 모더니즘, 즉 '해체시'적 경향의 공 존과는 양상이 달라진 부분이다. 유성호는 후자에 해당하는 시들이 "한 시대의 총체적 폭력과 왜곡상에 우화적으로 저항"했으며, 이 때 문에 이 둘은 "급격한 산업화와 정통성 없는 정치 세력이 가져온 불 구적 근대"를 함께 비판했다고 평할 수 있었다.[22] 하지만 이제 그가 거론했던 민족민중시 계열의 흔적은 찾아보기 힘들어졌다. 대신 앞 단락에서 보았듯이, 서정시와 모더니즘 시가 리얼리즘 시의 공백을 파고들며 서로 닮아 가고 있다고 해야 옳겠다.

---

21 김영범, 「지금-여기의 비극과 리얼리즘」, 『리토리아』, 2014.여름 참고. 이 글은 이 책의 제1부에 실려 있다.
22 유성호, 「시적 리얼리즘의 형상과 논리」, 『딩아돌하』, 2014.여름, p.21, p.23.

5. '사건'으로서의 세월호

기법이 아닌 주제 의식이 교차하는 시편들은 나열할 수도 없이 많지만, 가장 비극적인 조우는 세월호 이후에 일어났다. 시단은 사건 3개월 만에 추모시집을 꾸려 냈다. 마치 1930년대 후반 시론들이 그러했듯이, 정치는 시가 운신할 폭을 좁힌다. 한자리로 불러 모은다. 하지만 이번 합창의 성격은 시집 표지의 도안이 적시하는 바와 같다. 추모시집의 제목 『우리 모두가 세월호였다』(실천문학사, 2014)는 우리의 현실을 자인하는 눈물의 고백이었다. 이 시집을 통해 세월호는 우리 시단에 '사건'으로 기입되었다고도 할 수 있다. 시를 찬조하지 않은 다른 문인들에게도 그랬다. 두 편의 시를 들여다본다.

가만히 있어? 여기 가만히 있으면 커다란 입들의 밥이 될 거야 뽀빠이는 시금치의 힘으로 불트에게 잡힌 올리브를 구했잖아 뽀빠이가 가만히 있지 않아서 올리브를 되찾을 수 있었던 거야 아무도 세월의 갑판을 찢고 날 구할 수 없잖아. 왜 가만히 있어? 난 여태 가만히 있었잖아 가만히 책상에 앉아 창문 너머 새 떼를 못 본 척했고 매일 가만히 앉아 책 속에서 세월을 찾아 헤맸잖아 사실 난 망망대해에서 세월이나 낚으며 살까 했는데

—윤석정, 「21그램」부분

"저도 바닷가에서 자라 잘 아는데 바다엔 밀물 썰물이 있잖아요? 그리고 파도가 좀 세면 어때요? 저 바다가 반드시 우리 애를 엄마 곁으로 데려다줄 거예요. 우리의 소원이 이렇게 간절한데 바다가 왜 그걸 모르겠어요? 우리 애가 돌아오면 내 곁에 하룻밤 푹 재워서 하늘로 돌려보낼 거예요. 그거밖에 없어요. 지금 제 희망은……."

두 가지 말에서 출발한 시들이다. 윤석정은 시스템의 말을 인용하고 이의를 제기한다. "가만히 있어?"가 "왜 가만히 있어?"로 바뀌며 주체의 질문이 향하는 곳은 시스템의 명령에 따르도록 동조해 왔던 어른들이 된다. 이로써 세월호 사건에서 어른들이 방관자였음이 고발된다. 마지막 문장의 꿈은 비유겠지만, 정해진 미래만을 제시했던 것은 시스템만이 아니었던 것이다. 이시영의 시는 희생자 어머니의 인터뷰를 그대로 따왔다. 날것의 격정과 바람이 일렁이는 그녀의 말은 큰따옴표에 실려 시로 각인되었다. "바다가 왜 그걸 모르겠어요?"라는 반문에는 인간이 아니라면 바다라도 데려다줄 것이라는, 아직 다 이뤄지지 않은 소망이 담겼다. 그리고 우리가 기억하는 당시의 안타까움과 참담함이 왜 분노로 옮겨 갈 수밖에 없었는지를 증명하는 단서도 들었다. 두 시 모두 격렬한 정서의 회오리에 거리를 두는 장치를 마련함으로써, 그것의 회전력을 유지하고 있다.

6. 모더니즘과 서정, 시의 근황

바디우는 "사건은 어떤 가능성을 창조하지만, 정치의 틀 안에서는 집단적인 작업이 그리고 예술적 창조의 경우에는 개별적인 작업이 그 뒤로 이어져야" "비로소 그 가능성은 현실"로 전환된다고 언급한 바 있다.[23] 이 점에서 세월호가 사건으로서의 명맥을 이어 가고 있다고 장담하기란 저어되는 일이다. 여전히 시스템 속의 우리는 그것을 제대로 고치지 못한 채로 살아간다. 그렇다는 것을 증언하는 시들

---

23 알랭 바디우·파비앵 타르비, 『철학과 사건』, 서용순 역, 오월의봄, 2015, p.25.

이 출현하고 있다. 올해 등단한 시인들의 근작들을 살피기로 한다.
『2019 신춘문예 당선시집』(문학세계사, 2019)에서 두 편을 골랐다.

억울한 사람들은 문을 두드린다 문의 이름은 당기시오

간혹 과열된 이름이 베란다 밑으로 떨어진다 누가 죽어도 이상하지
않은 저녁이
부엌에서 맛있게 끓여지고 있고 냄새가 난다 죽은 양파 냄새가

나는 도무지 화목한 식탁을 이해할 수가 없어서 커튼을 쳤다 베란다
에는 여전히 억울한 사람들이 죽어 있고 아무도 밥을 먹을 때 어두운
곳을 쳐다보지 않는다

—류휘석, 「암막 커튼」 부분

난 실과 바늘을 꺼내 뜯어진 피부를 기워 내고 있었다
(중략)
때때로 불어오는 바람은 유독
상처 난 것들을 집요하게 핥는 습성이 있다
혀로 너의 뼈들을 훑고 지나갈 때마다
혓바늘이 돋아났다 밤마다 네가 지른 비명은
네 나름의 박음질이었을까 몸을 찌를 때마다
너는 계속해서 몸을 꿰매고 있었다

—박신우, 「개미집」 부분

1990년대에 태어난 시인들의 작품이다. 류휘석 시의 주체는 "누

가 죽어도 이상하지 않은 저녁" "억울한 사람들"을 모른 체한다. 표면적으로는 "화목한 식탁을 이해할 수가 없어서"다. 그런데 베란다의 사람들은 타인들로 보이지만 그렇지 않다. 커튼을 드리우며 가려지는 얼굴은 주체의 그것이기 때문이다. 그는 스스로를 유폐한 자인 것이다. "어두운 곳을 쳐다보지" 않음으로써 그는 자신이 혼자라는 사실을 잊고, 암막 커튼을 침으로써 자신이 존재한다는 사실을 숨긴다. 그리고 박신우의 시는 저 자신을 치유하는 주체를 보여 준다. 그는 "상처 난" 사람이다. 하지만 '나'는 '너'에게는 "때때로 불어오는 바람"이어서 '너'의 아픈 곳을 "집요하게 핥는" 존재이기도 하다. 반대의 경우도 매한가지임을 시의 설정은 시사한다. 이렇게 '나'는 '너'와 같은 처지에 있다. '우리'라 불리기를 그만둔 이들은 서로에게 상처를 내며 자기도 "혓바늘이 돋아"나는 악순환에 갇혀 있는 것이다. 서로의 비명을 들으면서도 말이다.

들머리에서 예시했던 「모시서」와 공자의 말을 나란히 놓고 보면, 오늘의 시가 난세나 망국의 노래에 가까워서 "원망스러운 심경을 토로"하고 있지는 않은지를 돌아보게 한다. 갓 시인이 된 이들, 이를테면 세월호 세대가 발표한 시에 나타나는 고독한 주체의 모습은 지금의 이십대가 체험하는 닫힌 우주 혹은 닫아걸어야 하는 세계 그래서 결국 갇혀 버린 생의 실상일 수도 있을 터이다. 그러니 그것은 그들만의 현실일 수 없다. 제사로 쓴 그린버그의 말은 모더니즘이 단지 낯설고 새로운 기법에만 근거하지 않음을 지적한 것이었다. 어떤 충격은 자아를 압도하여 트라우마가 된다. 이것에 사로잡힌 이들의 시가 보여 주는 바와 같이 오늘날 서정시와 모더니즘 시는 무한히 수렴되고 있다. '넓은 의미의 서정주의'로 말이다. 이리하여 우리의 시는 "한 시대의 소산으로서" 존재한다. (2019)

제2부 증상

'증상'의 시학
—이영광론

1. '붕괴를 드러내기'와 '내면성으로 극복하기'

별이 빛나는 창공을 보고, 갈 수가 있고 또 가야만 하는 길의 지도를 읽을 수 있던 시대는 얼마나 행복했던가? 그리고 별빛이 그 길을 훤히 밝혀 주던 시대는 얼마나 행복했던가? 이런 시대에 있어서 모든 것은 새로우면서도 친숙하며, 또 모험으로 가득 차 있으면서도 결국은 자신의 소유로 되는 것이다. 그리고 세계는 무한히 광대하지만 마치 자기 집에 있는 것처럼 아늑한데, 왜냐하면 영혼 속에서 타오르는 불꽃은 별들이 발하고 있는 빛과 본질적으로 동일하기 때문이다.[1]

자주 인용되는 루카치의 이 언급은 '그리스인들이 형이상학적 삶을 누리던 원', 이른바 총체성의 원환이 깨어지기 전인 인류의 유년

---

1 게오르그 루카치, 『소설의 이론』, 반성완 역, 심설당, 1998, 중판, p.25.

기를 추억한다. 그리스뿐만 아니라 인간과 우주가 자유로이 교섭하던 신화적인 시대로부터 인간의 내면은 늘 우주를 비추는 거울이었다. 자신들을 닮은 신들이 지배하는 세계에서 인간은 길을 잃지 않고도 가고자 하는 곳으로 갈 수 있었으며, 어디나 "자기 집"처럼 편안한 안식처이기도 했다. 그러나 모든 개별자에게 그러하듯, 인류의 유년기는 길지 않았다. 근대적 인간은 이러한 '신인동형론(anthropomorphism)'적 사유를 오래전에 스스로에게서 박탈해 버렸다. 인간과 세계 사이의 우주적 상응이 효력을 잃은 것이다. 그러자 "리듬-으로서의-세계(mundo-como-ritmo)"[2]라는 아날로지적 일체감은 더 이상 온전할 수 없게 되었다. 아도르노의 『계몽의 변증법』을 참고하자면, 자발적으로 탈마법화한 인간은 세계(자연)에 더 이상 친화적이지 않다. 인간은 '계몽'이라는 도구적 이성으로써 그것을 지배하려 했다. 그러나 '계산 가능성'과 '유용성'이란 척도로 모든 것을 재단하는 계몽은 인간 자신마저도 옭아매는 형국을 연출하고야 말았다. 인간에게 타인은 또 하나의 자연일 뿐이다. 타인을 지배의 대상이라는 자리에 놓음으로써 자신 또한 그렇게 될 위험에 처하게 된다는 것을 인간은 간과해 왔다. 인간은 목적이 아닌 수단으로 전락하게 된 것이다.

　　루카치를 이어받아 골드만은 "문제적 인물이 타락한 사회에서 타락한 방식으로 진정한 가치를 추구하는 서사 양식"으로 소설을 정의하였다. 이러한 개념에는 "진정한 가치"를 찾기 위한 여정에서 주체와 환경과 수단 모두가 '진정성'에서 벗어나 있다는 역설이 숨어 있다. 총체성이 붕괴된 상황에서 이는 어쩌면 당연한 결과이다. 그렇

---

2 옥타비오 파스, 『흙의 자식들 외』, 김은중 역, 솔, 1999, p.84.

다면 "진정한 가치"는 어디에 존재할 수 있겠는가. 이제 그것은 소설이 그려 내는 붕괴된 세계를 거쳐야만 비로소 도달할 수 있는, 유보된 영토에 속한다. 소설의 주인공을 따라 독자들이 힘겹게 닿는 거기는 내면성의 왕국이다. 그러므로 소설은 우선 '붕괴를 드러내기'로서 스스로를 정립한다고 할 수 있다. 이를 총체성의 붕괴에 대한 산문적 대응이라고 부르기로 하자.

소설에서 총체성의 붕괴라는 현실에 대응하는 '내면성으로 극복하기'는 일정하게 지연되어 있지만, 시에서는 사정이 달라진다. 일인칭 시점 소설이라고 하더라도 그 작자는 전통적으로 이야기의 전달자(서술자)로 간주되어 온 반면, 시의 작자는 이야기의 당사자(화자) 역할을 자처해 왔기 때문이다. 이런 이유로 '내면성으로 극복하기'는 일차적으로는 시인 자신의 몫으로 이해되어 왔다. 이를 총체성의 붕괴에 대한 운문적 대응이라고 명명할 수 있을 것이지만, 여기에는 좀 더 뿌리 깊은 오해가 개입되어 있다. 근대성이 붕괴시킨 것은 총체성만이 아니기 때문이다. 그것은 장르 간의 장벽 또한 허물어 버렸다. 푸쉬킨의 『예프게니 오네긴』이나 쥬꼽스키의 『물의 요정』 등의 운문소설(novel inverse)이 산문의 운문화를 보여 준 예외적인 사례였다면, 운문의 산문화는 근대시의 탄생 이후 보편적인 현상이었다. 이러한 경향은 그 자체로 시가 '붕괴를 드러내기'에 참여하고 있다는 강력한 증거가 된다. '내면성으로 극복하기'가 두드러지는 것은 화자를 내세우는 시라는 장르의 특성에 기인한 것이다. 논리상 붕괴를 이미 인식해야만 '내면성으로 극복하기'가 필요해지지 않겠는가. "리듬-으로서의-세계"의 폐허 위에서 현대시를 창시했던 보들레르는 벌써부터 파리라는 도시를 '우울'과 연관시켰으며, 우리 시사에서 이상(李箱)은 식민지 근대도시 경성을 '무서운' 공간으로 진단한 바 있다.

근래 시단에서 논란이 되었던 '미래파'나 '다른 서정' 그리고 그것의 반대편에 자리하는 '극서정'이라는 호명들은 따지고 보면 각각 '붕괴를 드러내기'라는 산문적 대응과 '내면성으로 극복하기'라는 운문적 대응에 붙여진 이름들이다. 전자는 이제 기존 서정시의 고정된 화자라는 원근법을 거의 폐기하다시피 했으며, 후자는 단순한 서정이 아니라 '극(極)'서정을 이야기하고 있다. 우리가 만약 이러한 명명법을 수용할 수 있다면, 이들 양자 사이에 놓인 것이 현대시의 근황이라고 하겠다. 요컨대 한국의 현대 시인들은 '붕괴를 드러내기'와 '내면성으로 극복하기'의 스펙트럼 안에서 시를 쓰고 있는 셈이다. 이영광은 이 둘 가운데에서 가장 격렬하게 진동하고 있는 시인들 중의 하나이다. 그는 총체성이 붕괴된 세계에 대해서 한편으로는 아날로지적 전망을 제시하며, 다른 한편으로는 알레고리적 진단을 시도해 왔다. 이영광 시의 엔트로피는 여기에 기인한다. 미리 말하자면 그는 질서라고 명명되어 온 것들을 교란하는 자이다.

2. 강박증으로서의 '길'

이영광 시의 주체는 대개 어디론가 가고 있거나 그 와중에 멈추어 있다.[3] 그의 시에 등장하는 '길'들은 전통적인 서정시와 같이, 삶과 직접 연결되는 경우가 많다. 어떤 점에서 루카치 글의 인용과도 통하는 이러한 설정에서 문제가 되는 것은 이 길들이 그 자체로 토지를 구획하는 지정학적 분계이기도 한 길의 본래적 속성, 즉 '경계'로서 등장한다는 데 있다. 이영광은 '길'을 누구에게도 속하지 않은 것으

---

3 이 글은 이영광 시 전반을 다룬다. 편의상 『직선 위에서 떨다』(2003), 『그늘과 사귀다』(2007), 『아픈 천국』(2010)을 각각 『직선』, 『그늘』, 『천국』으로 약칭한다.

로 인식한다. 실상 대부분의 길은 국유지로서 체제의 소유이지 주체의 자리가 아니지 않은가. 그러므로 그의 시에서 '길'들은 삶에 대한 아날로지이지만 기존의 서정시와 다른 곳을 향할 수밖에 없다. 한 걸음 나아가 이영광의 시에서는 '집'조차도 목적지로 상정되지 않는다. 아니, 그의 시는 그런 곳으로 닿을 수 없음을 끊임없이 환기시킨다.

> 내 여자는 동해 푸른 물과 산다
>
> 탁류와 해초들이 간간이 모여
>
> 이룩하는 근해의 평화를 꿈꾸지 않는다
>
> 저녁마다 아름다운 생식기를 씻어 몸에 담고
>
> 한층 어렵게 밝아 오는 먼 수평까지 헤엄쳐 나가
>
> 아침이면 내 여자는 새 바다를 낳는다
>
> 살을 덜어 나의 아들을 낳는다
>
> 내가 이 세상의 홀몸 이기지 못해
>
> 천 리 먼 길 절뚝여 찾아가면
>
> 철책 너머 투명한 슬픔의 알몸을 흐느끼며
>
> 문득 캄캄한 밤바다 되어 말 못 하게 한다
>
> 다시는 여기 살러 오지 말라 한다
>
> ―「동해」(『직선』) 전문

시의 주체는 '바다'를 "내 여자"라고 부른다. 그런데 그녀는 '나' 아닌 "동해 푸른 물"과 살며, 그녀가 낳은 "나의 아들" 역시 "철책 너머"에 있다. '바다'는 왕성한 생산력을 가진 "아름다운 생식기"를 가졌지만, 그것의 아름다움은 주체에게는 닿을 수 없는 무엇이다. '바다'가 "근해의 평화"를 굳이 바라지 않는다는 점에서 주체 역시 그것으로부터 배제되기 때문이다. '나'는 "이 세상의 홀몸"이고 '바다'는 "투명한 슬픔의 알몸"이지만, 이들 두 몸의 만남은 불가능하다. 이 외 사랑의 관계는 진전되지 않는다. '바다'는 이내 불 꺼진 창처럼 "캄캄한 밤바다"가 된다. "다시는 여기 살러 오지 말라"는 '바다'를 주체가 들여다보고 있으므로, 주체의 자리 그리고 주체가 거하는 세상은 그녀의 '바깥'이다. 이렇게 이영광은 아름다운 '바다'를 화합과 만남의 공간이 아닌 불가능한 대상의 아날로지로 사용한다. 『그늘』의 「동해 2」에서 다시 보듯 "온몸이 나의 그물인 그대"에게 다가가려는 시도는 "소금처럼 익사한" 상태에서나 실현될 수 있다. 그러므로 주체는 말한다. "울음보다 더 헛된 대책은 없다 사람보다 더 먼 것은 없다".

「문(門)」(『직선』)에서도 사정은 동일하다. 이 시에서 주체는 "날 허락하지 않는 어떤 내부"가 있어 "한 번도 받아들여진 적 없었다"고 고백한다. 주체에게 "지나 보면 다 바깥이었다"는 깨달음은 언제나 뒤늦게 찾아온다. 깨우침 뒤 주체가 발견하는 것은 "단정히 여민 문"이다. 내부와 외부, 안과 바깥을 개방시키고 차폐시키는 문의 이중적 속성은 선별적이고 배타적으로 작용한다. 거기에는 들어오게 하는 동시에 나가게 하는 수용과 배제의 변증법이 작동하기 때문이다. 수용의 가능성에 대한 기대는 "지칠 줄 모르는 그리움의 두 발"(「숲」, 『직선』)로 표현되기도 하지만, 주체를 바깥으로 내모는 배제라는 현실은 문밖에 있다는 그래서 또 다른 내부를 찾아야 한다는 자각을 불러올 뿐이다.

산을 보면, 들어가고 싶어진다
산에는
안이 있다

(중략)

너무 먼 길 가다
철퍼덕
주저앉았을 때 들던 생각,
망가진 생을 견인해 가려는 듯
불끈 엎드린 길을
껴안고 싶을 때 들던 생각,

몹쓸, 인간의 바깥에도
멀고 먼 안이 있다
들어오라는 듯
들어오지 말라는 듯,
산에는
문이 없다

—「산」(『직선』) 부분

이 시에서처럼 '문'이 없이 안과 밖이 존재하는 것은 '산'으로 대
표되는 자연이다. 주체는 "주저앉았을 때"와 "불끈 엎드린 길을/껴
안고 싶을 때" "산에는/안이 있다"는 생각을 한다. 그러나 '산'은 "몹
쓸, 인간의 바깥"에 있다. 그것은 인간세계와는 구별되는 영역에 존
재하는 "멀고 먼 안"이다. 자신의 길을 가다 지쳤을 때 드는 생각이
라는 점에서 이 '안'은 주체의 지향점이 아니다. 시의 진술과 달리 실
제로는 그가 굳이 "들어가고 싶어"하는 곳이라 할 수 없다. 더욱이

'산'은 주체에게 어떤 제스처도 취해 주지 않는다. 그럼에도 불구하고 이 시를 주목하는 이유는 다른 곳에서 "잠시 나가 본 길에 평생이 있어서"(「세월」, 『직선』) "아직도 담벼락 아래다 벌거벗은 창밖이다"로 (「가출」, 『직선』) 반복되었듯이 이영광 시의 주체는 길 위에 선 자이며 길은 삶의 아날로지이지만, 그보다는 주체가 그 끝에 다다르지 못하리라는 부정적 전망이 깔려 있기 때문이다. 이럴 때, '길'이라는 모티프는 전혀 새로운 의미를 가질 수 있게 된다. 그것은 '균열'된 아날로지이다.

> 이 죽음은 길을 좋아했다
> 다시는 집으로 돌아오지 않는 길이었다
> 길은 이 죽음에게 아무것도 강요하지 않았으나
> 단 한 번 사랑해 주지도 않았다
> 한 죽음이 더 큰 죽음에 의해 길 위에 쓰러질 때
> 그는 죽음을 알아보지 못했으며,
> 다만 흘린 피와 토사물과 제 내장이 짜내는 신음으로
> 길이 난생처음의 빛깔로 눈 감는 것을 갸우뚱, 보았으리라
> (중략)
> 그가 평생을 헤매 다녔으나
> 한 번도 도달하지 못한 머나먼 세상이 또는 세월이
> 그에게 다가오기를 쿵쿵쿵쿵, 기다리는 동안
> 버르적거리며 어둠 속으로 기어들어 갔으리라
>   —「길의 장례」(『그늘』) 부분

'죽음'이란 소재가 집중적으로 분포된 『그늘』의 시편들 중 하나이

다. '죽음'이라는 추상명사가 여기에서는 그대로 인간을 지칭하는 데 쓰이고 있다. 요컨대 '죽음'이 특별한 상태를 지시하는 게 아니라 살아 있을 때의 인간까지 아우르고 있는 것이다. 이 장면에서 '죽음을 기억하라'는 메멘토 모리(Memento mori)의 격언이 자연스럽게 떠오르지만, 이영광이 제시하는 '죽음'은 그러한 의미와 거리를 유지한다. 메멘토 모리가 '죽음'을 염두에 둔 삶의 고양과 관련되어 있다면, 이 '죽음'은 인간의 어떤 숙명에 대한 알레고리이기 때문이다. 시를 보자. '길'은 '죽음(인간)'에게 무엇을 '강요'하지도 '사랑'해 주지도 않았으나, "이 죽음은 길을 좋아했다". "다시는 집으로 돌아오지 않는 길"이었으나 '죽음(인간)'은 그것을 따라갔다. 최후의 순간 '죽음(인간)'은 제목에서 보듯 "길의 장례" 곧 자신의 '죽음'을 마주한다. '죽음(인간)'은 '길'이 "평생을 헤매 다녔으나/한 번도 도달하지 못한 머나먼 세상"이자 '세월'로 이끌었을 뿐이라는 것을 알지 못했다.

이렇게 정리하고 보면, 이 시가 욕망의 삼각형이 가진 구도와 다르지 않음이 드러난다. '그(인간)'는 주체이며, '길'은 타자와 대상으로 이어지는 욕망의 우회로로 볼 수 있는 까닭에서다. '욕망'은 '욕망에 대한 욕망'이므로 만족을 모르고 끊임없이 옮겨 다닌다. 따라서 이 '길'은 '그(인간)'가 결코 "도달하지 못"하는 여정일 수밖에 없다. 그럼에도 '그(인간)'는 "평생을 헤매 다"니며 강박적으로 그것을 따라가기를 반복한다. 구하는 것을 얻지 못하는 것이 아니라 구하는 것이 무엇인지 왜 그것을 구하고자 하는지 모른 채 죽을 때까지 찾고자 한다는 점에서, 이러한 반복 강박은 프로이트가 일찍이 지적했듯 '죽음 충동'의 발현이다. 그러므로 인간에게 욕망의 우회로로서의 '길'은 '죽음'에 이르는 과정이며, 거기에 밀착해 있을 때 인간은 '죽음'으로서의 존재자라 할 수 있다. 이것이 욕망의 삼각 구도에 포획된 인간의 숙명이다. 주지하는 바와 같이 "갸우뚱, 보았으리라"라는 진술은 시인의 진단이다. 삶의 아날로지로서의 '길'이 스스로를 '죽음'으로 몰아가는 인간 욕망의 알레고리로 전환되는 장면이다. 여기서 아날로지적 전망의 균열을 뚫고 나온 알레고리적 진단은 인간 일반에게 '죽음'이라는 이름을 부여한다. 이 시에서 이영광은 확실히 시의 밖에 물러나 욕망의 삼각형을 조망하는 곳에 서 있다. 그가 나중에 "저에게는 언제나 반드시 닿아야 할 곳이/없습니다, 어머니, 저는 제가 마음에 듭니다"라고(「향수」, 『천국』) 고백한 것은 이러한 거리에 기인한다고 할 수 있다.

3. 증상을 보는 자, 시인의 존재론

너무나 잘 알려져 이제는 상식이 되어 버린, 데카르트적 코기토에 대한 반명제인 "나는 존재하지 않는 곳에서 생각하고, 따라서 생각하지 않는 곳에서 존재한다"라는 라깡의 명제는 말하는 존재자인 인간 주체는 언제나 '분열된 주체'라는 의미를 함축하고 있다. 사유의 주체와 존재의 주체를 구분하는 라깡에게 있어서 모든 인간 주체는 분열된 주체이다. 그러나 일상적 어법에서 분열된 주체 즉 '분열증자'로 불리는 이들은 아래에서 보는 바와 같다. 그는 욕망의 우회로로서의 '길'에서 좌초한 자 중 하나이다.

관리실과 쓰레기 처리장 사이
산벚꽃 그늘 아래
그는 앉아 있다
산벚꽃 그늘이 그를 곱게 빗겨 놓았다
지나가던 발걸음들이 불에 덴 듯 그를 피해 간다

그러나, 개와 인간들과 굴러다니는 기계 따위에는

눈길도 주지 않으며

그는 형체도 빛깔도 소리도 없는 무언가를

상대하고 있다

산벚꽃 그늘이 그를 이곳에 간신히 붙들어 둘 수 있을 뿐

그는 그의 삶의 절정에 붕 떠 있는 거다

휴일마다 나는 그의 천국을 본다

얼마나 열렬하게 허공을 끌어안고

얼마나 쉴 새 없이 중얼거리는가

(중략)

산벚꽃들 바람에 날아가고

나는 천천히 그에게로 다가가

천천히 그의 빈 의자에 앉아

불에 덴 듯 나를 피해 가는 개와 사람들을 본다

—「앉아 있는 사람」(『직선』) 부분

　　"산벚꽃 그늘 아래" 앉아서 "쉴 새 없이 중얼거리는" 분열증자를
발견한 행인들이 "불에 덴 듯" 놀라 피해 가는 것은 어쩌면 당연해
보인다. 그는 다른 것에는 "눈길도 주지 않"고 자신이 편집증적으로
구성한 세계 속에서 분열된 자기 자신과 대화한다. 하지만 이 대화
는 기묘하게도 행복해 보인다. 그는 "삶의 절정에 붕 떠 있는" 것처
럼 그려진다. 그러나 분열증자가 "사는 것보다/살려고 마음먹는 일
이 더 어렵다는 걸"(「포장마차」, 『천국』) 보여 주는 사회체제의 '잉여물'
이라는 사실은 변하지 않는다. 그는 다른 누구도 아닌 고통스러운
외부의 현실에서 철수한 자가 아닌가.

위의 시에서 정작 유의해야 할 것은 시의 주체가 분열증자와 겹쳐지고 있다는 점이다. 왜 그러한가. 다른 시에서 이영광은 분열증자와 시의 주체를 다음과 같이 대응시킨다. "그는 가장 멀리 다가온/가장 가까운 사람/그는 생각하지 않는 사람/혼자 영원히 중얼거리는 사람//나는, 지나가는 사람/영원히 혼자 듣는 사람/들리는 사람"(「생각하지 않는 사람」, 「그늘」). 분열증자와 시의 주체가 "혼자 영원히 중얼거리는 사람"과 "영원히 혼자 듣는 사람"의 관계로 만나며, 후자가 전자를 "가장 가까운 사람"으로 간주한다는 점에서 이 시의 주체를 '시인'으로 이해해도 무방할 것이다. 이러한 독법의 근거는 시의 주체가 "들리는 사람"이라는 데에 있다. 가령 "들리는"은 '분열증자의 말을 시의 주체(시인)가 듣는다'와 '시의 주체의 말(시)을 남(독자)이 듣는다' 모두로 읽을 수 있다. 기실 시인이 그늘 아래의 벤치에 앉아 시를 구상하며 중얼거리다 기뻐하는 모습과 「앉아 있는 사람」에서의 분열증자의 그것은 그리 먼 것이 아니다. 덧붙이자면 「오래된 그늘」이나 「호두나무 아래의 관찰」(이상 「그늘」) 등은 이영광이 '그늘'을 사색의 공간과 연관시킨다는 유력한 증거들이다. 다음 시에서 '그늘' 아래에 앉아 "골똘한 자들", 곧 시인의 존재론을 읽을 수 있다.

내 전생은 나를 사랑하고
지상을 근심하고
뜯어고치고

(중략)

나는 다만, 골짜기와 들판과 저잣거리의

음유 무위도식배들,

야위고 행복한 인간들을 괴롭혔으리라

신만이 아는 미친 분노가 있어,

시인이라 불리는 골똘한 자들을

괴롭고 감미로운 노래들을

잡아 가두고 매질하고 추방했으리라

조롱하고 굶기고 태워 죽였으리라

—「전생」(『천국』) 부분

　　플라톤의 시인 추방론에 대한 이영광식의 변주라 할 시이다. 플라톤이 그러했던 것처럼 여기에서도 "괴롭고 감미로운 노래"를 부르는 이들은 '비극 시인'들이다. 그런데 인용된 첫 행과 "신만이 아는 미친 분노"에서 드러나는 것과 같이 "내 전생"은 '철인(哲人)'이 아니라 '신(神)'이라고 가정된다. 만약 그렇다면 더 이상 비극을 노래하는 시인이 필요하지 않을 것이니, 그들을 "추방"하더라도 이상할 게 없을 것이다. 신의 "근심"은 "지상"에서의 비극을 몰아낼 것이니 말이다. 다만, 가정법이 암시하듯 실제로 이 시가 전달하는 것은 신의 사랑조차도 이 세계에서는 실현되지 않는다는 비관론이다. 따라서 시인을 '신국'은커녕 플라톤의 '이상국'도 아닌 이곳에서 쫓아낼 수는 없다. 시는 그것이 신만이 가진 특권이라고 말하고 있지 않은가. 「전생」의 가정법에 담긴 역설이 이 땅에 시인이 존재해야 할 이유에 대한 이영광 나름의 답변이면, 우리는 그가 인식하는 '비극'이 무엇인가를 물어야 한다.

　　분열증자를 주목한 시는 앞서 살폈지만 이영광의 시선은 이 사회가 봉합하지 못하는 일련의 '증상'들로 향한다. 라깡이 증상을 "실재의 세계에서 무엇이 문제인지를 보여 주는 신호"라고 파악하듯이,[4] 증상은 사회체제의 병리를 누설시킨다. 이영광 시의 정치성은 이러한 증상에 대한 독법으로 발현된다. 증상은 "개별성이 총체성을 꿈꾸고, 차별성이 통일성을 지향하는" 아날로지적 전망이 더 이상 실현되지 않는다는, 그러므로 "심연의 나락에 빠져 있다는 아이로니컬한 앎"을[5] 우리에게 전해 준다.

4. 증상 1—유령, 존재자 없는 존재

이영광의 시에서 사회적 토포스(topos)가 없는 자들을 찾아내는 것은 어려운 일이 아니다. "두 시간 강의하려고 세 시간 기다리는" 시간강사로서의 자의식과(「첫눈」, 「직선」) "취업 의사가 한결 골똘해진 이력서를 작성"하는 모습 사이에 있는(「향수」, 「천국」) 시인의 처지는 그의 시 전반에 걸쳐 나타난다. 사정이 이러해서인지 이영광은 '시간'과 '강사'가 조합된 '시간강사'라는 이상한 이름처럼, 아주 잠깐만 소속이 생기는 사람들 그래서 실제로는 자신의 토포스를 가지지 못한 이들에 대한 시적 관심을 보여 준다. 아래는 그러한 '비정규직' 혹은 '임시직'보다 더 극단적인 경우이다.

> 당신에겐 유령의 유전자가
>
> 찍힌다, 누구나 죽기 전에 유령이 되어

---

4 Jacques Lacan, *Le Séminaire Livre XXII : R. S. I.*, in Ornicar?, n°2., Paris, p.96: 홍준기, 「자끄 라깡, 프로이트로의 복귀」, 『라깡의 재탄생』, 창작과비평사, 2003, p.18 재인용.

5 옥타비오 파스, 『흙의 자식들 외』, p.95, p.99.

어느 주름진 희망의 손에도 붙잡히지 않고

질척이는 골목과 달려드는 바퀴들을 피해

힘없이 날아갈 수 있다

그것이 있는 한 그것이 될 수 있다

저렇게 깡마르고 작고 까만 얼굴을 한 유령이

이 첨단의 거리를 배회하고 있다니

쉼 없이 증식하고 있다니

그러므로 지금은 유령과

유령이 되지 않기 위해 몸부림치는 몸들의 거리

(중략)

시든 폐지 더미를 리어카에 싣고

까맣게 그을린 늙은 유령은 사방에서

천천히,

문득,

당신을 통과해 간다

　　　　　　　　　　—「유령 1」(『천국』) 부분

　　이영광은 이 시에서 폐지를 줍는 노인들을 '유령'이라고 부른다. 이들 노인들은 사회 안전망으로부터 보호받지 못하고 사회로부터 '상징적 죽음'을 당한 자들이다. 사회는 그들을 존재하지 않는 것처럼 다루므로 그들은 '유령'이다. 그러나 그들의 노동은 사회가 작동하는 데 일정하게 기여한다. 그래서 '실재적 죽음' 이전까지 그들은 "사방에서" "당신을 통과해 간다"고 말할 수 있다. 이들 "까맣게 그을린 늙은 유령"들은 사회구조의 잉여물이기에 "이 첨단의 거리"는 "유령이 되지 않기 위해 몸부림치는 몸들의 거리"이기도 하다. "그것이 있는 한 그것이 될 수 있"으므로 "당신에겐 유령의 유전자가/찍힌다"는 표현이 가능해진다. 짐멜의 말을 빌리면, "언제나 가장 적게 가진 자의 소유물이 모두가 공통으로 가진 것"이므로,[6] "누구나 죽기 전에 유령이 되어" '리어카'를 끌고 나서게 될 여지가 있다. 사실 이영광의 명명은 라깡을 참조한 것이다. 그는 '상징적 죽음'과 '실재적 죽음' 사이, 즉 '두 죽음 사이'를 배회하는 자를 '유령'이라고 하였다. '유령'은 그 자체로 사회구조의 병을 나타내는 증상이기도 하다. 앞에서 살핀 바와 같이 '유령'은 증상에 대한 또 다른 정의에 부합된다. 증상은 "사회적인 유대의 네트워크 속에 포함될 수 없는 얼룩, 하지만 동시에 그러한 네트워크를 가능케 하는 실정적인 조건"이기도 한 까닭에서다.[7] 따라서 저 노인들만 유령인 것은 아니다.

> 술 취한 남자들 마냥 싫진 않아요. 덕분에 돈을 벌잖아요. 많이는 아니고요. 새끼들이 호박 덩굴처럼 자라서 코밑까지 차올라 왔거든요. 남들 하는 시늉은 해 봐야 하잖아요. 박 대리예요. 대신이 될 줄은 몰랐죠. 훅, 하고 숨을 끊어 버린 순간을 지나왔죠. 뭐, 다는 아니지만 짓궂은 분들은, 대신은 몸이 아니라고 생각해요. 공기를, 공기알을 주물럭거리듯 운전 방해를 합니다. (중략) 사람을 만날 때마다 저는 사라지죠. 유령이 될 줄은 몰랐지만, 유령도 몸이 있을 줄은 꿈에도 몰랐지만, 유령의 젤로 큰 고민이 뭔지 아세요? 어떻게 하면 다시 나타날 수 있을까 하는 거예요. 나도 나였던 적이 있다구요.
>
> —「유령 2」(『천국』) 부분

---

6 게오르그 짐멜, 『짐멜의 모더니티 읽기』, 김덕영·윤미애 역, 새물결, 2005, p.22.
7 슬라보예 지젝, 『이데올로기라는 숭고한 대상』, 이수련 역, 인간사랑, 2002, p.136.

대리운전기사 역시 '유령'이다. 알다시피 그들은 술 취한 차주를 대신하여 운전을 하고 많지 않은 돈을 버는 사람들이다. 그들은 대개 자신이 종사하는 하나의 직업만으로는 생계가 곤란한 자들이다. 이렇게 사회적 토포스가 불안정한 대리기사는 "대신은 몸이 아니라고 생각"하는 몇몇 사람들에게 모욕을 당하기도 한다. 그들은 '상징적 죽음'을 당한 것과 마찬가지 대접을 받는다. 그렇기에 "나도 나였던 적이 있다"고 항변하는 이 '유령'의 꿈이 "어떻게 하면 다시 나타날 수 있을까"인 것이다. 그는 문자 그대로 '대신(代身)'이 아닌 자신의 사회적 의미에서의 '몸'과 그것의 자리를 되찾고 싶다. 그런데 그에게는 "호박 덩굴처럼" 자란 아이들이 있고, 그들을 키우기 위해 '유령'이 될 수밖에 없었다는 데에 사안의 본질이 있다. 지극히 정상적으로 이루어져야 할 양육과 교육을 사회가 제대로 지탱해 주지 않는다는 말이기 때문이다. "남들 하는 시늉"을 하기 위해 자발적으로 '유령'이 되어야 하는 상황은 사회구조의 병이 얼마나 심각한가를 힘껏 증언하고 있다.

한편 "사람을 만날 때마다 저는 사라지죠"라는 진술은 '사람(몸)'과 '저(유령)' 사이에 까마득한 거리를 상정한다. 「유령 2」의 몇몇 차주들은 대리기사를 '몸', 즉 사람으로 취급하지 않았다. 그들에게는 "누구나 죽기 전에 유령"이 된다는 「유령 1」의 인식이 없다. 그들은 마치 '주권자'처럼 행동한다. 그렇다면 우리는 '유령'을 아감벤이 '호모 사케르(homo sacer)'라고 명명한 '벌거벗은 생명'이라고 볼 수도 있다. 그들을 대하는 데 있어서 "모든 사람들이 주권자로 행세하는 자"가 바로 호모 사케르이며[8] 이들은 현대사회에서는 비정규직과 같이

---

8 조르조 아감벤, 『호모 사케르』, 박진우 역, 새물결, 2008, p.179.

'배제됨으로써만 포함되는 예외 상태'로 존재한다. 이들이 라깡적 의미에서의 증상과 상응함은 물론이다. 또한 그들은 모두 레비나스의 용어로 '존재자 없는 존재'들이다.[9] 그들은 '존재'하지만 '존재자'로 인정받지 못한다. 마치 주권이 없는 자들에게처럼, 사회는 그들을 보호하지 않는다.

5. 증상 2─좀비, 존재 없는 존재자

호모 사케르는 사회구조의 병리를 드러내는 증상이라는 점에서 '유령'과 다르지 않다. 그렇다면 호모 사케르의 반대편에서 스스로를 주권자라고 여기는 이들은 누구인가. 아감벤은 자본주의의 발전과 승리에서 "'순종하는 신체(corps dociles)'를 산출해 낸 새로운 생명권력의 규율적 통제"가 필수적인 요인이었음을 거론한 바 있다.[10] 우리는 「길의 장례」(『그늘』)에서 이미 그와 유사한 인간 형상을 보았다. 그리고 "죽도록 공부하라"는 체제의 명령에 "죽어 가는 아이들"도 (「죽도록」, 『천국』) 나이가 들어서는 "반드시 밝혀야만 하는 위아래가 있고/끝까지 우겨야 하는 삶의 법도가 있다고 믿"게 될 것이다(「가배얍게」, 『직선』). 힌두교에서 '마야(Maya)'라고 말하는 환상, 즉 '세계를 가리는 거대하고 기만적인 번쩍임'을 소비하는 '순종하는 신체'에 대한 이영광의 우려는 여기에서 비롯된다.

> 한 손으로 손잡이를 잡고 떠밀리며
> 기합받는 자세로 '스포츠 조선'을 읽는 청년

---

9 민승기, 「라깡과 레비나스」, 『라깡의 재탄생』, 창작과비평사, 2003, p.304.
10 조르조 아감벤, 『호모 사케르』, p.37.

의 어깨 너머로 기웃거리는 대머리 신사

아찔하다, 저 무서운

집중을 보고 있노라면

활자에는, 뱃속을 다 내놓고도

사람을 태연히 걸어 다니게 하는

산 귀신이 씐 것 같다

보지 말아야 할 것을 자꾸 보면

앞이 어두워지는 것

신문 따위로 세상이 읽힐 리야 없는 것

어서 집으로 가자

저 헛것이 날 읽어 버리기 전에

—「지하(地下)」(『직선』) 전문

   흔히 볼 수 있는 지하철의 풍경이다. '청년'과 '대머리 신사'가 공히 무섭게 "집중"하는 것은 "스포츠 조선"이다. 이 시는 정치적 현안에 대한 관심을 딴 곳으로 돌리기 위해 도입된 1980년대의 3S 정책이 아직도 유효함을 증언한다. 스포츠 신문은 여전히 스포츠와 연예인의 스캔들 그리고 그들이 출연한 영화들로 채워진다. 자본은 정치와 담합하여 시민들을 광적인 소비자로 만들었다. 하여 사람들로 하여금 "기합받는 자세"도 마다하지 않고 "기웃거리"게 만드는 "활자"는 약과 독을 함께 의미하는 '파르마콘(pharmakon)'으로서의 '문자'가 아니다. 자본이 생산한 이들 "활자"는 약을 가장한 독이다. 그것은 "보지 말아야 할 것"이며, "저 헛것이 날 읽어 버"릴 수 있다는 진술에서 우리는 『선악의 저편』에 등장하는 니체의 유명한 발언을 연상할 수 있다. 니체는 "만일 네가 오랫동안 심연을 들여다보고 있으면, 심연도 네 안으로 들어가 너를 들여다본다"고 하며 괴물과의 싸움에서 유의할 바를 당부했었다. 이영광에게 "활자"는 자본 사회의 심연으로 빠져들게 만드는 "헛것"이다. 그것에 순종할 때 사람들은 자본 사회가 조장하는 욕망의 궤도를 벗어날 수 없다. 오히려 기꺼이 거기에 따르면서 죽음으로 달려갈 것이다. 이영광에게 자본은 '괴물'이다, 우리를 '괴물'로 만드는.

결국, 이번 세기도 전쟁으로 시작한다

어딘가에 악이 있는 것이다

(중략)

부활하는 뱀파이어처럼 여기

저기에 악이 있다

악은 제 스스로의 힘으로 제 스스로를 설명할 수 없는 지진아다, 오우

(중략)

무자헤딘들이 까라시니꼬프를 들고

학살의 땅으로 실려 간다, 웃는다

삶보다 죽음이 더 열렬하다

(중략)

한국의 K 선수가 월드시리즈에서 역전 홈런을 맞는 동안

'신의 제국' 전폭기들이 카불 전역을 불바다로 만든다

자기 소거의 광기라는 점에서

전쟁과 평화는 한통속이다 불과 한 채널 옆이다

두려움과 동경과 신경증으로서의 청량리

(중략)

더플백 둘러맨 신병들이 역 광장에서 앉아 번호 하고 있고
말세가 지났는데도 여전히 사이비 종교 신자들이
지난 세기의 동작으로 춤추고 있고
박사는 대답이 없고, 그리고 무엇보다도
유구한 악이 있다
　　　　　　　—「2001—세렝게티, 카불, 청량리」(『직선』) 부분

긴 시라 다소 건너뛰며 인용했지만, 이 시의 전언은 명확하다. 이
영광은 세기 초 청량리의 카페에서 카불과 세렝게티와 월드시리즈
를 병치시킨다. 그가 의도했다기보다 미디어가 이들 대상을 모두
"한 채널 옆"인 것처럼 전달하는 탓이다. 미디어는 이들을 동일한 무
게로 다룬다. 사태의 심각성은 쉽게 희석된다. 전쟁은 중계되는 스
포츠 경기와 다를 바 없고, 관찰의 기록인 자연 다큐와 그렇게 멀지
않은 듯 배치된다. 그러나 이영광은 여기에 '청량리'라는 '지금-여기'
를 도입함으로써, 전쟁의 본질에 접근해 간다. 인용한 첫 행이 말하
듯, 전쟁은 인간세계에 늘 존재해 왔다. 이영광은 그것을 가능케 하
는 것으로 "유구한 악"을 지목한다. 그런데 "악은 제 스스로의 힘으
로 제 스스로를 설명할 수 없는 지진아"이다. 악은 '매개자(실행자)'
없이 실현되지 않는다는 뜻이다.
　웃으며 "학살의 땅" 카불로 향하는 "무자헤딘들"이 시사하는 것
은 첫 번째 매개자가 '종교'라는 사실이다. 그들의 신념은 죽음을 웃
으며 맞게 한다. '종교'와 함께 매개자의 역할을 하는 것이 '정치'임
은 "신의 제국"이 보여 준다. 국가는 신의 징벌을 대신한다. 마지막
이며 가장 중요한 매개자는 '자본'이다. "'신의 제국' 전폭기"는 굳이
카불을 "불바다"로 만들 필요가 없었지만 그렇게 했다. 그럼으로써

'자본'은 새 무기를 국가에 판매할 수 있는 까닭에서다. 이리하여 이 영광이 목격하는 것은 정치와 종교가 결합했던 중세적 '신성 제국'의 현대적 버전이다. 그것은 '정치'와 '종교'와 '자본'이 삼위일체가 된 국가 체제이다. 이것이 "유구한 악"의 트리니티다. 그렇다면 '청량리'는 그리고 '지금-여기'는 어떠한가. 역 광장에는 말세를 이야기하는 '종교 신자'들과 잠재된 전쟁의 정치적 상징인 '신병들' 그리고 시의 주체가 위치하는 곳은 무엇보다 자본이 소외시킬 수 있는 인간성의 한 극단인 매매춘을 상징하는 '청량리'이다. "두려움과 동경과 신경증"으로 채워진 이곳에서 우리는 전쟁과 스포츠와 다큐를 관람한다. 미디어는 '지금-여기'를 자본의 콜로세움으로 만들어 버렸다. 이곳에서는 전쟁조차도 소비의 대상이 된다.

부자를 찍어 옥좌에 앉히고
국회로 보낸다
우리를 짓이겨 버리세요
(중략)
뼛속까지 빨리고도 뭔가를 또 갖다 바치는
사이비교 신도들이랄까
?
이 없다
도통(道通)
무념
무상이다

—「무소속」(『천국』) 부분

벤야민은 파시즘이 조장하는 '정치의 심미화'의 정점을 전쟁이라고 말한 바 있지만, 이제 그의 이론은 스포츠 내셔널리즘에까지 적용될 수 있으니, 파시즘은 이미 현대의 국가들에 미만해 있다는 진단이 가능할 것이다. 주지하다시피 파시즘은 자본과 결탁한 정치가 민족공동체라는 종교적인 신념을 내세움으로써 존재한다. 벤야민은 파시즘이 주장하는 "대중의 구제란 대중으로 하여금 그들의 표현을 찾게끔 하는 데 있다"고 했다.[11] 덧붙여 그는 대중의 '권리'가 아닌 '표현'임을 강조하였다. 말하자면 파시즘은 실제적 삶과 관련된 '권리'가 아닌 대리만족으로서의 '표현'으로 대중을 지배한다는 것이다. 대중은 정치에 참여한다는 가상 속에 있지만 실지로는 정치로부터 떠나 있다는 의미이다. 서민들을 '무소속'이라 지칭하는 위의 시에서 시의 주체가 요구하는 것은 분명하다. 그것은 "?", 곧 문제 제기가 필요하다는 요청이며, 그리하여 "도통/무념/무상"인 정치적 무의식으로부터 깨어나라는 전언이다.

이영광은 자본과 정치가 제공하는 단물에 취한 이들에게 각성을 요구하지만, 정치와 결탁한 자본은 "114 안내원은 사랑합니다 고객님, 하고 별안간 고백했다/사랑은 도처에서 좀비처럼 나타난다"에서처럼 고객(서민)을 주체인 양 추켜올린다. 그렇기에 "제 신에게 제 나라를 부동산으로 바치려는 자가 파안대소하"는 정치적 상황이 벌어질 수 있는 것이다.(이상 「현기증」, 「천국」) 이처럼 이영광이 느끼는 '현기증'은 스스로 주체로 생각하지만, 체제가 제공하는 욕망의 길을 따라가는 '순종하는 신체'들로부터 기인한다. '대한민국'을 "사창가로

---

11 발테 벤야민, 「기술복제 시대의 예술작품」, 『현대사회와 예술』, 차봉희 역, 문학과지성사, 1980, p.86.

쳐들어가는 취한 수컷"에 비유할 때뿐만 아니라(「대(大)」, 『천국』), 미성년자 강간에 대해 "사회면과 사회가 양 손바닥같이/딱 맞아떨어지는 건 아닐 거야, 하는/요행"조차 바랄 수 없음을 탄식할 때(「비관」, 『천국』), 우리는 욕망이 삼켜 버린 나라와 그것이 가리키는 곳으로 '좀비'처럼 나아가는 사람들을 연상할 수밖에 없다.

"어쩔 도리가 없다는 외도"처럼(「간밤」, 『천국』) 욕망에 지나지 않음을 알고도 그것에 매어 있는 사람들. "사랑은 도처에서 좀비처럼 나타난다." 그렇게 욕망은 도처에 '좀비'처럼 들끓는다. 그것에 따르는 '순종하는 신체'들의 다른 이름은 그러므로 '좀비'일 것이다. 주지하다시피 '순종하는 신체(corps dociles)'는 문자 그대로 '고분고분한 군단/병단'을 의미하며, 'corps'에 'e'를 더하면 '송장(corpse)'이 된다. 욕망은 매개자 없이 실현되지 않는다. 이들은 상징적으로는 살아 있지만, 실제로는 죽은 것이나 다름없다. 이영광은 이들 역시 우리 사회의 증상으로 파악하고 있다. 사회는 그들을 '존재자'로 인정하지만, 그들은 참된 의미에서 '존재'하는 것은 아니다.

6. 증상 3—아날로지와 알레고리를 횡단하는 시

첫 시집의 해설에서 황현산이 지적했듯, 이영광의 시에는 아날로지에 대한 집요한 애착이 보인다. 주로 그것은 자연물을 다룰 때 나타나는데, 가령 '숲'은 이영광 시의 근원이 어디인가를 예증하는 대표적인 대상이다. 그 속에서 이영광은 "당신이 이끌고 가는 어둠의 심연, 제가 얼마나 헤매야 그곳에 닿겠습니까"라고 자문하기도 하며(「숲」, 『직선』), "껴안는다는 것은 이렇게 전부를 다 통과시켜 주고도 제자리에, 고요히 나타난다는 뜻"임을 깨닫기도 한다(「숲」, 『그늘』). 또한 "오래된 무덤들을 에돌아" 자리한 그곳은 "집이 아프면//혼자 찾아들어 와 놀던 곳/홀쩍이던 곳"이다(「고향보다 깊은 곳」, 『천국』). 요컨대 "고향보다 깊은 곳"이라는 점에서 '숲'은 이영광의 시적 사유가 잉태된 자궁이라고 할 수 있다. '숲'의 모든 것은 그에게 삶이 무엇이어야 하며, 그것을 어떻게 살아가야 하는지를 일러 주었다. 이런 점에서 이영광 시의 아날로지는 앞에서 살핀 것과 달리 '균열'되어 있는 것만은 아니다. 다른 한편으로 "기계들의 전성 시절을 본다/이 독무대에 색정을 불어넣어야 한다"고(「춘화」, 『천국』) 말하는 데에서 드러나는 것과 같이 아날로지적 전망은 그가 아직 '내면성으로 극복하기'를 포기한 것은 아님을 역설한다.

물론 스스로 밝혔듯이 이영광은 "아픈 천국의 퀭한 원주민"이다(「아픈 천국」, 『천국』). 「고향보다 깊은 곳」의 "집이 아프면"이라는 용례가 증언하는 바, "아픈 천국"은 갈등과 풍파가 만연한 인간세계에 대한 알레고리적 진단이다. 그의 시에서 두드러지는 '죽음'과 '유령' 그리고 '좀비'와 같은 인간 형상 역시 그러하다. 그에게 알레고리는 모순된 세계의 "질서를 미화해서 견딜 만한 것으로 만드는 총체성 또는 유기적 전체라는 가상"을 추방하는 수단이다.[12] 그의 시는 '붕괴를 드러내기' 위해 알레고리를 적극 활용해 왔다.

이렇게 먼 곳까지 함께 왔다

안개는 짙어
일출은 물 밑으로 오고,
장닭처럼 오래 霧笛이 울었다

---

12 발터 벤야민, 『보들레르의 파리』, 조형준 역, 새물결, 2008, p.270.

산정의 등대에는 모자 쓴 마네킹 등대지기가
사람 눈보다 더 까만 눈으로
먼 바다를 투시하고 있었다

뒤편 기슭, 야외 등대 박물관에는
갓 태어난 새끼 등대들이
여기저기 웅크린 채 자라고 있었다
알집 벽에 빼곡히 매달린
크고 작은 알처럼

그리고, 섬의 절반은 목장이었다
우리는 사라지면서 걸어갔다

안개 속에서 불쑥불쑥 말들이 나타나
조용히 스쳐 지나가거나
다가와 순한 눈을 껌벅거렸다

간밤 당신 몸에 혹, 아기가 들지 않았느냐는 듯이

—「우도」(『그늘』) 전문

이영광에게 사랑에 대한 시는 그렇게 많지 않다. 위의 시는 몇 편
되지 않는 그의 사랑시 중 하나이다. 배경이 제주도의 부속 섬 '우도'
라는 데에서 알 수 있듯이, 이 시는 신혼여행의 한때를 그려 내고 있
다. 신혼부부가 "마네킹 등대지기"와 "갓 태어난 새끼 등대들" 그리

고 "말들"이 이루는 풍경 속을 걷고 있다. 그런데 인간과 자연 그리고 제2의 자연인 인공물이 조화롭게 공존하는 이 광경에 짙은 안개가 끼어 있음에 유의하자. 한 쌍의 부부 앞에 놓인 것이 무엇인지 예측하기란 불가능하다. 바로 그 불확실성이 그들을 단단히 끌어안게 하는 계기가 될지 그렇지 않을지는 미지수이다. 목장을 둘러싼 울타리를 지칭하는 동시에 사람들이 결속된 자신들을 부르는 이름인 '우리'는 이 시에서 이렇게 진술된다. "우리는 사라지면서 걸어갔다". 울타리는 안개 속에서 매 순간 새로이 나타나고 사라진다. '우리'라고 부를 수 있는 사람들 역시 그러하다. 순간순간 상대방에게 충실할 때 '우리'라는 관계는 유지될 수 있지만, 서로의 손을 놓쳤을 때 그것은 와해된다. 따라서 안개는 이러한 인간관계의 속성을 드러내는 알레고리이다. "태어나고 또 죽어 나가는/그 사이는, 원래/오리무중이니까"(「오리무중」, 『천국』).

한편으로 이 시에서 자연과 인공물 그리고 인간 사이에 어떤 갈등도 존재하지 않는다는 점에 주목해 보자. 인간세계에 있어서의 모든 문제가 이들 삼자를 둘러싸고 있음을 상기한다면, 또 다른 해석의 가능성이 열린다. 이를테면 이영광은 이 시를 통해 이들 삼자 사이에 아무런 충돌과 대립이 없으며 사람들 사이에 믿음과 사랑이 충만한 한때를 그려 내고 있지는 않은가. 그렇게 볼 수 있다면 이 시는 아름다운 인간 공동체에 대한 아날로지로 읽는 게 가능해진다.

바로 이러한 이유로 이영광의 시는 절망의 노래가 아니라고 할 수 있다. 때때로 그는 "나는 나을 것이고"라며 자신을 위로하고(「입춘대길」, 『직선』), "스스로 쉬게 하라"면서 욕망의 길을 질주하는 이들에게 잠깐의 멈춤을 권하며(「휴식」, 『그늘』), 또 다른 길인 "저 미지의 길 끝"을 제시한다(「눈 온 아침」, 『직선』). 예컨대 그는 여전히 "굽이치는 눈보라 능선 밑 숨죽인 세상보다 더 깊은 신비가 있으랴"라고 말하고 있지 않은가(「고사목 지대」, 『천국』). 이영광에게 "그의 아픈 天國을 둘러메고"(「일 포스티노」, 『그늘』) 죽음으로 만연한 이 세계에 시를 전달하는 일은 아날로지적 전망과 알레고리적 진단을 오가는 고단한 여정이다. 그리고 그것은 이영광이 「우도」와 같이 아날로지와 알레고리가 균열되지 않고 아름답게 만나는 시를 드물게 내놓을 수밖에 없는 이유이기도 하다. 하지만 아래의 시에서처럼 이 시대는 그가 자신의 '성지'로 '죽음'을 끌어들이도록 만들고 있지는 않는가. 아날로지적 전망과 알레고리적 진단을 횡단하고 있는 그의 시는 붕괴된 시대가 토해 낸 증상으로서의 '시(詩)'이다.

> 죽음을 들여다보지 않으면 아무것도 되지 않는다
> 햇빛이 기름띠처럼 떠다니는 나의 성지,
> 젖가슴만 한 무덤들 사이에
> 나는 수혈받는 사람처럼 누워 쉰다
> 삶은 힘차고 힘겨우며,
> 헛디뎌 뛰어들고 싶으리만치 어질어질하다
> 이곳은 고요도 숨죽일 만큼 고요하다
> 햇빛은 여기저기서 기둥을 만들었다가 흩어진다
> 죽음을 들여다보지 않으면 아무것이나 다 되고 만다
> 나는 죽음의 희끗희끗한 젖무덤에 얼굴을 묻고
> 숨 멈추고, 검은 젖을 깊이 빤다

—「검은 젖」(『천국』) 전문

(2013)

정체성의 형식, 길의 주인 되기
—맹문재론

1. 질서에의 고집

맹문재의 시 도처에서 알 수 있는 것과 같이, 그는 한때 노동자였
다. 그런 만큼 그의 시는 늘 노동자들의 삶을 주요한 대상으로 삼아
왔다. 그렇지만 지금 그는 대학교수이다. 노동자와 대학교수라는 지
식인 사이의 거리. 우리가 그의 시를 읽을 때 때때로 확인할 수 있
는 것은 이러한 변모가 만들어 내는 정체성의 혼란이다. 요컨대 그
가 펴낸 4권의 시집을 관통하는 것은 노동자에서 대학교수로의 신
분 이동 과정과 그 와중에 겪게 되는 번민의 기록이기도 하다. 맹문
재 스스로 "욕망의 사닥다리를 오르는 동안"이라고 폄하한 적이 있
지만(「순간의 무게」, 『물고기에게 배우다』), 이 언급에서 자기모멸만을 찾아
낼 수는 없다. 가령 그가 "약속은 절대적인 이데올로기이거나/개인
적인 윤리가 아니기에" "배신이 목적이 아닌 한/약속으로부터 전향
할 수 있"다고 말했듯이(「약속」, 『사과를 내밀다』),[1] 최근의 시에 대해 맹
문재가 자기의 이데올로기나 윤리를 바꾸었다고 말할 근거는 없다.

정체성을 확인하는 일은 언제나 자신의 근원이 어디인가에 대한 탐색에서 시작되기 마련이다. '나는 누구인가'라는 질문에 필연적으로 이어지는 것은 '나는 누구였던가'인 것이다. 그런데 이 물음의 배후, 즉 진짜 질의는 '나는 누구이고자 하는가'이다. 우리가 과거를 회고하고 현재의 자신을 정립하는 일은 궁극적으로는 미래의 시간성을 향하는 까닭에서다. 장구한 시간 속에서 일관된 정체성을 유지하고자 함은 인간의 기본적인 자기 보존욕에 근거를 둔다. 이런 이유로 자기 정체성에 대한 고민은 끊임없이 이어지는 현재라는 시간과 더불어 '반복'된다. 한 인간의 정체성은 이렇게 '재'탐색과 '재'확인을 거치며 미래로 나아간다. 바로 이 점에서 그것은 필연적으로 일정한 변화 가능성에 노출될 수밖에 없다. 삶이란 변화하는 자기의 정체성을 응시하며 받아들일 것과 그럴 수 없는 것을 가르고 선택하는 '재'정립의 과정이 아니던가. 그 와중에 인간이 제 "몸에 든 질서"를 지키려 하는 고집은 너무나 자연스러운 태도이다(「품」, 「책」).

2. 주체를 겨누는 카리스마

맹문재 시의 주체가 자신의 나이를 마주할 때 보여 주는 일련의 반성들이 새삼스럽지만은 않은 이유는 '불혹(不惑)'이나 '지천명(知天命)'이 우리 문화에서 농담의 차원까지 내려와서 쓰일 정도로 일상화된 때문일 것이다. 알다시피 '미혹됨이 없다'거나 '천명을 안다'는 미덕은 원래 공자와 같은 성인이나 도달할 수 있는 도저한 정신의 수준이다. 일상에서 '불혹'과 '지천명'을 이야기할 때 자기 풍자나 비애

---

1 이 글이 다루는 시는 『책이 무거운 이유』(2005)와 『사과를 내밀다』(2012)에 실린 작품들이다. 인용의 편의를 위해 이들을 각각 『책』, 『사과』로 약칭한다.

가 따라오는 까닭은 우리가 결코 성인이 아니며 될 수도 없다는 인
식에 기인한다.

> 식사 시간에도 새벽안개를 긁어모았고
> 담화문을 향해 돌을 던지는 심정으로 책을 읽었고
> 일기장마다 건조한 지도를 그려 온 나의 그림자도
> 조용히 앉아 풀어지고 있다
>
> 저쪽 언덕 위에서는 위로가
> 마치 송편 같은 눈으로 아웃된 나를 안쓰러워하며
> 거울을 비춰 주고 있다
> 머리가 허옇고 눈을 껌벅거리고
> 장작개비처럼 마른 팔로 책을 들고 있는 한 노인이
> 등을 구부린 채 골목길을 가고 있다
> 위로의 품에 안겨 흐느끼고 싶지만
> 이내 포기한다
> 나의 카리스마가 화를 내며 언성을 높인 것이다
>
> 아웃, 나는 이 호각 소리를 무시하고
> 십이월의 섬에 앉아 카리스마의 독설을 묵묵히 듣는다
>
> ―「사십대」(『책』) 부분

  노동자의 길을 접고 시의 길로 들어선 이후를 시의 주체는 그야말
로 전투적으로 책을 읽고 공부했던 것으로 서술한다. 그것은 집회에
서 "돌을 던지는 심정"과 다르지 않았고, 일기 쓰기는 결산과 마찬가

지로 매일의 자기를 돌아보며 내일을 준비하는 수순이었다. "건조한 지도"는 이 일이 자신을 객관화하는 자기 규율의 과정을 거쳤음을 말해 준다. 그런데 사십대라는 나이는 주체에게 게임에서 이미 제외되었다고, "아웃"이라고 호각을 분다. 게임은 정말 끝난 것인가. "장작개비처럼 마른 팔로 책을 들고 있는" 노년을 목도하는 환상에는 자신이 벌써 늙고 있다는 주체의 절망감을 볼 수 있으니 말이다.

비슷하게 맹문재 시에서 주체는 전철에서 "육교를 걸어 올라갈 때"나 "비어 있는 노약자 좌석"에 눈이 갈 때와 같이(「사십을 생각한다」, 『책』), 육체의 허약을 깨닫는 순간 사십대라는 나이가 돌연히 육박해 옴을 고백한다. 하지만 그보다 "마흔의 나이에 낙향할지도 모른다는 불안감"과 "시집 속에 배고픈 내가 있"음을 발견할 때나(「시집 읽기」, 『책』), 자신이 "노동이며 분배를 맛있는 안주로 삼은 것을 부끄러워" 할 때에(「사십 세」, 『책』) 문제는 보다 근본적인 지점을 향한다. 다름 아니라 그것은 의지의 약화를 드러내기 때문이다.

"증말 저런 데 살아 봤으면 소원이 읎겠네. 나는 글쎄 지하에 산다고."

(중략)
나는 얼굴을 쳐다볼 수가 없어
할머니가 가리키는 손짓을 따라 아파트들을 바라보다가
투르게네프의 「거지」를 중얼거렸다

"용서하시오, 형제. 아무것도 가진 것이 없구려."

(중략)

"용서하세요, 할머니. 가진 것이 없네요."
나는 말하지 못했다

가방 속에 시집이 들어 있었던 것이다

ー「시집」(『사과』) 부분

맹문재는 두 번째 시집 『물고기에게 배우다』의 「한 그루의 나무를 위하여」 이후 『책이 무거운 이유』와 『사과를 내밀다』에서 여러 편의 메타시를 선보인다. '시가 무엇인가, 무엇이 될 수 있는가'라는 질문을 품은 메타시는 한 시인이 자신의 시 세계를 규정하는 일반적인 방법이다. 다른 시인들과 달리 맹문재의 경우는 조금 더 특별한 의미를 가진다. 앞에서 밝혔듯이 그가 노동자 시인에서 지식인 시인으로 계급적 정체성의 변모를 겪었기 때문이다. "노동자의 길을 철저히 걷지 못했"고(「분서」, 『사과』), "구호나 눈물이 필요 없는 설계로 쌓은 벽 속에서/책을 읽는"(「거미 앞에서」, 『사과』) 그에게 메타시는 시에 한정된 고민에서 출발하지 않는다. 그것은 자기 자신의 정체성에 대한 존재론적 성찰의 기록이기도 한 연유에서다.

위의 시에는 아파트를 가리키며 신세를 한탄하는 할머니를 대면하는 주체가 느끼는 곤혹이 담겨 있다. 시의 문면을 보면 독백에 가까운 그녀의 신세 한탄을 들은 주체가 차마 하지 못한 말은 '줄 것이 없다'는 것이다. 이것이 첫 번째 '부정'이다. 무엇보다도 할머니는 투르게네프 소설의 거지와 달리 주체에게 어떤 것도 요구하지 않았으므로, 이는 다소 뜬금없는 반응이다. 그런데 주체가 하지 못한 말,

즉 "가진 것이 없네요"는 곧이어 수정된다. 두 번째 '부정'이다. 그의 가방에는 시집이 있었으니, 그 말은 거짓이 되기 때문이다. 그래서 그는 "말하지 못했다". 우리가 주목해야 할 것은 바로 이 '부정'들이다. 앞의 '부정'이 의미하는 것은 현실적인 차원에서 주체에게는 실제로 줄 것이 없음을 의미한다. 즉 주체에게는 할미니에게 줄 '시집'이 있으나, 그것은 그녀의 삶에 아무런 도움이 되지 않는다. 지하에 사는 그녀에게 시를 권할 수 있는가. 적어도 맹문재는 그럴 수 없다고 말하는 듯하다. 뒤의 '부정'은 그럼에도 주체가 여전히 '시'를 쓴다는 사실을 확인한다. 만약 그녀가 젊었다면 이야기가 달라질지도 모르지 않는가.

아무튼 이들 두 '부정'이 주체의 내면에서 이루어졌다는 사실이 중요하다. 시의 현실적 한계에 대한 인식과 그것을 넘어서는 시의 어떤 가능성 사이에 맹문재 시의 번민이 자리 잡고 있다. 물론 현실은 현재에 확고하게 뿌리내리고 있으며 가능성은 말 자체가 그러하듯 미래로 열려 있을 뿐 확실한 담보물이 아니다. 후자를 믿으라고 다그치는, 「사십대」에서 보았던바 주체 자신을 향한 "카리스마의 독설"은 전자가 얼마나 강한 힘을 가졌는지를 역설(逆說)적으로 증언한다. '휘어잡거나 심복하게 하는' 카리스마는 다른 누구도 아닌 자기 자신의 나약함을 겨누고 있다.

3. 시간을 읽는 시시포스

맹문재에게 '카리스마'는 이데올로기와 개인적 윤리를 결코 놓을 수 없게 한다. 그것은 스스로를 견인해 가는 내적 동력이다. 한편으로 그것이 내뱉는 '독설'은 현실과 타협하기가 얼마나 쉬운 일인가를 증명해 준다. 카리스마는 그것을 막는 채찍이기도 하다. "내게 슬픈

웃음이 많다"며(「슬픈 웃음」, 「사과」), 제대로 된 웃음도 울음도 아닌 표
정을 가진 자신을 들여다보는 주체는 맹문재의 시와 삶이 당면한 문
제를 솔직하게 제시한다고 하겠다. 아래는 '이자'를 매개로 자본 세
계의 '소외-기계'를 고발하는 많은 시들 중의 하나이다.

> 전화를 받는 동안
> 내가 주인이고 그가 노예임을 잊었다
> 나는 장래가 촉망되는 아들이고
> 장맛같이 착한 손자이고
> 봄에 붙은 사마귀처럼 빠지지 않을 청년임을 잊었다
>
> 대출 기간과 연체금을 알리는 그의 목소리가
> 산꼭대기에서 굴러 내려오는 바위같이 크기만 해
> 나는 움찔, 눈을 감고 말았다
>
> ─「말일」(「책」) 부분

이자는 '돈을 빌린 대가로 치르는 돈'이다. 교환가치로서의 돈이
다시 돈을 낳는다는 점에서 그것은 자본 세계를 작동시키는 순환 구
조의 핵심을 이룬다. 이때 간과하지 말아야 할 사항은 그것이 사용
가치의 잉여물이라는 사실이다. 한데 이 순환에는 처음부터 끝까지
사용가치가 중심을 차지하지 못한다. 주객이 전도된 것이다. 객(客)
인 잉여가 잉여를 낳는 악순환이 체제를 유지하고 지배한다는 점에
서 이자는 '암'과 다르지 않다. 병든 세계는 "내가 주인이고 그가 노
예"라는 애초의 전제를 와해시킨다. 이럴 때 "장래가 촉망되는 아
들"이자 "착한 손자" 그리고 "빠지지 않는 청년"이라는 자기 긍정이

들어설 여지는 없다. 자본이 채권자로 행세하는 곳에서는 모두가 채무자일 수밖에 없다. 그것은 벗을 수 없는 굴레이다. 우리는 "산꼭대기에서 굴러 내려오는 바위" 같은 이자를 떠안은 자를 수시로 목격한다. 그는 자본 세계의 '시시포스'이다. 이들에게 희망은 존재하는가.

아직은 희망이 남아 있다는 듯
망치로 톡톡 두들기고 볼을 감싸기도 했다
나의 구두는 어느새
수선공의 손안에서 꿈틀거렸다

(중략)

잘 가라는 듯
수선공은 한 번 더 구두를 매만지고 내게 건넸다
감쪽같이 변신한 의치와 다르게
기운 자국을 당당히 가진 구두
수선공의 손은 어느새 구둣방의 문틈으로

먼 길을 내다보고 있었다

—「수선공의 손」(『책』) 부분

변함없이 "이자로 꾸려 가는 집안"을 걱정하는 일은(「매이는 전략」, 『사과』) 맹문재 시의 주체에게만 한정되지 않는다. 바야흐로 세상은 하우스푸어로 넘쳐나지 않는가. 허나 그들보다 더욱 절박한 이들은 이 시의 주체가 바라보는 수선공과 같은 이들일 것이다. 하루하루의 생계를 노동으로 버티지만 그들은 전통적인 의미에서 노동자로 분류되지 않는다. 그들은 노동자보다 하층계급에 속한다. 지젝이 지적했듯이 노동자는 이제 특권층이다. 자본은 정규직 노동자로 일한다는 것, 즉 안정적으로 착취를 당하는 것을 특권으로 바꾸어 놓았다.[2]

그런데 구두를 맡긴 주체에게 다가온 것은 뜻밖에도 수선공의 손이 건네는 위무이다. 그 손은 구두를 고치는 데 그치지 않고 "기운 자국"을 자랑스럽게 만든다. 신발은 주인이 걸어온 역사를 힘껏 말하므로, 여기서의 '당당'함이 주체의 것임은 물론이다. 수선공의 손 역시 묵은 상처를 떳떳하게 매달고 있음은 시의 제목이 시사하고 있다. 그것은 주체이 당당함을 비춰 주는 거울이기 때문이다. 하여 그 손이 "잘 가라는 듯" "먼 길을 내다보고 있었다"고 말하는 것은 과장이 아니다. 이 시에서 볼 수 있는 것은 따라서 지나온 시간에 대한 확신이 버팀목으로 서는 장면이다. 맹문재 시의 주체가 "시간을 읽으면/내가 도착할 역이 떠오른다"고 말할 때(「시간을 읽으면」), 거기에는 "맨발로 못을 밟고 온 나"에 대한 기억과(「못 꿈」) "의지로" 시인의 길을 간 선배에 대한 추모가(「김규동 시인」, 이상 「사과」) 보태어진 각성 이후에 가능한 것이었다.

4. 인간이라는 책

책은 나무로 만들어진다. 이 단순한 사실이 맹문재의 시에서는 중요한 의미를 가진다. 그것은 일차적으로 책에 물리적 무게를 부여하지만, 나아가 주체에게 "눈물조차 보이지 않고 묵묵히 뿌리박고 서 있는" 나무의 의연함을 줄기차게 환기시키기 때문이다(「책이 무거운 이

---

2 슬라보예 지젝, 『멈춰라, 생각하라』, 주성우 역, 미래엔, 2012, pp.29-36 참고.

유」, 『책』). 그에게 책은 또한 한눈에 담을 수 없는 넓이를 가졌다. 그것은 "책을 읽어서는 세상을 볼 수 없다"는 믿음을 거두고, "보이는 데까지만 걸어가야겠다"는 다짐의 계기가 된다(「책을 읽는다고 말하지 않겠다」, 『사과』). 도달할 수 없는 의연함과 파지할 수 없는 넓이가 지시하는 것은 책의 숭고함이다. 당연하게도 그것은 책을 쓴 인간 정신의 숭고로부터 기인한 것이다. 바로 이 지점에서 책은 주체가 현재의 자기 정체성을 확인하는 좌표인 동시에 "걸어가야겠다"는 선언을 거치며 미래를 향하는 이정표가 된다.

> 강마을의 물소리를 들으며
> 동구 밖으로 나갈 것이다
> 새벽길의 항해를 포기한다면
> 나는 오기라도 부려 무서리를 걸어 내야 한다
> 그러므로 나뭇가지 같은 길의 주인이 되기 위해
> 나는 수면을 차고 오르는 물새처럼
> 헌 신발을 강물에 띄울 일이다
> (중략)
> 나는 세 발 까마귀답게
> 또 다른 언덕 너머를 바라보고 있다
> ―「벽화 앞에서」(『책』) 부분

맹문재의 시에서 자주 등장하는 '길을 걷다'는 이미지는 그러나 '넓이'보다는 '높이'와 더 밀접하다. 이 시에서는 "또 다른 언덕 너머"로 닿고자 하는 시도가 좌절되었을 때, 주체가 "수면을 차고 오르는 물새"와 같이 '넓이'를 '높이'로 치환하는 장면을 볼 수 있다. 스스로를 삼족오로 인식하는 그에게 길은 "나뭇가지"와 다를 바 없다. 우선적으로는 나무의 '높이'가 공간의 '넓이'를 조망하게 하는 까닭이라고 여겨지지만, 맹문재의 시는 이런 판단을 성급한 것으로 만든다. 그의 시에서 길은 '넓이'와 '높이'를 포괄한다. 이런 결합에는 다시 나무가 매개가 된다.

> 겨울 들판 같은 자정의 적막이며 인력시장에서 말을 더듬는 연장들의 주인이며 장맛비 속에서도 터를 다지는 집들이며 소금이 되려고 소금을 먹는 사람들도 가르쳐 주었다

> 나무는 그 많은 것들을 나에게 가르쳐 주려고 먼 길을 걸어왔다 걸어온 발자국마다 기적의 가닥들이 너덜거렸다 나무는 힘이 부쳐서인지 발등이 퉁퉁 부어올랐다
>
> ─「나무에게 절하다」(『사과』) 부분

「벽화 앞에서」에서 보았던 나무 위의 삼족오가 '솟대'임을 상기한다면, 우리는 주체가 왜 나무에 예를 표하는지를 이해하게 된다. 그는 마을을 지키는 솟대처럼 나무 위에서 인간 삶을 들여다보고 그 가르침에 감사한다. 그가 깃든 것은 표면적으로는 '나무'이지만, "먼 길을 걸어왔다"는 진술과 밖으로 드러난 굵은 뿌리를 부어오른 '발등'으로 부르는 명명법이 역설(力說)하는 것은 그것이 인간이라는 사실이다.

이처럼 맹문재의 시에서 삶의 역정을 제 몸에 각인하고 있는 인간은 한 그루 나무이다. 그들은 "먼 길"이 지시하는 오랜 시간을 횡단해 왔고, 주체는 구체적 인간 삶을 읽어 내야만 세계를 투명하게

읽을 수 있다. 그들에게서 너덜거리는 "기적의 가닥들"은 그러한 삶의 비루함과 그 속에 감춰진 숭고함을 드러낸다. 그것이 '기적'이라 불리는 이유는 "노조 가입 신청서를 처음 썼을 때"와 같은 인생의 기로에서 살아남았다는 증거가 되기 때문이다(「갈림길을 지나가다」, 『사과』). 그러므로 주체는 이렇게 말할 수 있다. "한 그루의 나무를 심듯 사람들의 마음을 읽을 것이다"(「귤」, 『책』). 맹문재에게 인간 개개인의 삶은 그 자체로 하나의 책이다.

맹문재가 이 땅의 곤궁한 자들에게서 시선의 중심을 옮길 수 없는 것은 그가 한때 노동자였던 데에 있지 않다. 그것은 인간-책으로부터 배울 준비가 된 지식인으로 자신을 정립함으로써 가능한 일이었다. 이것이 바로 그의 새로운 정체성이다. 그러기 위해서는 스스로가 이 세계에서 한 그루의 나무로 서야만 한다. 맹문재는 그것을 "길의 주인" 되기라고 말한다.

5. 꽃과 열매의 윤리

대지에 뿌리를 박은 나무에서 숭고함을 느낀다고 할 때, 그 이유를 단순히 그것의 높이에서 찾을 수는 없다. 아마도 그것은 나무가 밀어 올린 그 높이의 첨단에서 피어나는 꽃 때문일 것이다. 나무는 매년 그것이 도달한 높이의 절정에서 꽃을 피운다. 그 꽃이 맹문재의 시에서는 "다시 태어나지 않음"을 알고 "진땀을 흘리고" 있는 존재로 나타난다(「꽃」, 『책』). 「벽화 앞에서」에서 보았던바, "나뭇가지 같은 길의 주인"이 궁극적으로 도달하고자 하는 곳은 바로 꽃인 것이다. 나무가 줄기와 가지를 밀어 올리는 안간힘 끝에 닿는 그곳에서 맹문재는 인간 존재의 윤리를 본다.

강아지 같은 나를 키워 준 손들이 모였구나

감자를 캐고 마늘을 엮고 상여를 맨 차돌 같은 얼굴들

막걸리 잔을 즐겁게 돌리는구나

머리는 헝클어지고 말은 어눌하지만

집안의 제삿날을 차지게 알리는구나

(중략)

거름을 지고 가던 곰보 아재

소매를 걷은 팔에 논흙이 잔뜩 묻은 대흠이 아버지

구레나룻이 턱을 덮은 순교 할아버지

몸뻬 차림에 수건을 쓴 아주머니들까지

비집고 들어앉았구나

─「벚꽃에 들어앉다」(『사과』) 부분

인용한 첫 행이 말해 주는 것은 이 시가 포착하는 순간이 과거라는 사실이다. 그러나 그 순간은 하나가 아니다. 모인 사람들이 가진 "감자를 캐고 마늘을 엮고 상여를 맨 차돌 같은 얼굴들"은 그들 각자가 가진 삶의 편린으로 주체와의 추억으로 수시로 틈입해 오기 때문이다. "강아지 같은 나를 키워 준 손들"인 만큼 그들과 주체가 나눈 시간은 일회성을 넘어서는 것이다.

"집안의 제삿날"이 지나가던 마을 사람들이 "비집고 들어앉"는 잔치로 이내 변하는 것은 그들 사이 역시 그러한 까닭에서다. 주체가 그 순간순간을 응집시키고 있다는 점에서 시가 그려 내는 것은 영원으로 각인된 사람들이다. 마을 사람들은 그에게 '영원한 일회성'의 꽃이다. 그들은 '벚꽃'과 다르지 않다. 시의 제목은 주체가 거기에 들어앉는다고 말하고 있지 않은가.

위의 시에서와 같이 "그림자가 그 어떤 길도 마다하지 않고 주인을 따르듯"(「염소」, 『책』) 걸어간 사람들은 이제 주체에게는 삶의 전범이다. 그들은 "길 위에서 깜빡거리는 등불"이다(「등불」, 「사과」). 이리하여 주체는 윤슬, 즉 한순간 반짝이는 잔물결처럼 "아름답게 사는 것"과 "아름답게 죽는 것"은 같은 일이라는 인식에 이른다(「아름다운 얼굴」, 『책』). 주체 역시 흐드러진 그 잔치판에 들어앉고자 한다.

1
골목길을 돌아 나오는데
담장 가에 달려 있는 사과들이 불길처럼
나의 걸음을 붙잡았다

남의 물건에 손대는 행동이 나쁜 짓이라는 것을
가난하기 때문에 잘 알고 있었지만
한번 어기고 싶었다

손 닿을 수 있는 사과나무의 키며
담장 안의 앙증한 꽃들도 유혹했다

2
콧노래를 부르며 골목을 나오는데
주인집 방문이 열리지 않는가

나는 깜짝 놀라 사과를 허리 뒤로 감추었다

마루에 선 아가씨는 다 보았다는 듯
여유 있는 표정이었다

3
감았던 눈을 떴을 때, 다시 놀랐다

젖을 빠는 새끼를 내려다보는 어미 소 같은 눈길로
할머니는 사과를 깎고 있었다

나는 감추었던 사과를 내밀었다, 선물처럼

ㅡ「사과를 내밀다」(『사과』) 전문

『책이 무거운 이유』와 『사과를 내밀다』에는 꿈의 형식을 취한 시
들이 몇 편 등장한다. "감았던 눈을 떴을 때" 이미 돌아가신 할머니
가 나타난 데에서 드러나듯 표제작인 이 시도 그중 하나이다. 여기
에는 세 장면이 섞여 있다. 먼저 '1'에서 주체는 훔치는 짓이 나쁘다
는 것을 알고 있음에도 그렇게 한다. 다음 '2'에서 훔치는 것을 목격
했다는 "여유 있는 표정"의 주인집 아가씨는 표면적으로 어떠한 행
동도 취하지 않는다. "아가씨"라고 호명했으므로 그녀를 그는 모르
는데도 말이다. 마지막으로 '3'에는 자애로운 표정으로 사과를 깎는
할머니에게 주체는 자신이 가져온 사과를 내민다.
　뒤엉킨 세 장면을 해명하는 실마리는 '사과'가 무엇을 의미하는가
에 있다. 훔치면 안 된다는 앎을 주체가 "가난하기 때문에" 체득한
것이므로, 우선 그것은 누군가의 소유물로 읽힌다. 가난은 주체에게
무엇이 자기 것이 아닌가를 일러 주며, 「벚꽃에 들어앉다」에서 보았

던 세계를 벗어나면서 얻게 되는 새로운 개념이다. 그러나 꿈이므로 소유 관계에 대한 이러한 관념은 곧 부정된다. 훔치지 말라는 격률을 "한번 어기고 싶었"던 동기 중 하나가 "담장 안의 앙증한 꽃들"이라는 것에서 '사과'가 '금단의 열매'라는 점을 추론하기란 어렵지 않다. 그렇지 않고서는 "불길처럼" 주체를 사로잡을 수 없다. 그러나 맹문재 시의 '사과'는 '지혜의 열매'가 아니다.

주체는 '사과'를 다른 누구도 아닌 '할머니'에게 가져간다. 돌아가신 '할머니'에게 그는 "선물처럼" '사과'를 내민다. 선물이란 원래가 자신이 가진 가장 소중한 것을 그에 합당한 이에게 주는 것이므로, '사과'를 주는 행위는 받은 만큼 돌려주지 못했던 할머니의 사랑에 대한 보상이다. 그것은 죄책감에서 비롯된 "감추었던" 사과(謝過)이다. '사과'가 매개하는 것은 따라서 최종적으로 사랑이다. 그것은 '사랑의 열매'이다. 그러므로 '2'의 아가씨는 당연하게도 그의 아내일 것이다. "젖을 빠는 새끼를 내려다보는 어미 소 같은 눈길"은 그녀와 '할머니'를 연결 지어 준다. "감았던 눈을 떴을 때" 두 여자는 겹쳐진다.

프로이트는 "꿈은 소원을 성취한 것으로 보여 주면서 우리를 미래로 인도한다"고 말한 바 있다.[3] 할머니에게 사과하는 유일한 방법은 아내에게 사과할 일 없이 살아가는 일이다. 이것이 사랑의 방법이다. 맹문재의 시는 이렇게 꽃에서 열매로 이행해 간다. 꽃이 인간 존재가 도달할 수 있는 아름다움의 한 절정이라면 그것의 열매는 인간이 가진 가장 소중한 것, 존재를 오롯이 담은 사랑일 수밖에 없으리라. 꽃과 열매가 원래 그러하듯 사랑은 조건이 없이 베풀어져야 한다. 이것이 사랑의 윤리일 것이다. 맹문재는 그런 시를 꿈꾸고 있

---

3 지그문트 프로이트, 『꿈의 해석』, 김인순 역, 열린책들, 2003, p.714.

다. 그가 내미는 사과를 받을 것인가. 맹문재 시의 미래가 답을 줄 것이다. **(2013)**

사이의 시학
―윤성학론

로코코 회화의 거장으로 불리는 프라고나르(Jean-Honoré Fragonard)는 그네를 그린 적이 있다. 프랑스 귀족 문화의 마지막 전성기였던 18세기, 축제와 연회로 보내던 나날의 한 장면이었다. 여자는 그네를 타며 즐겁게 발버둥을 치고, 맞은편 관목 숲 너머에서 남자는 반쯤 기대 누운 자세로 이 모습을 지켜본다. 그네가 높이 오를 때마다 흥과 희롱이 교차하다가 마침내 절정에 달하는 순간이 포착되어 있다. 급기야 날아가 버리는 여자의 신발과 예를 표하며 벗어서 내민 남자의 모자는 화가가 의도적으로 배치한 것이었다. 여자가 흥으로 숨긴 희롱을 남자는 정중한 여유로써 받아들였다. 남자가 기댄 좌대 위의 에로스상은 손가락을 입술에 대고 이 모든 일이 둘만의 비밀임을 일러 준다. 작가는 유머를 담아 "행운의 기회(Les Hasards heureux de l'escarpolette)"라는 제목을 붙였지만, 작명 실력은 그림에 미치지 못했던 것 같다. 수사는 자주 내포의 풍요를 반감시킨다. 차라리 '그네(l'escarpolette)'라고만 했다면, 귀족들의 일화가 아닌 보편적인 사랑이 이 작품의 주제로 다가왔을 터이다.

알다시피 인류에게 그네는 성적 상징물이다. 그렇게 된 까닭을 굳이 설명할 필요는 없으나, 하나의 예시만 들어 본다. 중앙유라시아의 카자흐스탄에서 전래되는 그네는 다른 곳의 그것들과 발판이 다르다. 이것은 가로가 아닌 세로가 길어서 널과 같은 모양이다. 처음부터 두 사람이 함께 타게 만든 이 그네는 따라서 놀이동산에서 볼 수 있는 바이킹을 닮았다. 반대로 말하면, 바이킹은 커다란 현대식 그네라고 하겠다. 그러나 동승한 이들이 연인이 되는 이유는 이것이 주는 두려움과 짜릿함에 있지 않다. 무엇보다 바이킹은 나란히 앉으므로, 두 가지 선택지가 놓여 있다. 죽음에 가까운 공포와 거기서 솟아나는 성적 열락에 근사한 쾌락, 요컨대 이것은 타나토스와 에로스의 충동이 공존하는 시간의 배를 타기 위해 마음의 손을 내밀 것인가를 점쳐 보는 시험의 하나일 뿐이다. 결정은 진작 내려졌거나 다른 때에 이루어질 것이다.

1. 『당랑권 전성시대』(2006)—요동(搖動)과 동요(動搖)

윤성학의 시를 얘기하는 자리에서 그네를 먼저 거론한 연유는 첫 시집에서부터 줄곧 그의 시가 저 그네처럼 경계에 얽매여 있는 인간 실존의 조건을 사유하는 데에 있다. 가령 "결국 돌아와야 하는 나의 운명과/돌아서지 못하게 하는 야성이 만나는/바로 그곳"이나(「매」), "불안과 희망이 만나는,/무한한 공간과 찰나의 시간이 만나는 그곳"은(「클레이사격장에서 쏜 것은」) 주체의 입장이 뒤바뀐 사례들이기는 하지만 본질적으로 동일한 장소를 지목하고 있다. 허나 '운명'과 '야성'이 그리고 '불안'과 '희망'이 갈리는 시공의 한 지점을 가늠하기는 매우 난감한 일이다. 그래서 윤성학 시의 주체는 그것을 끊임없이 더

듬어 보는 것이다. 난처함과 애매함은 때로는 아름다운 실랑이를 낳
는다.

> 나를 바위 뒤에 세워 둔 채
> 거기 있어 이리 오면 안 돼
> 아니 너무 멀리 가지 말고
> 안 돼 딱 거기 서서 누가 오나 봐봐
> 너무 멀지도
> 너무 가깝지도 않은 곳에 서서
> 그녀가 감추고 싶은 곳을 나는 들여다보고 싶고
> 그녀는 보여 줄 수 없으면서도
> 아예 멀리 가는 것을 바라지는 않고
> (중략)
> 세상의 안팎이 시원하게 내통(內通)하기 적당한 거리
>
> —「내외」 부분

등산하다 느낀 요의(尿意)로 여자와 남자의 사이에 승강이가 시작
되었다. 아직 결혼 전이라 벌어질 수 있는 옥신각신이다. 여자가 말
하는 "딱 거기"가 어디인지는 불명확하지만, 남자는 용케 알아들었
다. 소리는 들려오나 그녀의 모습이 보이지는 않는, 자신을 숨기지
않음으로써 그녀의 소리까지 숨겨 줄 수 있는 거리를 말이다. 그리
고 이 거리가 "세상의 안팎"을 통하게 한다. 이 시에는 윤성학의 특
기인 펀(pun)이 한껏 발휘되어, '내통'과 '내외'의 사전적 의미가 총
출동했다. 그녀는 소리의 중심에 있어서 주체는 그것이 미치는 범위
안에서 "시원하게" 대화하고, 이 소통은 둘이 그런 관계가 되었으니

120

가능한 일이며, 주체는 그녀의 행위를 누군가에게 몰래 알려 줌으로써 공공연히 그녀를 지킨다. 이 거리에서 신뢰가 싹튼다. 내외하던 남녀는 그래서는 더함도 덜함도 없는 서로의 안과 밖, 곧 내외가 될 것이다.

인간이 항시 이처럼 행복한 경계 위에 설 수 있다면 시는 존재하지 않았을 터이다. 그것이 불가능하므로 윤성학의 시는 겹겹이 포개진 존재들이 "엇갈려서 맞물려서" 만들어 내는 결속력을 책 읽기에 비유해 노래했다(「완강한 독서」). 인간(人間)에 넘치는 몰이해(沒理解)를 고발한 것이다. 하지만 이로써 그의 시가 몰이해(沒利害)를 바라는 것은 아니다. 타인을 위해 자신을 미리 맞춰 놓고 준비할 수는 없는 노릇이다. 누구에게도 그러한 예측은 허락되어 있지 않다. 차라리 그것은 신의 몫이라고 하겠다. "비어 있을 때 징징 울던" 강당에 아무것도 모른 채로 들어선 이들이 온몸으로 "나눠 가지면" 비로소 멈출 수 있게, "울음"의 높낮이를 설계할 수 있는 이는 그 이외일 수 없다(「화성학」). 그럼에도 가정법이 암시하는바 세계의 하모니를 최종적으로 연주하는 동력은 인간에게 있다.

인간세계에서 소요가 잦아들지 않는 원인도 매한가지다. 그래서 윤성학 시의 주체는 묻는다. 세상이란 링의 구석으로, 예컨대 로프로 사람을 밀쳐 내는 힘이 타자의 것이라면 거기서 "튕겨 나오는 순간"의 에너지는 누구에게 속하는가(「반동」). 이 질문에 명쾌하게 답하기란 쉽지 않다. 타자라고 다를까. 그 역시 자신의 힘이 어디서 왔는지, 어느 만치가 자신의 소유인지 확인하기 어려울 게다. 해서 윤성학의 시는 심정적으로 너무 확연하나 추상적인 원인보다 구체적인 현상에 주목한다. 이를테면 「나비 사냥」에서 주체는 "이 종(種)의 전략은 흔들림"이라 규정한다. "누구도 본 적 없는 이 위태로운 개체"

는 "단 한 번도,/누구와도,/닮아 있지 않다". 단지 파장을 바꿔 가며 이곳에서 진동하고 있을 뿐이다. 사정이 이러하니 매번 새로운 화음이 탄생하기도, 그것을 영영 이루지 못하기도 하리라. 그렇지만 찰나마다 스스로를 드러내는 불협화음마저 없다면, 각각의 존재들은 실재한다고도 할 수 없다. 흔들림은 실존을 증명하는 몸짓인 것이다.

> 권법 없이 산다는 건 쉬운 일이 아니다
> 이곳에는 사람 수만큼의 권법이 있다
> 익히더라도 강한 것을 익혀야 산다
> (중략)
> 강하게 파고들었다가
> 빠르게 빠져나오는
> 고수들을 보며 익힌 권법이다
> 그들은 누구에게도 붙잡히지 않고
> 아무도 사랑하지 않는다
> 이것이 당랑권이다
>
> ―「당랑권 전성시대」 부분

당랑거철(螳螂拒轍)은 비유이다. 유구하게 현실의 인간을 비웃어 왔다. '권법'이 사람의 수와 일치하므로, 이것은 저마다의 흔들림 혹은 좌충우돌을 이른다. 또 이것을 익혀야 "산다"는 일이 보장되므로, 세상살이가 싸움을 조장한다는 말이 된다. 이쯤까지 읽으면 시는 풍자에서 벗어나지 않았다. 문제는 이 시가 사마귀의 교미를 연상시킨다는 점이다. 왜냐. 외력에 의한 붙잡힘과 내적 충동에서 비롯되는 사랑이 함께 제시되었기 때문이다. 시에서처럼 거기에서 빠져나오지 못할 때 존재로서는 끝을 의미한다면, 그래서 상대방을 진심으로 대할 수 없다는 생각이 불안을 넘어 공포가 되어 만연한 세상이라면 어떨까. 윤성학 첫 시집의 표제시가 던지는 궁극적인 의문이 이것이다. 비유가 현실이 되고 만 인간(人間)에 우리는 내던져져 있지는 않은가. 그의 풍자는 아픈 비극을 목도하도록 한다. "두려움과 평화" 사이에서 동요하면서 뒤엣것을 지키기 위해 제각각 그리고 저 혼자 "육식동물의 가죽을 덮어쓰고" 앞엣것을 숨겨야 하는 인간의 세계를 말이다(「단독강화」).

2. 『쌍칼이라 불러다오』(2013)─기하(幾何)의 순간

오래 뜸을 들인 후 내놓은 두 번째 시집의 표제시에서 윤성학은 포크리프트를 다루었다. 화물을 들기 위해서 "가장 낮은 곳"까지 포크를 내리는 작업의 제일 원칙은 제 "무게중심"부터 흔들림 없이 지켜 내야 한다는 이유에서 마련되었다. 지게차가 이렇게 스스로를 낮추는 "완벽한 전술"은 상대를 "높이 추켜올린다"라는 목적에 충실하기 위함이다. 하니 이것이 펼치는 "결투의 원리"에는 실지로는 싸움이 전제되어 있지 않다. 상대를 제대로 끌어안아 높이는 일은 「당랑권 전성시대」에서 노출된 풍자와 거기에 잠재하는 오늘의 비극을 일소시키는 탁월한 방법일 것이다. 이 점만으로도 그의 시는 이전과 달라졌다고 할 수 있다. 어쩌면 윤성학 시의 주체는 휩쓸려 가지 않고 건너는 법을 차츰 익히고 있는 것 같기도 하다. 헤어나려는 안간힘보다는 흐름에 몸을 맡김으로써 물살에서 벗어 나왔던 유년의 회고는(「그대로 멈춰라」), 「반동」에서의 질문과는 다른 차원의 대답을 구하게 해 주었을 터이다. 그러니까 그 힘의 소속보다 그것을 어떻게 사용할 것인지가 더 중요해졌다고 하겠다.

그래서 물가에 간 적이 있다

(중략)

연밭에는 뒤집어 놓은 우산들

연잎에 떨어지는 빗방울들이

지구처럼 자전한다

연잎은 이내 빗방울을 따라내고 접시를 비운다

넘치도록 가득 빗물을 붙잡아 두는 연잎은 없었다

생의 무게를 참다가 목이 꺾이는 연잎은

한 명도 없었다

지구에 비가 내린다

지구가 비를 따라 낸다

—「지구력」 부분

    윤성학이 자주는 쓰지 않는 서정적인 시이다. 하지만 조지 해리
슨의 말을 빌린 제사(題詞)에 잇따른, "그래서 물가에 간 적이 있다"
라는 도입은 온전한 몰입을 방해한다. '과연 그렇더라' 정도의 뉘앙
스로 일관하며 시는 잠언에 대한 불편함을 드러낸다. 심각한 사안을
심각하게 이야기하지 않는 것은 그의 풍자 정신에서 비롯되었겠지
만, 삶이 이미 충분히 그런 데에 기인하기도 한다. 게다가 한없이 빗
방울을 받아 내고 비우고는 다시 채우는 저 연잎처럼 무거움과 가벼
움을 전환시킬 수 없다면, 삶을 통째로 잃는 것이나 마찬가지다. 종
내에는 꺾이고 말 것이니 말이다. 난데없는 웃음의 끝처럼 때때로
가벼움은 무거움보다 더 무거우며, 지나가 버린 무거움은 종종 헛헛
하여 가벼움보다 더 가볍지 않던가. 2연 마지막의 문장은 어떤 사람

도 연잎과 같이 행하지 않는 이가 없다는 주체의 증언이다. 시의 제목은 그렇게 살아가는 지구력을 가리킨다.

정작 시안(詩眼)은 마지막에 매복해 있는 것이다. 3연에서 주체는 지구력(持久力)을 지구력(地球歷)과 등치시킨다. 제목에 한자를 병기하지 않은 연유이다. 요컨대 주체는 연잎이 그러하듯 오롯이 받아 주고 때가 되면 떠나보내는 지구, 그 역사의 일부로 인간이 살아간다는 사실을 강조한다. 이 점이 인간과 생의 가치를 평가절하하지 않는다는 것이 중요하다. 앞에서 살폈듯이 인간도 번뇌와 열락을 채우고 또 버리며 삶을 꾸려 가기 때문이다. 인간과 지구 또 연잎은 저마다 제 몫을 다할 뿐이다. 그러니 가벼움과 무거움은 이들 셋에게 있어 본질을 구성하는 요인일 수 없다. 무게는 그것을 감당하려는 의지와 그럴 수 있는 능력이 결정한다. 인간은 "끝끝내 기우뚱거리도록" 지어졌으므로(「신의 선분」), 시시로 자신이 선택한 "길 때문에 길을 잃는" 악순환에 빠질 수 있는 것이다(「강물의 가계도」). 따라서 관건은 스스로를 돌아볼 수 있는 용기이다.

아무것도 움키지 않았던 "펴지지 않는 주먹"으로 돌아가기는 허나 불가능하다(「눈사람 연대기」). 매일반으로 인생을 우체국 가는 일에 빗댄 시가 일으킨 재미가 "한 개 이상의 이유를 가지면" "한 개씩 웃음을 잃게" 된다는 진술에서 가라앉을 때(「종마공원에서 오는 길」), 독자에게 솟아나는 의아함과 이내 덮쳐 오는 씁쓸한 깨침은 단 하나의 이유로 추려 내기에는 심히 막막한 자기의 근황이다. 하여 과거가 우리를 불러 세울 때 할 수 있는 일이란 "뒷걸음이지만" "가까스로 앞으로" 나아가는 것밖에는 없다(「강습(江習)」). 시간의 강을 벌써 건너왔기 때문이다. 관계 또한 그렇다. 분명하게 "거기 존재"하지만 어쩔 도리가 없는 사이는 "그 사람에게서 나에게로 다시 건너오지 못하는 것"으로 굳어지고 말기도 한다(「창밖에 잠수교가」). 그런즉 아래 시의 기하학은 낯설지 않다.

밑변과 높이를 곱해 반으로 나누면 삼각형의 면적입니다 본디 밑변
과 높이는 사각형의 이데아이고 사각형은 두 개의 삼각형이 몸을 맞댄
형상이기에 반으로 가르는 공식입니다 삼각형의 면적을 구하는 것은
딱 그만큼 크기의 보이지 않는 면적을 함께 발견하는 일 당신이 책의
귀를 접던 바로 그 순간에

당신이 이파리 하나를 주워 책갈피에 끼워 넣을 때 나는 여전히 알
지 못한다는 것을 알았습니다 우리가 찾던 공식이 보이지 않는 반을 찾
는 일인지 이미 가지고 있던 반을 떼어내는 것인지 알지 못했습니다.

―「순간의 기하학」 부분

후반부의 두 연을 인용했다. 첫 연에서 눈여겨볼 단어는 "순간"과
"이데아"이다. 책장이 삼각형으로 접히면서 나타난 사각형에서 주체
는 이데아를 포착해 낸다. 어떻게 접든 사각형이 출현하여 "밑변과
높이"를 드러내는 덕분이다. 이로써 두 삼각형은 서로의 그림자이기
를 그치고 완전해진다. 어떤 경우라도 삼각형은 제 짝을 가지고 있었
던 것이다. 사람은 이렇게 해서 타인과 동등한 관계를 맺고 싶어 한
다. 행복한 합동이지만 이것은 이상(理想)이다. 하여 다음의 연은 이
것을 뒤집는다. 중요하거나 읽고 있는 페이지를 표시하는 방법은 여
러 가지이다. 그러므로 이런 합치의 순간이 언제나 찾아오기는 어렵
다. 관계의 "공식"이 하나로 수렴되지 않으니, 그것에는 "이데아"도
없다. 따라서 "보이지 않는 반"을 그와 더불어 찾아낼지 아니면 자신

이 "가지고 있던 반"을 그에게 줄지를 정하는 것은 오로지 각자에게 달린 일이다. 그게 누구든 그를 보내 버리지 않으려면, 이 순간을 놓쳐서는 안 된다. 이것이 제각기 궁리해야 할 순간의 기하학이다.

첫 시집에서는 후반부에 주로 배치했던 것과 달리, 윤성학은 두 번째 시집에서 메타시를 곳곳에 깃들게 했다. 이러한 차이가 가지는 의미는 두 시집의 「시인의 말」을 비교해 보면 드러난다. 두 곳에서 그는 공히 '불멸'을 거론했지만, 세월은 "시의 적절함"과 "시옷"을 더하게 했다. 후자의 경우는 역시 편이다. 앞엣것은 붙여서, 뒤엣것은 띄어서 읽을 수 있다. 사라지지 않는 시를 쓰고자 하는 바람에 당도하기 위해 시는 어때야 하는지에 대한 고민이 보태진 것이다. 이러한 태도의 변화가 시로서 고스란히 나타난 작품이 「사이」이다. 이 시에서 "타자와 타자 사이에 걸쳐 겨우 존재하는 것"들이 내는 소리는 사이시옷으로 통칭된다. 윤성학은 그러한 존재들이 내는 소리, 즉 "시의 옷"이 "성글어도" 크게 들리게 하는 시를 쓰고자 했다. 그리고 다시 침묵 중이다. 사이시옷의 생김 그대로 언어의 그네를 타길 원하는 그의 다음 시가 어떤 손을 내밀지 기다려 본다. 그 손이 우리네 사이를 채우고 잇기를 바라면서. (2018)

코끼리를 위한 노래
―정끝별론

1. 끝나지 않을 농담

오래된 농담이 있다. 코끼리를 냉장고에 넣는 법. 알려진 해법은 간단하고 명쾌하다. 냉장고 문을 열고, 코끼리를 넣고, 다시 문을 닫으면 된다. 꽤나 논리적인 수순이다. 그리고 상식에 괄호를 친 이 해어(諧語)가 실제로 겨냥하고 도달하는 곳은 변주를 거치며 분명해진다. 먼저 대상이 기린으로 변경된다. 이때 하나의 단계가 추가된다. 코끼리를 빼내야 해서다. 이 경우 둘째 농담은 첫째 것에 기대고 있다. 여전히 상식에는 괄호가 쳐져 있다. 다음으로는 주체가 바뀌면서 숱한 방법론이 등장한다. 예컨대 수학자는 이 문제를 해결하기 위해 미적분을 활용하며, 교수는 조교에게 시킨다는 식이다. 이로써 애초에 불가능성에 대한 언어적 유희였던 것이 상식과 현실에 바투 다가선다. 이것들 앞에 선 주체들의 허위를 고발하면서 말이다. 해학과 풍자를 거치며 밈(Meme)으로 축적된 재담이 어느새 자조로 전환되는 순간이다. 익살이 계속될수록 그것이 되비추는 이는 점차 우

128

리 자신이 된다. 하여 농담의 끝은 늘 허망하고 헛헛하다.

위의 밈이 참새 시리즈나 최불암 시리즈 등과 다른 점은 시대상과 서사의 결합이 상대적으로 헐겁다는 데 있다. 바로 이 이유로 인해 예의 허망함과 헛헛함은 어떤 시대만을 특징짓지 않는 보편성을 획득한다. 그러니 유행은 지났지만 이 밈에는 코끼리와 얽힌 모종의 진실이 담겨 있다고 하겠다. 이를테면 학습된 무기력(Learned Helplessness) 말이다. 주지하듯이 이 이름으로 불리는 심리 상태를 효과적으로 설명하는 사례는 이론의 제창자인 셀리그만(Martin Seligman)이 연구했던 개가 아니다. 길들여진 코끼리이다. 어릴 때의 외상은 코끼리가 평생 말뚝에 매인 삶을 받아들이도록 한다. 그래서 이 심리 상태를 부르는 다른 명칭은 엘리펀트 신드롬(The Elephant Syndrome)이다. 코끼리는 힘이 모자라기 때문이 아니라 의지가 진작 꺾여 버려서 말뚝을 뽑아 버리지 못한다. 만약 다른 방법을 궁구하지 않는 예의 수학자나 교수가 낯설지 않다면, 그 까닭은 냉장고에 코끼리 넣기라는 난제를 받아들여서가 아니라 우리가 벌써 저 코끼리와 다르지 않은 처지에 놓여 있기 때문일 터이다. 그러므로 아래의 시에서 정끝별이 보여 주는 설정을 우스개로 치부할 수만은 없다.

　　　냉장고엔 락앤락이 산다

　　　같은 데 같은 걸 담았다 비웠다 또 담는
　　　락앤락은 후천적 기억의 저장 용기다
　　　늘앤늘 반복이 낳는 믿음의 생리학이다
　　　꼭앤꼭 약속이 가져다주는 위생적 미래다
　　　킵앤킵 밀폐된 현실을 보관하는 투명한 관념이다

(중략)

냉장고엔 락앤락이 살고

락앤락엔 코끼리가 산다

냉장고 안 코끼리를 어떻게 꺼낼까?

—「코끼리를 냉장고에서 꺼내는 법」

(『봄이고 첨이고 덤입니다』) 부분

　예의 밈에서 출발한 시의 상상력이 냉장고와 코끼리 사이에 추가한 밀폐 용기. 거기에 담을 수 있는 것의 목록은 "후천적 기억"이란 과거에서 출발하여 "반복이 낳는 믿음"으로 "위생적 미래"에 이른다. 과거의 기억과 현재의 믿음과 미래에 대한 바람을 담은 이 용기는 따라서 한 인간이 가진 정신의 이력을 나타낸다고 할 수 있다. 허나 그것은 결국 "밀폐된 현실"로 명명된다. 바깥으로 나올 수 없다는 뜻이다. 그리고 현실화가 불가능하도록 정신을 위리안치(圍籬安置)한 이는 2연 1행의 부질없는 비움과 채움이 가리키는바 뜻밖에도 주체다. 하지만 '앤(and)'이 환기해 내는 강박적인 반복은 그가 살아 있음을 확인하려는 안간힘이기도 하다. 그런즉 이 시의 전언에서 핵심은 마지막의 문제 제기와 함께, 그 일이 얼마나 어려운지의 확인에 있다. 정신이라는 코끼리를 담고 있는 유리 용기와 냉장고는 학습된 무기력이 쌓은 이중의 감옥이다. 유념할 것은 전자의 투명성과 후자의 불투명성이 결합된다고 해도 결국 온전한 것은 뒤의 성질뿐이라는 점이다.

2. 삶의 원근법

코끼리와 정신을 동일시하는 「코끼리를 냉장고에서 꺼내는 법」의 설정은 기실 불교와도 무관하지 않아 보인다. 코끼리가 부처를 상징하기 때문이다. 그러나 정끝별의 시에서 코끼리로서의 정신은 불성의 숭고함과는 거리가 멀다. 예를 들어 근작 시집의 다른 곳에서 주체가 "장차의 창자를 데우는/노동의 온도가 돈오라고" 할 때의 허기나(「거룩한 구걸」), "죽도록 살아 내야 할 서사"에 담아낸 한기(寒氣)는 물론(「언 발」), "어중간으로 가고 양단간으로 가고 여하간으로 간다"고 말할 때의 막막함과 무모함에서(「시간의 난간」) 초월성을 읽어 낼 수는 없는 이유에서다. 그러한 지향보다 뚜렷이 떠오르는 것은 요령부득일망정 끊임없이 동요하고 헤매고 있는, 시집의 들머리에서 그는 "시의 원근법"이라고만 말했지만, 요컨대는 "하나의 소실점을 향해 일사불란 항진하는" 우리 자신의 얼굴인 까닭에서다(「나의 라임과 애너그램을 위하여」).

　잃었고 잃고 더 잃을 평범한 날들이 해와 비와 바람과 먼지를 유혹했었다니(주어와 목적어를 바꿔야 할까?) 가지가 굽고 껍질이 파일수록 줄어든 채 제 넝쿨 끝을 좇는 이 빌어먹을 사랑의 역사라니(인과가 바뀐 걸까?)

　볕이 졌다
　별이 졌다
　호호백발 눈발이 졌다
　함부로 지지 말라고 바람이 졌다
　　　　　　　　　　—「겁 많은 여자의 영혼은 거대한 포도밭」
　　　　　　　　　　　　(『봄이고 첨이고 덤입니다』) 부분

이 시의 진술은 주체에 의해 의심되면서 두 겹의 층위를 형성한다. 즉 해·비·바람·먼지가 유혹해서 보냈고 보낼 게 차라리 "평범한 날들"이며, 사랑을 갈구하기에 오히려 몸피가 축(縮)나게 되지는 않았는지 자문하면서 주체의 고민이 심화된다. 그런데 이러한 번민이 역설적으로 드러내는 것은, 「시간의 난간」에서 "양단간"과 "여하간"이 구별되지 않았던 바와 같이, 주객과 인과가 어떻게 되더라도 상황은 그리 달라지지 않는다는 사실이다. 말하자면 유혹은 시작이었을 뿐이므로 주객의 구분은 적어도 사랑이 성립한 이후에는 무의미하다. 한데 동시에 사랑은 근본적으로 "겁 많은" 자기애 위에 구축되는 까닭에 "제 넝쿨 끝을 좇는" 애달픈 일이기도 하다. 주객의 구분과 그것이 무화되는 순간이 간단없이 반복되는 것이 사랑의 여정인 것이다. 이 시의 이중적 진술은 이와 같은 딜레마와 당혹감을 현상해 낸다. 하니 확실히 "빌어먹을"이라는 탄식은 그러한 사랑으로부터 벗어날 수 없다는 데에서 비롯되었다고 하겠다.

하지만 그보다 도드라지는 것은 이어지는 펀(pun)이다. 인용한 2연에서 주체는 '지다'의 여러 의미를 전면화한다. 그를 둘러싼 온갖 것들은 자연물이므로 이것들이 지는(沒, 止) 것은 일시적인 현상이다. 반드시 돌아온다. 반면 주체는 그러지 못한다. 인간의 생은 지는(殁) 것으로 끝난다. 그런즉 자연물의 짐이 주체의 내면에 불러일으키는 것은 삶의 일회성에 대한 각성이다. 한편으로 "더 잃을 평범한 날들"을 마주해야 하리라는 깨우침은 고약하고 몹쓸 "사랑의 역사"가 계속될 것임을 예고한다. 이쯤에서 눈여겨보아야 할 부분이 "함부로 지지 말라"라는 충고이다. 이 문장에서 "지지"는 자연물들과 대비되면 '죽다(殁)'를 뜻하겠지만, '패하다(敗)'나 '포기하다'라는 의미도 가질 수 있다. 게다가 "함부로"의 사전적 정의는 '생각 없이 아무렇게

나'이다. 이런 점들을 감안하다면, 이 시의 진의는 다르게 들려온다. '함부로 살지 마라'가 그것이다. "빌어먹을 사랑의 역사" 앞에서 선 주체에게 사랑의 실제 대상은 따라서 삶이라고 할 수 있다.

3. 청어들의 푸른 등

주체가 건네는 말들은 또 다른 "겁 많은" 주체들에게 울려 퍼진다. 시의 의장을 걸친 덕분이다. 근작 시집에서 정끝별 시의 주체가 보여 준바 사랑이 삶으로 굳어져 버린 '고약하고 몹쓸' 일상에 대한, "한 우리에 우리라는 희망을 꽂지만 않았어도"와 같은 후회나(「저녁에 입들」), "빛 좋은 살구빛 팅감 서사"라는 폄훼도(「가족장편선」) 그런 의장들 중의 하나이다. 애증(愛憎)이 사랑의 본질이라면 이상의 싫증 담긴 엄살은 도리어 사랑이 삶에 얼마나 깊게 뿌리내렸는지를 힘껏 말해 준다. 시에 대한 정끝별의 태도도 마찬가지다. 그의 시에서 주체가 "최후의 시란 그런 것 그리 상투적인 것"이라고 선언했을 때, 정작 주목해야 할 부분은 주저하듯이 놓인 "그리"가 시사하듯이 "상투적인 것" 자체가 아니라 그의 의도를 담은 제목이다(「그런 것」). '그렇게' 늘 하여 버릇이 된 것처럼 별것 아닌 "그런 것"이 그에게는 시이다. 그러므로 "소비가 보시라는/성장의 정상을 향해" 움직이는 세계의 부조리에 대한 비판을 담은 그의 시에서 실제적인 중핵은 세계에 대한 사랑이다(「깁스한 시급」). 되풀이되고 굳어진 만큼 역사는 오래되었다. 다소 과장하자면 아래는 정끝별 최초의 시이다.

3.
가자, 바람 속을 가야만 한다, 가자,
목이 터져라 소리를 지르고 돌팔매

기름 먹인 솜에 불을 붙여 던지기도 하지만
어떤 외침도 돌도 기름병도
우리를 가두는 총과 방패 앞에
수북이 쌓일 뿐, 다시 새벽이면
새끼 몇 발을 꼬아 들고 떠나는 이웃들

6.
쏴쏴쏴 칼레의 바다가,
짭짜름한 소금기로 밀려왔다
밤이면 심한 어둠이 내리는, 여기의
청어는 아직 작고 비릿하지만
꽃이 될까 새가 될까
청어 떼처럼 파지(破紙)들이 밀려다니는 웃목
칼레 바다의 길목에 서서
나는 바다 밖에 있었다
수평선이 가슴까지 덮쳐 오는 오월에

　　　　　　　　—「칼레의 바다」(『문학사상』, 1988.6) 부분

　6월 항쟁 이후에 등단작으로 발표된 작품이다. 이 시에서 정끝별
은 5.18민주화운동으로 다시금 고개 든 비극과 그것이 아직 종료되
지 않은 이 땅에 "칼레의 바다"라는 이름을 붙였다. 광주를 '바위섬'
에 빗댔던 가요도 있었으나(김원중, 1984), 그것은 나중에 밝혀진 사안
이다. 그러니 이 시는 예의 노래와는 달리 광주를 발판으로 삼았던
신군부의 쿠데타와 그 여진이 남은 시대를 아울러 부른 것이라 하겠
다. 시제가 이 땅을 비유하므로 '청어'로 지칭된 이들이 누구인지는

쉬이 추론된다. 어부는 그것들을 낚은 후 '새끼줄'로 엮는다. 따라서 우선 다가오는 것은 로댕 등의 「칼레의 시민」에서 보았던 구속의 이미지다. 그런데 인용한 첫째 연에서 연상되는 시위와 그것의 주체인 '우리' 중에서 나온 이들이 마지막 행의 "이웃들"임에 유의하자. "새끼 몇 발을 꼬아 들고 떠나는" 그들의 모습은 앞에서 언급한 첫인상을 뒤집는다. 그들은 포획되려는 게 아니라 포획하는 것을 목표로 한다. '청어'가 되기를 거부하는 이들의 바람이 무엇인지는 저 바다에서 뛰놀다 어느 날인가는 꽃이나 새와 같은 존재가 될 수도 있다는 둘째 연의 언급이 넌지시 일러 준다. 멍든 듯 푸른 등을 가진 청어들의 꿈이다.

4. 허방을 걷는 사랑

「칼레의 바다」가 담아낸 시의 노블레스 오블리주는 "수평선이 가슴까지 덮쳐 오는 오월"에 태동한 것이었다. "나는 바다 밖에 있었다"라고 고백한 정끝별 시의 주체는 자못 솔직했다. 정치의 시대이자 시의 시대였던 1980년대 말에 등단했던 그와 그의 시는 이내 1990년대로 또 21세기로 들어섰고 여러 변모를 겪어 왔다. 그럼에도 그는 여전히 "지구라는 슬픈 매듭"을 응시하고, "조금은 글썽이는 미래라는 단어"를 붙들어 왔다(「불멸의 표절」, 『와락』). 그리고 이즈음 그가 도입한 애너그램과 라임이라는 방법론은 언어의 감옥에서 벗어나고자 하는, 그래서 도무지 요령부득인 상징계의 빈틈을 열어젖히고자 하는 시도이다. 허나 이것은 "이승을 응시하는 오만이라는 노망"과 같은 구절에서 알 수 있는 것처럼(「남자의 자만」, 『봄이고 첨이고 덤입니다』), 단순한 언어유희의 차원에 있지 않다. 상징계에 균열을 가하는 도구는 언어 이외일 수 없기 때문이다. 마치 선승들의 오도송처럼 말이다.

평생을 한 음만 연주하는 연주자와
평생을 한 색만 칠하는 화가와
평생을 한 글자만 쓰는 시인이 있었다

한 음의 박동과
한 색의 눈빛과
한 글자의 비명에는

삼키고 삼킨 한 숨의 곡조와
지우고 지운 한 폭의 그림과
줄이고 줄인 한 편의 서사가 있었다

지도에도 없는 허공 길을 가는
외줄 사랑이 있다

모두가 아는
단 하나의 형태에는
내용이 없다

　　　　　　　　　　　—「저주받은 걸작」 부분

　그러므로 위의 신작시가 예시하는 경지에 도달한 예술가가 알려
져 있지 않은 것은 당연하다. 해서 우리는 이 시를 비유로 읽을 수
밖에 없다. 한편으로는 이 시에서 김종삼의 "내용 없는 아름다움"이

란 시구를 떠올리는 것도 자연스럽다(「북 치는 소년」). 허나 정끝별의 시에서 덜어 냄을 통해 도달한 "단 하나의 형태"는 하나의 곡조·그림·서사를 응축하고 있다. 더구나 주체는 거듭 지워 내어 마침내 남은 "단 하나의 형태에는/내용이 없다"라면서도 그것이 또한 "모두가 아는" 것이라고 말하고 있다. 시의 실마리는 역시 나머지에 있다. 즉 시제와 "지도에도 없는 허공 길을 가는/외줄 사랑"을 병치시키면 시인의 의도가 드러난다. 기실 우리는 아무도 가 보지 않은 길을 매일 걷고 있지 않은가. 그러므로 그것은 언제나 허방이다. 이미 돌이킬 수 없는 그 길을 가게 하는 동력은 그렇다면 무엇일까. 시에 따르면 그것은 "외줄 사랑"이다. 요컨대 정끝별은 주체의 입을 빌려 위태로운 나날을 사는 이들의 삶, 그 순간들을 "저주받은 걸작"이라고 드높인다.

실로 소시민의 일상에서 저렇게 삼키고 지우고 줄이는 일들은 다반사이다. 그리고 그렇게 하고서도 꿋꿋한 게 저 박동, 눈빛, 비명이다. "외줄 사랑"의 근원이 저 속에 웅크리고 있는 것이다. 이것들은 마치 밀폐된 용기에 갈무리해 둔 코끼리와 같아서, 우리를 견디게 하는 마지막 보루일지도 모른다. 이처럼 정끝별 시의 근황은 채움으로써가 아니라 비워 냄으로써 삶의 본질로 다가서고 있다. 그렇기에 "내용이 없다"라는 말을 형식과 내용이 구분되지 않는다는 뜻으로 읽어도 무방하다. 삶에서 형식과 내용이 별개가 아니라 하나임은 "모두가 아는" 바이다. 다른 신작시에서 주체는 "이제 젖은 발로 마른 길 갈 수 있겠다"라며 마음을 다잡는다(「곡우」). 물론 그의 다짐은 무력하게 위축된 채이지만 애써 "외줄 사랑"의 길을 걷고 있는 우리의 정신에도 울려 온다. 우리 안의 코끼리를 깨치는 소리가 들린다.
(2019)

당신의 진짜 이름
―최서진의 『우리만 모르게 새가 태어난다』

> '행복한 여름날'은 지나갔기에,
> 여름날의 영광은 사라졌기에―
> 하지만 고통의 한숨도
> 우리 이야기의 즐거움을 시들게 하지는 못하리라.
> ―루이스 캐럴

『이상한 나라의 앨리스』는 "happy summer days"라는 세 단어로 끝난다. 어른이 되어서도 앨리스가 행복했던 어린 시절을 기억하면서 살기를 기원하는 문장에서였다. 주어인 언니가 갓 어른이 된 젊은 여성이라는 점을 감안한다면, 문면과는 달리 이 바람이 캐럴의 것임을 알 수 있다. 그리고 그는 이 세 단어를 『거울 나라의 앨리스』의 서시에서 다시 썼다. "고통의 한숨(breath of bale)"과 대립시켜서 말이다. 그에 따르면 "이야기의 즐거움"은 시들지 않는다. 가뭇없이 사라진 "여름날의 영광"은 괴로움을 주지만 그것을 견디게 해 줄 묘약이 전무하지는 않다는 믿음이다. 그러나 캐럴의 이야기(fairy-tale)는 '동화'이자 '꾸며 낸 이야기'이다. 빅토리아 시대의 성직자였던 캐럴이나 혹은 앨리스 리델과 같은 귀족에게만 그런 '거짓말'은 효력을 발휘하는 것일까. 그럴 리 없다. 아름답거나 기괴한 가상으로서의 이야기들은 지금도 차고 넘친다. 예컨대 비극으로 끝나지 않는 서사들이 장악한 영화들만 봐도 그렇다. 지나간 시대에 횡행했던 권선징

악의 구도는 대중문화에서 더욱 확고하게 자리를 잡았다.

이러한 탈리얼리즘 현상에 대해서는 긍정적인 해석이 가능했다. 현실의 중압으로부터 잠시라도 이탈하기 위한 기도일 수 있었기 때문이다. 하지만 여기에 자주 노출되면서 익숙해질수록 현실의 참모습은 자주 가려지고 외면되었다. 급기야 현실이 낯설어지게 된 것이다. 거대 자본이 만들어 낸 히어로들이 독립영화가 조명하는 이웃들보다 친숙해지면서, 실재의 고통을 대면하는 것 자체가 불쾌한 긴장을 낳는 일이 되어 버렸다. 그래서 이런 경험을 피하기 위한, 견딜 만하거나 즐길 만한 서스펜스는 지속적으로 요청된다. 자본 세계는 이리하여 죽지 않거나 구원이 예정된 고난에 내쳐진 주인공의 세계에 몰입하여 안도하는 주체들을 생산해 낸다. 영웅으로 설정된 이들의 고뇌조차 결국은 '선(善)'을 연출해 내기 위한 장치임을 관객들은 알지만, 그것을 현실인 양 소비한다. 의도가 뻔히 보임에도 그것을 행한다는 것은 마치 그 행위에 주체성이 개입하고 있다는 환상을 준다. 이것이 이데올로기가 작동하는 방식이다. 요컨대 "그들은 자신들이 행동하면서 환영을 쫓고 있다는 것을 알고 있지만 여전히 그것을 행한다."[1] '그들'은 실제로는 아무것도 행하지 않고 멈추어 있는 것이다. 이 세계의 진짜 계략이 도사린 지점이다.

1. 타자화된 비극, 지상의 풍경

최서진의 첫 시집인 『아몬드 나무는 아몬드가 되고』의 표제작은 고흐의 그림에서 영감을 얻은 작품이었다. 고흐는 파란 하늘에 걸린 나뭇가지와 거기에 핀 꽃을 캔버스에 담아 조카가 태어난 것을 축

---

1 슬라보예 지젝, 『이데올로기라는 숭고한 대상』, 이수련 역, 인간사랑, 2002, p.69.

복했다. 자신의 이름을 물려받은 테오의 아들, "눈이 파란 빈센트"를 위한 그림이었다. 허나 인간의 생은 그리 길지 않다. 백부나 부친과 마찬가지로 빈센트도 사라졌고 남은 것은 예의 회화뿐이다. 그러니 최서진 시의 주체는 "꽃과 죽음은 함께 다가오는 것"이라고 말했다. 애초부터 생과 사가 어깨동무하고 있으므로, 갓난아이가 가졌던 파란색은 영원한 하늘 그리고 "바다와 바닥에 한꺼번에" 걸쳐 있었다고 하겠다. 하지만 최서진은 이 시에서 절망을 노래하지는 않았다. "홀린 듯 누가 다녀간 세계"에는 제목과 같은 일들이 일어나기 때문이다. 가령은 "눈이 파란 빈센트에게 주는" 일체의 일들이 열매가 나무가 되는 것처럼 반복된다는 사실을 염두에 두어야 한다. 이럴 때 얼핏 시간의 역전으로 보이는 나무의 열매-되기가 진무한임을 알 수 있다. 꽃과 열매를 피우고 맺는 무상한 악무한은 열매가 나무가 됨으로써 비로소 하나의 주기로 완성되는 까닭에서다. 물론 희망이 비친 것도 아니었다. 주체는 캔버스에 갇히듯이 "벽 쪽으로 무너진다"라고 고백하고 있었다.

체스 말을 따라가면 자작나무 숲을 보여 드리겠습니다
손가락과 달이 뜨는 방향을 보여 드리겠습니다

우리는 거짓말 같은 운명을 모릅니다 달리다가 싸우다가 무덤 앞에 이르러 허공을 보고는 심장이 멈출지도 모릅니다 이곳의 배경은 배경을 두고 사라집니다 떨어지는 저녁 해처럼 둥근 접시 위에 담겨 있는 두 개의 복숭아

주말의 운세를 맞혀 드립니다 체스 말판에서 힌트를 찾아보세요 궁

전의 보물을 찾아보세요 가장 밝은 정오에는 체스 판을 달릴 예정입니
다

(중략)

정오의 파란 대문을 지나 다음 날 붉은 아침까지 왕의 명령을 따라
한 칸씩 피 흘리며 웃는 숲

불가능한 왕비처럼

—「자작나무 숲에 놓여 있는 체스」 부분

이번 시집의 들머리를 장식하는 위의 시는 절망도 희망도 아닌 현
실의 민낯을 고발하려는 최서진의 의중을 드러낸다. 친절하게도 그
는 시집으로 들어가는 관문을 열어 놓았다. 들어가 보자. 시의 전반
적인 서사는 『거울 나라의 앨리스』에서 빌려 온 것이지만, 첫 연과
인용의 마지막 두 연은 그것의 세계관에 기대고 있지 않음을 일러
준다. 이를테면 체스 판의 끝에서 '우리'는 '왕비'가 되지 못한다. 주
체의 제안도 매일반이다. 그는 다만 "자작나무 숲"과 "손가락과 달
이 뜨는 방향"을 약속한다. 이는 제목이 가리키듯이 체스 판이 놓인
곳을 알려면 "체스 말"을 따라가야 한다는 뜻이다. 짐작하겠지만 말
(馬)은 말(言)이기도 하다. 최서진의 펀(pun)은 이처럼 진지하게 구사
된다. 이 점은 그의 시집을 읽는 가외의 재미일 터이다. 여기에서는
이 작품이 메타시임을 나타내는 지표로 사용되었다.
    둘째 연에서 눈여겨볼 것은 "두 개의 복숭아"이다. "저녁 해처럼"
이라는 수사는 이것이 바니타스(vanitas) 정물화임을 암시한다. 또한

"달리다가 싸우다가" 도달하는 깨달음이 무엇인지 사실 우리는 잘 알고 있다. 모든 것은 헛되며, "거짓말 같은 운명"은 없다. 하지만 그것을 잊어버린 듯 살아가는 것이다. "왕의 명령을 따라" 움직이는 말(馬)이 "피 흘리며 웃는 숲"과 겹쳐지는 것은 바로 이러한 망각이 원인이다. 모두가 체스 판에 주목한 채 타인의 배경으로 서 있는 광경을 최서진 시의 주체는 직시한다. "이곳의 배경은 배경을 두고 사라집니다"라는 문장은 그렇게 끊임없이 타인의 배경이자 타인을 배경으로 사는 우리 자신의 마지막을 서술하고 있다. "불가능한 왕비"처럼 "궁전의 보물"도 끝끝내 인간의 몫이 될 수 없다.

그렇다고 최서진의 시가 초월성을 겨냥하지는 않는다. 예를 들면 첫째 연의 2행에서 주체는 "손가락과 달이 뜨는 방향"을 거론했다. 『원각경(圓覺經)』의 '여표지월(如標指月)'은 원래 손가락이 아닌 그것이 향한 달을 보아야 한다는 의미이지만, 최서진의 시는 다른 이야기를 하고 있는 것이다. 요컨대 주체는 체스 판을 둘러싼 나무들 다음에 손가락과 달의 방향을 배치했다. 인간과 그를 둘러싼 인간의 숲 그리고 그 너머를 지시하는 손가락 또 월출의 방향은 모두 지상에 매여 있다. 저 체스 판처럼 말이다. 그러므로 최서진의 이번 시집은 저것과 같이 흑백이 교차하는 세계의 여러 단면에 집중한다. 그에게 인간이 발 디딘 세계는 "가장 밝은 정오"에도, 바야흐로 밤이다.

2. 악무한 혹은 세계의 밤

게임의 흐름을 가장 정확히 파악하는 방법 중 하나는 훈수를 두는 자리에 머무는 것이다. 거기에 한 발만 들여놓음으로써 몰입으로부터 한 발 물러설 수 있는 이유에서다. 주지하듯 문학은 사정이 많이 다르다. 몰입하지 못할 때에는 난관에 부딪힌다. 제대로 읽을 수가 없는 것이다. 그러나 난처함은 종종 매혹으로 탈바꿈한다. 완벽한 언어도 그것의 구사도 그것의 해득도 불가능하기 때문이다. 작품마다 작자마다 유일무이한 언어들이 출현하는 탓이며, 그것들이 타인의 그것과 마주치는 덕이다. 그리하여 마침내 불가능성이 그 자체로 소통되고 사유되기 시작한다. 상징계의 빈틈을 들여다보는 일은 이로써 가능해진다. 메타시가 아닌 최서진의 시에서 만나는 지나치게 몰입한 주체의 기능 역시 이런 맥락에 놓여 있다. 그는 "밤의 가장자리를 달리고 있는 두 발"을 가졌다(「내일의 날씨」). 그러므로 예의 밤에 갇힌 주체에게 발은 없는 것과 같다. 당연히 그는 세계의 밤(die Nacht der Welt)에서 벗어날 수 없다. 무엇보다 그렇게 하지도 않는다.

실패한 자리마다 꽃이 피었다

(중략)

등이 없는 사람은 무섭다 발자국과 구름 사이 나를 잃은 날들이 완성되어 간다
두 손을 모을수록 점점 더 아득한 하늘

생각은 어느새 어두워져
집집마다 뜨거운 불빛을 손에 가득 쥐고 있다 다른 사람의 얼굴을 문지르며 자신을 의심하지 않는 손으로 풍등을 날리고 있다

조용한 강을 지나 멀리 더 멀리 가자고 바람이 2㎝씩 중얼거린다

먼 데서 보면

사람을 잃은 사람이 가까이 있다

        —「사람으로부터 풍등」 부분

 이 시에서 주체는 어떤 '실패'의 꽃들을 바라보고 있다. "사람을 잃은 사람"이라는 표현은 주체가 무엇을 그르쳤는지 가르쳐 준다. "나를 잃은 날들"에서는 이러한 상실이 반복되었음을 재확인할 수 있다. 반면 주체의 눈앞에는 "의심하지 않는 손" 역시 존재한다. 사람마다가 아닌 "집집마다"라고 했으므로, 믿음을 가진 손들이 의지하는 바도 분명하다. 주체에게는 그러한 손이 없다. 그런데 시의 처음 문장이 「뼈아픈 후회」의 오마주임을 상기해야 한다. 하여 황지우 시의 일절을 떠올릴 수 있다면, '폐허' 위에 "꽃이 피었다"라고 주체가 말하고 있다는 점이 눈에 들어온다. 풍등을 날리는 광경에서 주체는 관찰자를 자처하지만, 그를 "등이 없는 사람"이라 할 수 없는 연유가 여기에 있다. 그는 사랑했고 또 실패했으나 황지우의 시와는 다른 방식으로 반성한다. 기억하듯이 황지우는 "그 누구를 위해 그 누구를" 사랑하지 않았음을 후회했었다. 사랑은 한 사람을 향하는 데에서 그치는 게 아니라 그가 사랑하는 또 다른 이에게까지 나아가야 한다는 전언이라 하겠다.

 황지우의 시가 더 이상 사랑할 수 없는 주체가 목도한 폐허로서 사랑의 필요성을 역설했다면, 최서진 시의 주체는 사랑하는 이들과 그들의 바람이 깃든 풍등을 바라보며 손을 모은다. 그는 폐허 이후에도 모든 것이 끝나진 않는다는 희망을 품고 있다. "점점 더 아득한 하늘"이지만, 그들의 바람을 따라 자신의 그것도 꽃처럼 피어나 닿길 바라는 주체는 따라서 등(燈)이 있는 사람이다. 물론 "멀리 더 멀리 가자"는 그의 중얼거림은 확실히 강박증처럼 보인다. 그만큼 무언가를 포기하고 등(背)을 보이며 돌아서는 주체의 모습은 절실하고 초조하다. 하지만 그래서 그는 무섭다기보다는 아픈 사람이다. 그리고 그것은 마지막 연에서 보는바 먼 곳에서도 슬픔에 휩싸인 이들을 "가까이 있다"고 느끼는 이유가 된다. 최서진의 시에서 세계의 밤은 주체만의 문제가 아닌 것이다.

　"새장을 들고 길을 잃은 아이"가 있는 아이러니한 밤하늘의 형상이나(「나의 미아보호소」), "아프고 무수한 밤의 음악"(「매화를 완성하다」) 등은 최서진 시에서 밤의 이미지가 가진 대강을 드러내 준다. 「자정의 심리학자」에서는 보다 본격적이다. 주체에게 밤은 "전쟁과 수렵이 적나라하게 기록되는" "긴 터널"이고 "어항 속 같은 염소자리"로 다가온 이들에 대해 되새겨보고 제 자신까지 들여다보는 시간이다. 그 한가운데에서 그는 윤동주 시의 주체가 「참회록」에서 행한 것과 같이 자신의 어항을 "밤새도록 닦고 또 닦는"다. 물에 담근 하반신이 물고기 형상을 한 염소자리는 아마도 인간의 이중성을 표상할 것이다. 실로 인간은 저마다 제 치부를 숨기고 다니는 존재들이다. 그렇다면 주체는 왜 하릴없이 자신의 어항을 닦는가. 의문은 자연스럽다. 주체 스스로 밝힌 목적은 "무수한 빛깔을 알아볼 수 있도록"이다. 그러기 위해서는 먼저 자신의 어항을 닦아야 한다고 최서진의 시는 말하고 있다.

3. 멀고 먼 우리

「자정의 심리학자」는 '물고기'가 다른 '물고기들'을 이해하기 위한 노력을 보여 주었다. "먼 오해로부터" 인간을 구원할 길은 저마다가 처한 세계의 밤을 대면하는 일 이외일 수 없을지도 모른다. 그리고 이러한 생각은 "정신은 오직 갈기갈기 찢기다시피 한 내적 자기 분열을 통해서만 그의 진리를 획득한다"라고 주창했던 헤겔의 말과 닿아 있다.[2] 하지만 '먼'은 시공간의 거리를 상정한다. '오해'는 역사적이기까지 하다. 뿐만 아니다. 헤겔이 암시하고 최서진이 명시했듯이, 밤이라는 "이 긴 터널을 통과"하기란 쉽지 않은 일이다. 그것은 자기라는 전 존재를 관통해야 하는 여정인 까닭에서다. 그러므로 때때로 "지평선과 수평선"이 맞붙은 곳을 향한 열망은 "모르는 고도"에서 멈추거나 "날다가 터지는 표정으로" 고정되기도 하는 것이다 (「달아나는 풍선」). 실패의 역사는 오래되었다.

> 액체에서 고체로 가는 아이가 있어
> 눈보라는 가벼운 아이
>
> 그가 도착한 곳은 무뚝뚝하고 말이 없는 행성
> 반복되는 실패의 자리마다 얼음이 부풀어 오른다
>
> 새가 되고 싶은 꿈
> 발밑으로 새의 시체가 쌓여 얼어 간다
>
> 우리는 어떤 방식으로 우리에게 가는 걸까
>
> 물 안을 향해
> 달리는 기차를 향해

---

2 헤겔, 『정신현상학 1』, 임석진 역, 지식산업사, 1988, p.92.

우리는 속도주의자

먼 옛날의 까마귀의 목소리가 들릴 때

아버지의 소리가 죽음을 뚫고 나올 때

질주하던 차가 가장 크고 아픈 턱에 이른다

　　　　　　　　　　　　　　　　—「눈보라 아이」 전문

　다른 시편들에 비해 이해와 접근이 용이한 작품인 이 시에서는 시집의 주요한 제재들이 한꺼번에 등장한다. 말하자면 최서진의 시는 새와 물과 죽음 그리고 겨울 등으로 구축된 이미저리의 세계이다. 그리고 주체는 그것들로 채워진 시공간을 이리저리 횡단한다. 끝내 그곳을 벗어나지 못하는 것 같다. 도착한 행성의 한기 탓이다. "무뚝 뚝하고 말이 없는" 세계에서는 '꽃'이 자라야 할 곳에 "얼음이 부풀어 오른다". 이와 같은 진술은 「사람으로부터 풍등」에 대한 전면적인 부정이거나, 세계의 본질에 대한 증언이겠다. 어느 쪽이든 두 편의 시를 병치시킬 때 강조되는 것은 이 행성의 불모성이다. 일테면 3연에서 제시된 꿈과 좌절이 낯설지 않은 게 현실의 실상이다. 그러므로 주체는 묻는다. 한데 4연의 질문에서 '우리'는 개별자를 지목하는가 아니면 인간 일반을 지칭하는가. 마지막 연의 개인적 경험은 전자라고 말하고 있지만 같은 곳의 1행은 후자의 손을 들어 준다.

　따라서 "액체에서 고체로 가는 아이"인 '그'는 인간이라고 해야 한다. 말할 것도 없이 인간은 액체에서 시작되었으니 말이다. 5연의 대답은 그러니 "물 안"이나 "달리는 기차"가 그것들로 쇄도해 가는 인간을 액체로 되돌려놓거나 고체로 굳게 만든다는 의미가 된다. 인간은 스스로 죽음을 향해 나아가는 존재라는 뜻이겠다. 더 이상 바람

(風)과 함께할 수 없을 때 죽음은 다가온다. 이로써 "실패의 자리마다 얼음"이 쌓인다. 그런즉 이 시의 바람은 '풍(風)'이자 '원(願)'이다. 바람(願)을 잃어버린 인간은 죽은 것이나 다름이 없다. 「사람으로부터 풍등」에서 피어난 꽃은 바로 그것의 산물이었던 것이다. 고체에 가벼움이라는 속성을 부여하는 것의 정체는 얼음처럼 쌓여서 딱딱하게 굳어 가는 "새의 시체"가 밝혀 준다. 그것은 부드러움이다.

그리고 액체에서 고체로, 다시 부드러운 고체에서 딱딱한 고체로 변화하는 인간에게 할당된 시어는 '가다'이다. 이 동사는 일반적으로는 단순한 이행을 의미하지만 4연에서는 그렇게 읽을 수 없다. 주어를 가리키기 때문이다. 그렇지만 이 재귀(再歸)는 원상 복귀가 아니다. 이것은 지향성을 나타낸다. 앞과 뒤의 '우리'는 각각 다른 상태에 놓여 있는 것이다. 앞이 이제까지의 시간에 묶여 있다고 한다면, 뒤는 상대적으로 자유롭다. '우리'는 미지의 '우리'에게 아직 닿지 못했다. 이런 까닭에 주체의 질문은 시의 마지막에 현시(顯示)한 죽음의 징조를 거느리고 삶의 방법을 스스로에게 묻기를 요구한다. 부드러움과 가깝고 속도와는 멀 것이라는 단서를 던지면서 말이다. 예의 자문이 없을 때, 미래는 기지의 것이 되어 버릴 수도 있을 테다.

4. 일신(日新)하는 나날

부드러움과 느림의 질감을 가진 대상들이 본연의 결대로 등장할 때, 최서진의 시는 시집의 다른 작품들과 확연히 구분된다. 구름과 새가 그 대상들이다. 주체는 구름을 '편애'한다고 털어놓았고(「바냔, 내버려 두었지」), 알다시피 시집의 곳곳에는 수많은 새들이 출현한다. 「새들의 힘」에 나온 "구름의 힘"은 최서진이 구름과 새를 동일시한다는 사실도 알려 준다. 이 점에서 새와 죽음을 결합한 이미지의 빈

발이 시집 전반에 멜랑콜리를 조성한 것은 당연한 일이었다. 그렇지만 최서진 시의 주체는 거기에 매몰되지는 않았다. 아니, 충분히 파묻힘으로써 빠져나오고 있다고 해야 옳겠다. 그러므로 이제 주체는 자문하듯이 새에게 "이제 어디로 갈까"를 묻고 "슬픈 서사와 새벽의 분노 난폭한 풍문을 반듯하게 정리"할 수가 있게 되었다(「설탕 시럽과 구름을 뒤섞으면 어떤 맛이 나는지」). 나아가 "산다는 것은 날마다 새를 날리고 새가 닿은 모든 하늘을 지우는 일"이라는 나름의 정의를 얻었다(「꽃이 무엇이고 나무가 무엇인지」). 그리하여 이러한 매일이 면면히 반복된다면, 이것이 혹 진무한의 또 다른 모습이 아닐까.

우리는 모두 죽어요
새는 이름을 완성하기 위해 수천의 창문을 열어야겠지

모래와 얼음이 뒤섞인 검고 붉은 기분 같은 저녁놀
운동화 끈을 풀자 발이 붉다

진짜 이름이 뭐예요?
어둠은 있는 힘을 다해 저녁을 빠져나간다

그녀는 가방에 살아갈 이름을 넣고 자신의 무덤 안쪽을 들여다본다

공중은 발을 망각하기에 좋은 곳
들판으로 죽은 바람이 분다

날아가는 새와 불 꺼진 창 사이

다시 태어난 이름으로 회복하는 중이다

나는 까만 고양이를 밖에 두고 온 사람

어쩌면 그것을 모르는 사람

—「진짜 이름이 뭐예요?」 전문

　"살아갈 이름"과 "자신의 무덤"이 공존하는 이 시의 '가방'은 하루하루 짙어지는 우리네 삶 자체를 이를 것이다. 그런데 그것은 날마다 새롭다. 매번 거기에 담을 이름이 달라지기 때문이다. 주체는 그렇게 "다시 태어난 이름으로" 스스로를 치유한다. 그리고 그것을 둘러매고 자신의 또 다른 이름을 찾아서 나설 터이다. 저녁마다 부르튼 발을 식히고는, "밖에 두고 온" 무언가가 남았다는 듯이. 하니 이 여정은 완성되지 않고 완료될 수밖에 없다. 전자를 도모하지만 후자로 끝날 도리밖에 없는 것이다. 삶이 완전히 끝날 때까지 저렇게 나서지 않는다면, 최서진 시가 경고하는 것처럼 "진짜 이름"을 모른 채 벌써 죽어 버린 삶을 붙든 걸 수도 있으리라. 「자작나무 숲에 놓여 있는 체스」에서 보았던 "이곳의 배경은 배경을 두고 사라집니다"라는 문장을 헤겔의 묘사와 나란히 놓아 본다. 여기 "세계의 밤이 한 인간의 배경으로 걸려 있다."[3] 「나븨」에서 정지용이 썼듯이 "시기지 않은 일이 서둘러 하고" 싶은 밤이다. 진짜 "우리 이야기"를 하고 싶은. (2019)

3　헤겔, 『헤겔 예나 시기 정신철학』, 서정혁 역, 이제이북스, 2006, p.84.

오감도(五感道), 감각의 윤리
—박춘희의 『천 마리의 양들이 구름으로 몰려온다면』

> 세계는 우리가 생각하는 그것이 아니라
> 내가 살고 있는 그것이다.
> —메를로-퐁티

20세기의 전반기에 있었던 세계사적 사건들은 철학사에 흔적을 남겼다. 두 번의 세계대전과 그사이에 발생했던 대공황 등이 18세기 이래 승승장구해 왔던 근대적 이성에 대한 의구심을 자아냈기 때문이었다. 주지하듯이 양차 대전의 전범국이었던 독일 프랑크푸르트 출신의 지성들은 부정 변증법을 출범시켰다(『계몽의 변증법』, 1947). 이것이 계몽의 한계를 반성한 계몽이었다면, 좀 더 즉물적이거나 급진적인 차원에서의 성찰은 다른 쪽에서 태동되었다. 일테면 프랑스군 장교로 복무하기도 했던 메를로-퐁티는 위에서 인용했듯이 세계를 지각 세계로 재정의했다. 오늘날 인지과학의 모태이기도 한 게슈탈트(Gestalt)라는 개념을 토대로 그는 근대적 주체성을 상호 주체성으로 대체하고자 했다(『지각의 현상학』, 1945). 그리고 레비나스는 타자의 얼굴을 내세운 윤리적 철학을 제안했는데, 나치의 수용소에 수감되었던 경험이 주요한 계기였다(『존재에서 존재자로』, 1947).

이들 철학적 탐구들은 이성에 전권을 부여함으로써 초래했던 인간 그리고 세계의 위기를 극복하기 위한 모색이었다. 이성의 광포함을 제어할 철학은 그러나 천명되는 것만으로 힘을 얻는 것은 아니다. 그랬다면 대전 이후의 냉전과 그것을 대체한 레이거니즘·대처리즘은 물론, 이 둘을 기수(旗手)로 하는 신자유주의의 세계화는 있을 수도 없었겠지만 우리가 아는 모습도 아닐 터이다. 대전이 종식된 지는 70년이 넘었으나, 도구로서의 이성은 여직 전쟁 중이다. 이것은 반성은커녕 상호 주체성에 대한 고려도 타자의 얼굴을 향한 관심도 결하고 있다. 요컨대 도구적 이성은 "타자의 문제와 세계의 문제를 무시한다"라는 메를로-퐁티의 진단은 여전히 유효하다.[1] 아직도 도구적 이성만을 맹신하며 "사아의 고독한 죽음"만을 걱정하는 이들에게 레비나스가 전한 말을 이러했다. "타인의 죽음은 존재들을 소통 불능의 고독으로 던져 넣지 않는다. (왜냐하면) 분명히 이 죽음은 사랑을 키워 내기 때문이다."[2]

1. 인간-나무들의 근황

레비나스가 "분명히"라는 말에 담아낸 것은 '바람'이었다. 현실은 지지부진하다. 그래 왔다. 하니 우리는 예의 희망이 실현될 기미가 보이지 않는 세계에 거주한다고 해야 솔직하겠다. 박춘희의 시를 논하는 자리에서 철학사의 한 장면을 앞서 거론한 까닭은 이 시집의 곳곳에 가득한 죽음의 면면들 때문이다. 하지만 그의 시편들에서는, 레비나스의 소망과는 달리, 죽음이 곧바로 사랑으로 전환되지 않는

---

1 모리스 메를로-퐁티, 『지각의 현상학』, 류의근 역, 문학과지성사, 2002, p.20.
2 E. Levinas, "L'autre dans Proust", *Noms propers*, Paris: Fata morgana, 1976, p.154: 서동욱, 『차이와 타자』, 문학과지성사, 2000, p.120에서 재인용.

다. 차라리 그는 메를로-퐁티가 언급한바 "내가 살고 있는 그것"의 구석들과 거기에 거하는 우리 자신을 비춘다. 기실 "우리가 생각하는" 무엇이 아니라 우리가 감각하고 지각하는 세계의 단면들은 시의 오랜 관심사였다. 이 점에서 박춘희 시의 접근법은 놀랍지 않다.

그러나 근 20년 만에 내는 첫 시집의 시들이 등단작들과 가지는 거리를 간과할 수는 없다. 백석의 영향이 강하게 드러나는 작품들에서 그는 너무나 멀리 떨어져 나왔다. 유일하게 시집에 실은 데뷔작 「장곡사」는 "동짓달 장맛처럼" 깊고 그윽한 밤을 그렸는데, 박춘희는 그곳을 오감으로 물들였다. 그동안의 시에서 이 점만 바뀌지 않았다고 해도 과하지 않다. 그의 과작(寡作)과 시에 나타나는 이와 같은 다채로운 감각의 발현은 같은 데에서 기인한다. 그는 시인으로 나서기 전에 이미 서양화가였다. 그의 시가 가진 미덕이라면, 이 사실이 시에 거의 나타나지 않는다는 점이다. 박춘희 시의 주체는 늘 우리 일상의 한쪽에 있다. 멀지도 가깝지도 않은 '사이'나 '바깥'은 그의 주체가 자주 서는 지점들이자 삶에 대한 사유가 발생하는 자리이기도 하다.

한 마리 염소가 울 때, 뒤따라 우는 염소들과 울까 말까 망설이는 염소들 사이 나뭇잎의 수다. 그 소리를 듣는 나와 울음을 털어 내는 달팽이 두 관 사이, 탄소동화작용을 하는 잎과 잎 사이의 맥락으로 이어진 울음들은 내 붉은 혓바닥, 가시가 돋친 지느러미 엉겅퀴, 나는 그 결과이다. 내 앞에서 울음의 효과처럼 찍히는 발자국 또렷이 돋아나는 저녁이다.

백양나무 잎이 먹물로 번지는 어둠을 제 이마에 찍어 바르고 천천히 사라진다.

이곳저곳 패인 둠벙으로 검은 짐승 절뚝이며 건너갈 때, 어둠의 경계에서 완벽하게 사라지는 염소와 나무들. 그 사이 나는 펄럭이는 울음 몇 장으로 서 있다.

—「사이」 전문

시집의 들머리에 놓인 이 시는 전원(田園)의 풍경을 그려 낸다. 백양나무 언덕을 배경으로 여러 마리의 염소가 어우러진 광경은 평화롭고 익숙하다. 그런데 '울음'에 대한 염소들의 반응들에 사시나무 잎의 흔들림이 더해지면서 분위기는 반전된다. 염소와 나뭇잎의 소리들은 "달팽이 두 관 사이", 곧 주체의 뇌리에서 맴돈다. 그러다 벌써 "잎과 잎 사이의 맥락으로" 울음을 빨아들인 나무와 함께 그는 "울음을 털어" 낸다. 혀를 비유하는 "지느러미 엉겅퀴"는 그의 울음을 유발한 원인이 단지 존재론적인 데에만 있지 않고 관계에도 있음을 일러 준다. 관용어 "가시가 돋친"이 사용되었으니 말이다. 주체의 현재는 바로 그런 자신의 말들이 불러오기도 했다. 저 염소들의 반응들이 제각각이듯이 어떤 말들은 공명되지 못한다. 이것이 우리가 종종 사람 사이가 아닌 위와 같은 장소를 찾아가는 연유이다. 하지만 그조차 근본적인 해결책일 수는 없다. 저렇게 저녁이 오면 "펄럭이는 울음 몇 장" 거둬들이고 도로 사람 사이로 돌아가야 한다. 뚜벅뚜벅 찾아오는 어둠은 어서 그래야 한다고 독촉한다. 나무처럼 계속 거기에 서 있을 수는 없는 노릇이다.

그래서일까. 박춘희의 시에서 인간은 나무에 가깝다. 쉽사리 제자리를 뜨지 못한다. 저 풍경조차 서성이다 닿은 주위이기 십상이다. 일테면 「우물 이후」를 펼쳐 보자. 이 시에서 노인들이 뱉어 내는 무수한 "흰 말들"은 "침묵이 오래 쌓인" 탓이다. 관계에의 갈증이 그들을 그리 만들었다. 그런데 주체가 메마른 우물을 노인과 동일시하여 그 "텅 빈 노구에 고이는 어둠"을 발견해 낼 때, 함께 밝혀지는 것은 그들이 남겨졌다는 사실이다. 그러니 외딴곳의 목련나무가 피워 내는 꽃마냥 그들은 아무도 돌아보지 않는 "무채색의 결핍"이다. 수다스럽기까지 했던 한 시절이 지나자 우물은 "깊은" 우울이 잉태되는 장소가 되어 버린 것이다. 그러나 노인들은 달리 갈 데도 없으니, 그들이 젊음을 보냈던 곳에 묶여 있다가 스러질 뿐이다. 하여 그들이 우물가에 심었던 목련나무만 그들이 존재했음을 간혹 자신들과 타인들에게 일깨워 준다. 그러므로 나무는 그들 자신이다.

반대의 경우는 「무덤의 바깥」에서 찾을 수 있다. 자식들은 모친이 좋아했던 목련나무를 무덤 옆에 심음으로써 그녀를 기억한다. 자식들에게 그것은 모친과 다르지 않다. 그러나 그들이 그곳을 찾은 봄날의 목련꽃은 새삼스러운 대비로 다가온다. 「우물 이후」에서 보았던 "무채색의 결핍"은 꽃의 아름다움이 노인들의 부재를 환하게 상기시키기 때문에 가능한 표현이었다. 주체와의 거리가 더 가깝다는 사실 외에는 이 시에서도 형편은 비슷하다. 자식들의 슬픔은 목련의 꽃잎이 역설(力說)하는 모친의 부재가 일깨운 것이다. 그리고 무덤 곁에 선 그들의 눈에 몇 번의 눈물과 더불어 매해 봄 비칠 꽃은, 자식들을 목련나무와 등치시킨다. "다른 봄을 울고 온다"라는 진술은 여기에서 나왔다(「무덤의 바깥」). 이 문장의 주어 '봄'은 이 장면이 반복될 것임을 확인해 준다. 자식들을 대신하여 무덤을 지키는 저 나무는 따라서 그들의 분신이다.

2. 줄기, 차다

나무–인간이라는 박춘희 시의 상징은 어디에서고 뿌리내리고 살 수밖에 없는 인간의 숙명을 가리킨다. 앞에서 살핀 시들의 배경에서 떠들어 나와서 도시의 "보도블록 틈새"마다 "이 악물고 버티는/질긴 나이롱 실/같은" 사람들에 대한 주체의 시선은 그러므로 애틋하다 (「잡풀」). 예컨대 어느 도시 귀퉁이 재래시장 한편의 여관방에서 "배를 곯던" 만삭의 여인이 아껴 걸어 둔 코다리에 구더기가 들끓는 기막힌 상황을 제시한 다음, 주체가 마지막에 건네는 말은 곰실곰실한 벌레들의 움직임이 "날개의 은유"라는 것이었다(「명태 보살」). 이것이 여인의 회상을 전해 들은 주체가 그녀가 다하지 않은 말들을 길어 올린 것임을 추론하기란 어렵지 않다. 살기 위해 아등바등하는 미물들이 그녀에게 힘이 되어 주었음은 물론이다. 박춘희 시의 주체도 마찬가지다. 아래는 시인과 시의 주체가 근사하게 겹쳐지는 시이다.

> 톱날 속으로 재단되는 죽은 나무를 지켜보면서
> 그해 여름
> 개오동나무는 서슬 퍼렇게 그늘을 넓혀 나갔고
> 장상동 연립주택과 무허가 목재소를 차례로 삼켰다.
>
> 나는 덫을 놓고 죽음을 기다리는 사냥꾼처럼
> 잠이 오지 않는 밤엔 옥상을 들락거렸다.
>
> 가끔은 산짐승처럼 웅크린 내 죽음을 만져 보고 싶었다.
>
> 개오동 꽃이 터지기 직전까지
> 밤마다 잠을 덮치는 억센 잎사귀의 지옥처럼
> 줄기차게

빚쟁이들이 몰려왔다 몰려갔다.

마침내
개오동 꽃가지
두꺼운 그늘을 하얗게 먹어 치우던 날
파산선고를 하고 도망치듯
장상동을 떠났다.

줄기차게 자라던 개오동 그늘이
사실은
속이 환한
내 안의 살의였음을 몰랐다.

─「줄기차다」전문

목재소와 이웃한 연립주택에 주체는 거주한다. 끊이지 않는 소음을 증폭시키는 것은 그곳을 덮어 오는 개오동나무의 넓은 이파리들이다. "잠을 덮치는 억센 잎사귀의 지옥처럼" 밤에는 매미 소리까지 이어졌을 터이니, 주체가 잠 못 들었던 것은 심란함 때문만은 아니었겠다. 충동에서 그치긴 했으나, 상황의 급박함과 절박함은 3연에 그대로 나타나 있다. 주야장천 "줄기차게" 들려오는 소음과 밤낮을 잊은 독촉들은 급기야 주체가 파산선고를 하게 했다. 그를 "도망치듯" 달아나게 몰아댄 것이다. 하지만 주체는 끝에서 "개오동 그늘"이 "내 안의 살의"임을 이제 안다고 말하고 있다. 그때의 살심(殺心)이 겨눈 이는 스스로였다는 뜻이다. 시의 서사로부터 이해할 수 있는 정황은 우선 이러하지만, 마지막 연의 내용과 더불어 제목·제재는 더 많은 이야기를 들려준다.

　제재인 개오동나무는 원래 속이 비어 있어서, 어느 정도 자랐을 때 잘라 주어야 구멍이 없어진다는 것이 상식인 시대가 있었다. 시집보낼 딸을 위해 심었던 나무는 더 좋은 목질을 갖기 위해 한차례 고난을 겪어야 했다. 주체는 바로 이런 전통을 염두에 두고 있지만, 자발적으로 그것을 겪어 냈다. 따라서 이 시의 초점은 죽을 것 같은 궁지로부터 벗어났던 경험에 있지 않다. 도리어 그것이 스스로 불러들인 것임을 알게 된 다음의 자신, "죽은 나무"가 되지 않았던 자기에 대한 긍지가 핵심이다. 「명태 보살」에서 보았던 생의 심연을 그도 지나왔던 것이다. 끊임없는 간난신고를 건너와 비로소 얻은 시제 "줄기차다"는 이처럼 사전적 의미인 '그치지 않고 억세고 힘차다'라는 속성을 삶의 고난이 아닌 그것의 주인에게 되돌려 주고 있다. 그래서 주체는 "줄기차다"라는 펀(pun)을 쓸 수 있게 된 것이다. 하지만 이 말장난은 시쳇말로 '웃프다'. 연이어 배치된 자전적 시를 보자.

　　파산을 하고 소식 끊은 딸이 하마나 올까
　　삽짝이 기우도록 기다리시던 어머니 곁에
　　토종 국화꽃

　　(중략)

　　붉어지다 붉어지다 입술이 터진 꽃
　　마침내 검붉은 잇몸으로 물크러질 때까지
　　우리는 비바람을 맞으며 그 저녁을 건너왔다.

옴팡한 꽃자리를 들출 때마다 축축하게 돌아눕던 가족들
시큰거리는 무릎을 세워 빈 젖을 물리고
여기까지 왔다.

열렬한 맘도 없이 꽃 몸살 앓던 그 밤
꼬약 한입 베어 물고 나 함께 물크러졌던가?

시큼한 저녁의 바깥
꽃 가족

—「저녁의 이사」 부분

　「무덤의 바깥」에 그려진 어머니의 유품을 정리하는 딸이 주체이다. 그는 국화꽃을 캐서 옮겨 가려고 한다. 오래전의 파산과 그로 인해 종적을 감췄던 여식을 기다리던 망모(亡母)의 마음이 실려 있는 까닭이다. 그런즉 어수선한 저녁, 국화꽃의 이사이다. 심산함은 망한 채로 떠돌던 "그 저녁"들을 자연스럽게 떠올리게 한다. "붉어지다 붉어지다 입술이 터진 꽃"과 같이 버텨 내던 나날들에는 수많은 이사들과 이사한 첫날들도, 습하고 그늘진 거처에서도 "시큰거리는 무릎"을 바투 세우며 젖먹이를 끌어안던 풍상의 밤도 있었겠다. 그런데 주체는 그런 시간들을 "꽃 몸살 앓던" 세월로 기억한다. 어쨌거나 그것을 "건너왔다"는 사실 덕분이다. 그러기까지 국화꽃은 매번 "물크러질" 운명이었지만, 매해 다시 피어 어머니 곁을 지켰을 것이다. 그렇게 모친이 한 해 한 해 주체를 기다렸듯이, 이사한 곳인 주체의 옆에서도 꽃은 몸살을 앓을지언정 끝내 제 자태를 찾을 것이다. 주체가 그랬던 것처럼 말이다.

한편으로 마지막 두 연은 결코 "물크러질" 수 없었던 주체의 꿋꿋함이 어디에서 왔는지를 시사한다. 주체는 "시큰거리는 무릎"으로 어느새 "시큼한 저녁의 바깥"에 도착해 있다. 한데 "시큼한"의 수식을 받는 시어는 "저녁"과 "바깥" 모두이다. 기억해야 할 것은 「무덤의 바깥」이나 「감정의 바깥」 연작이 보여 주는바 박춘희의 시에서 "바깥"이 대상의 본질을 더듬는 시의 촉수가 닿는 자리라는 점이다. 이 시에서도 매한가지다. 인용하지 않은 끝 연에서 주체는 그 저녁 또한 "건너갔다"라고 말한다. 주체는 세상의 신고(辛苦)를 벗어날 수 없음을 분명히 인식하고 있는 것이다. 그래서 그는 저 저녁의 옆에 "꽃 가속"을 놓았다. 이로써 시큰거림과 시큼함의 위상은 달라진다. 이것들은 일회적인 감각이 아니다. 쑤시고 시린 몸과 그것에서 배어 나오는 냄새는 살아 있음의 증거로 우리를 따라다닌다.

3. 오감, 장애 혹은 비망

박춘희 시의 특성이 가장 두드러지는 작품들은 대개 '붉음'과 '비림'을 함축하고 있다. 이러한 시각과 후각의 감각들은 실로 그의 시에 넘쳐나는데, 이 둘은 분리되지 않고 짝을 이루는 경우가 허다하다. 사정이 이러니 이들은 그의 시에서 삶과 죽음을 가리지 않고 편재하는 존재의 자기 증명과 같다고 해도 되겠다. "붉은 목젖을 드러내 놓고 어미를 부르는 어린 새"가 풍기는 "풋것의 비린내"도 하나의 사례이기는 하다(「너를 울어도 좋은 밤」). 그러나 "바다 냄새"를 매개로 "비린내는 제 몸을 비벼 맡아 보는, 할머니의 초조(初潮) 같은 것"이라 진술하는 시는 두 감각의 동반이 가진 필연성을 명확히 한다(「할머니의 바다」). 이를 참고로 재차 확인하는 바는 새 생명이든 아니든 우리는 붉고 비린 존재들이라는 사실이다. 알다시피 비린내는 피

의 냄새이다. 그러므로 피를 가진 모든 것은 비린내를 품고 다닌다
고 할 수 있다. "붉음이란, 고통과 쾌락의 형식"이라는 다른 곳에서
의 언급이 가진 의미는(「붉음의 형식 2」), 아래의 시에서 보다 분명한
의미를 획득한다.

반반 치킨을 시켜 놓고
나는 가끔
식욕이란 것이 완곡한 분노, 생존을 넘어선 과잉이 아닌지 생각한다.

언제부터 몸은
폭식과 거식에 시달리다가
끝내는 면역 결핍증 환자처럼
자신에게 집중하는, 나르시시즘의 전향이 아닌지.

비움과 채움은
분노의 패턴

번들거리는 목구멍을 따라
지친 위장이
짐승처럼 웅크린 저녁이다.

　　　　　　　　　　　　　　　　　　　—「식욕 장애」 부분

　시각과 후각이 한 켤레가 될 수 있다면, 후각과 미각이 그러지 못
할 이유는 없다. 시각·청각·후각·미각·촉각의 오감이 고루 뒤섞이
는 것도 당연히 가능하다. 먹는 일. 이것의 즐거움에 대해 에두를 필

요는 없다. 오감을 두루 자극할수록 이 일은 기꺼워진다. 허나 이것이 즐겁기만 할까. 주체에게 간혹 찾아오는 것은 식욕에 대한 회의이다. 이것이 "완곡한 분노, 생존을 넘어선 과잉"처럼 느껴질 때가 있는 연유에서다. 후자는 수월하게 납득된다. 문제는 "완곡한 분노"이지만 뒷부분이 이를 어느 정도 설명해 준다. 폭식증과 거식증을 아울러 지칭하는 섭식 장애는 근본적으로 자기 몸에 대한 지배권이 흔들릴 때에 나타난다. 사회적 이유이거나 심리적 요인이거나 말이다. 반대로 말하면 섭식 장애는 사회적·심리적으로 안정된 때에는 발현될 여지가 별로 없다. 요컨대 그렇지 않다는 불안이 완곡하게 나타난 분노가 섭식 장애라는 것이 시의 전언이겠다.

그런데 주체는 섭식 장애의 귀결에 "면역 결핍증 환자"를 데려다 놓았다. 비유이긴 하지만 다소 뜬금없다는 인상을 준다. 이 대목의 실마리는 "나르시시즘의 전향이 아닌지"에 있다. 그리고 이 물음에서 주어는 '몸'이라는 부정칭 대명사이다. 말하자면 몸은 섭식 장애를 계속하다가 자기애로 전향하고 말 것이라고 주체는 우려하고 있다. 하니 관계에의 열망이 관계 자체를 폐기시키고 만다는 견지에서만이 아니라, 인간 일반이 그런 환자 아닌 환자가 되었다는 판단이 주체의 무리수에는 들어 있다고 하겠다. 박춘희는 이들 환자에 대한 편견의 시선을 빌려 와 우리 자신에게로 그것을 돌려놓았다. 이를테면 "짐승처럼 웅크린 저녁" 주체는 다른 누군가와도 함께 있지 않은 것처럼 보인다.

그러나 그 앞에 다른 사람이 앉았다고 해도 상황이 달라지리란 보장은 없다. "바벨의 후예들"이 거처하는 곳을 "인칭들의 세계,/도처의 날선 유리병, 지뢰밭이다"라고 결론지은 「배후」라는 시는 세계의 불화가 언어에 있음을 명백히 했다. '욕망 = 욕구 – 요구.' 상식이 된

이 도식에서 진실로 주목해야 할 것은 요구를 다 실을 수 없는 언어의 실체이다. 욕망은 요구의 발화자에게조차 짐작될 뿐이다. 그것의 충족은 애초부터 불가능하다. 이 점을 간과할 때 욕망보다 먼저 욕구가 인간을 지배하게 된다. 「식욕 장애」는 이런 위험에 대한 문제를 제기한다. "식욕은 차라리 치욕"이다(「조류독감」). 하지만 현실에서의 무력감은 "폐기된 식욕"으로 치환되기도 한다(「잣나무 숲의 밤」). 마치 식욕이 전부인 듯 미디어는 먹방을 방영 중이고 딜레마는 끝을 모른다.

그대여, 닭장 바닥에 엎드려 죽음의 그림자를 끌고 먹이를 먹는 짐승이 아프다고 쓴다. 아프면서 먹고 죽어 가면서 먹는 것이 생이라고 쓴다. 삶은 없고 목숨만 남았을 때, 그 목숨이 너무 경건하게 제 목숨을 받드는 것을 보았다고 쓴다. 그대여, 개나리 꽃잎 환했던 햇살의 목숨으로 왔다가 불현듯 까맣게 잦아드는 빛이 있었다고 쓴다.

잠시 환하던 봄날을 폭풍으로 거두어 갈 때 생은 아름다웠다고 말할 수 있나. 참혹하게 아름다운 것이 생이었다고 말할 수 있나.

그대여, 나는 이제 아무것도 알 수 없어졌다고 쓴다. 누군가의 인생 속으로 엉기어 왔다가 툭, 끊고 사라져 버리는 것들에 대하여 모른다고 고백한다. 고통을 미래의 시간 속으로 보내는 순간들에게 죽음조차 목숨의 일부로 살아 내는 간곡함이 고맙다고, 잠 속에서도 눈물 나는 저녁이라고 쓴다. 미물들이 소리를 버리고 침잠하는 순간을 경배한다고 쓴다.

그대여, 허공에 맘을 둔 땡감나무의 한 점 붉음,이라 적는다. 더는, 안녕이라고 적는다.

—「목숨들에 쓰다」 전문

잘된 문제 제기가 현실을 제대로 고친 경우는 앞서 거론했던 철학들의 근황과 같다. 그리 많지 않다. 하여 좌충우돌, 도무지 요령부득인 세계에 거하는 자가 부르는 이 노래는 진솔하다. 주체가 목도하는 닭의 운명도 「식욕 장애」가 이미 예고한 바이다. 그런데 "아프면서 먹고 죽어 가면서 먹는", 그러므로 살아가지 않고 연명하는 저 목숨들에게서 주체가 읽는 것은 오히려 경건함이다. "제 목숨을 받드는" 행위에 담긴 소중함에서일 터이다. 주체의 질문은 그러한즉 설의법이라고 보아야 한다. 비단 천상병의 「귀천」이 연상시키는 자동성 때문이 아니다. 저 목숨들의 엄숙한 받듦은 참혹함을 아름다움과 공존히게 한다. 해서 참혹함이 아름다움을 전환시키고 배가시킨다.

하지만 전환은 시 전체에서도 일어났다. 주체의 자문이 설의법이라고 해도, 저 목숨들의 숭고미는 압도적이다. "아무것도 알 수 없어졌다"라는 자백은 따라서 "쓴다"를 최종적으로 "적는다"로 바꾸어 놓았다. 시의 네 분절들은 이 과정을 확연히 드러낸다. 목격에 이어지는 자문은 "쓴다"의 내용을 주체의 생각에서 고백과 감사 그리고 경배로 옮겨 가게 했고, 마침내 '미물들'은 '그대'로 "허공에 맘을 둔 땡감나무의 한 점 붉음"으로 드높여졌다. 넷째 분절의 "적는다"는 이 시가 그들에게 보내는 편지임을 명시한다. 그러니 이 시는 관찰의 비망록에서 서한이 된 셈이다.

4. 시라는 편지

시의 장르적 문법은 그러나 「목숨들에 쓰다」가 미물들에게 보내는 편지로 읽히는 것을 거부한다. 그러므로 "더는, 안녕"이라 끝맺었지만, 이 편지에 다 적지 못한 말들을 시집의 다른 시에서 찾아볼 수도 있을 것이다. 예컨대는 "당신은 어떤 감각을 원하는 거지?"라고 주체가 물어올 때(「칠월의 편지」), 우리는 어떤 대답을 할 수 있을까. 궁색한 답변 대신 메를로-퐁티의 발언을 옮겨 본다. "시가 산문으로 번역될 수 있는 하나의 기본 의미를 내포한다 할지라도, 시가 자신을 시로 규정하는 제2의 존재를 독자의 정신에서 가져온다는 것은 잘 알려져 있다."[3] 그의 주장 옆에 나란히 박춘희의 시를 따라 적어 본다. 여기 우리의 정신이 틈입할 시의 여백이 놓여 있다. 그것들을 감각하고 파고드는 일은 저마다의 몫이겠지만, 시인의 귀띔을 받고 도처에 웅크린 그것들을 감지해 보는 것도 시를 읽는 하나의 보람이리라.

> 영산홍 가지마다 투명한 뼈로 녹고 있는 봄의 기미도
> 눈치채지 않게 스크랩해 두고
> 언 땅속 수선화 더욱 둥글어지는 어둠도 뾰족하게 복사한다.
>
> 한 점 의심 없이 찢어지게 벌리는 꽃들의 음부
> 주둥이를 박고 단물에 취한 벌새의 포즈까지
>
> 젖거나 가라앉거나
> 뿌리가 흠뻑 젖어 시드는 꽃의 환한 퇴로까지
> 가볍게 당신에게 전송한다.
>
> ─「꽃의 이데아」 부분

위의 시는 우주의 아름다운 비밀을 누설하고 있지만, 살펴 왔듯이 박춘희 시의 초점은 대부분 그렇지 않다. 실상 시의 기능이란 "널을

---

3 모리스 메를로-퐁티, 『지각의 현상학』, p.239.

등에 지고 산으로 올라간 옛사람을 생각하며 꽃밭을 만들고" 그것을 돌보는 일에서 한 발만 더 산 자에게 다가서는 일일 터이다(「경칩 무렵」). 그리고 그것이 타자와 세계의 문제를 대면하는 첫걸음이 될 수도 있을 것이다. 살아 있는 타인의 고통에 격벽을 세우지 않을 때, 레비나스의 생각과 같이 인간의 선한 본성이 발현될지도 모를 일이다. 철학이 지금-여기 자본의 철옹성을 응시하고 분석하고 비판한다면, 문학은 우리를 제 삶의 철학자로 불러 세운다. 메를로-퐁티가 예의 저서의 마지막을 생텍쥐페리의 『전투 조종사』(1942)의 일절로 갈음한 까닭은 다른 데 있지 않았다. 그가 "영웅들"이라 부른 이 역시 자전적 이야기를 쓴 소설가가 아니었다.[4] "그대는 그대의 행동 안에 살고 있다. 그대의 행위는 그대 자신이다"[5]라며 소설의 주인공이 호명한 이는 세계의 위기에 처한 당사자들이었다.

문학자마다 편차가 있겠지만, 이렇게 그들은 다들 삶의 한가운데에서 궁리 중인 우리 자신을 들여다본다. 우리 자신이 되어 발언하고 노래한다. 그리고 이러한 시차(視差)들이 모여서 우리가 사는 세계의 베일을 벗기고 뚜렷한 양감으로 그것의 실상을 감지케 한다. 문학이 발하는 이러한 스펙트럼의 하나로서 박춘희의 시는 참혹한 세계를 살아가는 이들에게 다가오는 참담함과 그 와중에도 경건함으로 솟구치는 아름다움의 순간을 촉지(觸知)하도록 오감의 안테나를 곧추세우고 있다. 감각에 매몰되지 않도록, 그리하여 타인을 향해 그 감각들을 열어 두도록. (2019)

---

4 모리스 메를로-퐁티, 『지각의 현상학』, p.681.
5 앙투안 생텍쥐페리, 『어린 왕자·야간 비행·인간의 대지·전투 조종사』, 안응렬 역, 계몽사, 1996, 중판, p.333.

통각(痛覺)으로서의 웃음, 이 우릿한 육감(六感)
— 신미균의 『길다란 목을 가진 저녁』

> 큰 웃음 하나 함께하지 않는 진리는
> 모두 거짓으로 간주하자!
> — 니체

1. 희극의 이중주

영화화되기도 했던 움베르토 에코의 소설 『장미의 이름』은 흥미로운 작품이다. 잘 알려진 바는 아니지만 아리스토텔레스의 『시학』은 그 후반부에 희극론이 실려 있었을 것으로 추정되고 있다.[1] 어느 시기에 그것이 실전되었다는 말이다. 본업이 기호학자인 에코는 이 사실에 착안하여 아리스토텔레스가 기획하고 썼을 희극론의 서두와 희극의 의의를 소설의 뒷부분에서 벌어진 두 수사 호르헤와 윌리엄의 격론 과정에서 재구해 냈다. 그가 이 작품을 '수기(手記)'라 표방하면서 희극론의 멸실 시기를 중세로 상정한 까닭은 중세를 암흑기로 이해해 온 인식의 관성에 기대는 한편으로 그것을 배반하려는 의도였을 터이다. 하니 호르헤는 중세적 인간이며 윌리엄은 근대적 인간

---

[1] 이에 대해서는 아리스토텔레스, 『시학』, 천병희 역, 문예출판사, 2002, p.49의 본문과 각주를 참고하라.

이라고 평하는 것은 섣부르다. 아담과 카인 그리고 탕자(蕩子)의 비유가 증언하듯이 기독교의 역설(逆說)적 교리는 "금기의 위반이 없이는 신성에 이를 수" 없음을 역설(力說)하며, 바따이유의 지적대로 중세에는 그러한 기회를 축제로서 부여해 왔다.[2] 하지만 그와 같은 유희의 장(場)이 유독 서구에서만 존재하고 펼쳐진 것은 아니었다.

일테면 지금도 상연되고 있는 소위 열린 연극들을 떠올려 보자. 이들 연극은 전통 연희의 개방성을 그대로 계승하여 관객들과 소통을 시도한다. 마치 무대가 없는 것처럼 극의 인물 등에 대한 직접적인 논평이나 반응이 관객의 입에 오르내리면서, 비판과 풍자 그리고 자조와 해학이 거기에 자연스럽게 동반된다. 지배층과 피지배층에 대한 이중적 태도가 공존했던 탈춤이나 오광대의 마당은 여전히 건재한 것이다. 요컨대는 서구 근대극의 닫힌 형식이 비극적 몰입에만 집중한다면, 열린 연극이란 형식은 거기다 희극적 거리까지 담보해 준다고 하겠다. 이런 맥락에서 본다면 에코가 윌리엄의 입을 빌려 천명한 "비극보다 더 열등한 것을 그림으로써 진리에 도달하는 하나의 방법을 제시한다"라는 희극의 가치는 축적된 일반론이라고 할 수 있다.[3] 따라서 이 글의 어깨에 올려 둔 니체의 선언이 에코의 주장을 선취한 것은 당연한 일이었지만, 니체 이전이나 이후에도 인간은 웃음의 효용을 알고 있다고 하는 게 옳다. 신미균의 시 역시 정확히 이러한 인식에 기대고 있다.

2. 불안한 연기법(緣起法)

---

2 죠르쥬 바따이유, 『에로티즘』, 조한경 역, 민음사, 1997, p.132, p.122.
3 움베르트 에코, 『장미의 이름』(하), 이윤기 역, 열린책들, 2000, 신판, p.863.

수사 윌리엄의 인류애는 "사람들로 하여금 진리를 비웃게 하고, 진리로 하여금 웃게" 해야 한다는 데에서 드러나지만,[4] 그의 말이 먼저 환기해 내는 것은 염화미소(拈花微笑)겠다. 석가와 가섭의 일화에서 등장한 웃음은 번다한 언어가 아닌 침묵 속에서 피어난 것이었다. 신미균의 시가 자주 비판, 풍자, 자조, 해학 등에 가서 닿지만, 단순한 재미로 그치지 않고 곰곰이 되새겨지는 까닭은 예의 미소처럼 생(生)의 진리를 목격하고자 하기 때문일 터이다. 그것을 설명하기란 석가의 곤란함이 증명하듯이 요령부득에 가까워서다. 신미균의 시가 다변에 근거하지 않은 것도, 그가 켤레가 되는 시나 동일한 대상에 대한 다층적 태도를 보이는 시를 연이어 쓰는 것도 같은 사정에서다. 이를테면 '파리'를 제재로 삼은 세 편의 시에서 신미균 시의 주체는 화병에 붙은 파리의 생사여탈을 고민하는 "살벌한" 번뇌(「묵시록」), 그리고 굴비에 앉는 찰나 파리채를 내려쳐 잡은 후의 객쩍은 감탄(「파리」) 등을 보여 준다. 꽤나 과한 표현과 반응인데, 그 원인은 변주를 거쳐야 해명된다. 파리를 잡아야 하는 주체의 고민 그리고 그 일의 실행과 그 결과는 연민과 집착으로 얽혀서 기어이 파탄에 이르고 마는 왜곡된 사랑의 시종(始終)과 닮아 있다.

반짝이 하트 문양이

붙어 있는

파리채로

죽어라 도망 다니는

파리 한 마리를

---

4 움베르토 에코, 『장미의 이름』(하), p.897.

내리친다

미안해
널
몹시
사랑해서야

―「스토커 1」전문

　1연이 그려 낸 것은 파리를 쫓는 일상의 모습이지만, 파리를 잡는
도구에 사랑의 상징이 붙어 있다는 정황과 제목만으로도 시인의 의
도는 능히 짐작된다. 유의할 것은 갈팡질팡 달아나는 파리와 허둥지
둥 따라가는 주체는 저마다 있는 힘을 다하고 있다는 점에서 같은
처지라는 사실이다. 해서 "죽어라"는 파리가 처한 급박한 형편만을
강조하는 말이 아니다. 이 표현은 비유인 동시에 말 그 자체의 의미
로 파리를 엄습한다. 그리고 파리와 주체의 차이가 여기에 있다. 전
자에겐 이 말이 비유이지만, 후자에게 이것은 비유이기 이전에 원래
의 목적이었다. 방백이 되어 버린 2연은 따라서 이러한 결말이 파리
와 주체의 관계 설정에서부터 예고된 것임을 일러 준다. 비극은 이
처럼 가까이 웅크리고 있어서 사랑조차 거기에서 자유롭지 못하다.
일방적이고 집요한 그것은 상대에게 위협이 되고 말았다. "미안해"
와 "사랑해"를 올려놓은 마음의 저울에 마지막으로 남는 쪽은 번번
이 받아들일 이가 없어진 감정이기 십상이다.
　파리에게는 비극이나 그것에 잇따르는 주체의 의미 부여는 지켜
보는 이에게 오히려 희극적으로 다가온다. 주체가 맞닥뜨린 사태의
본질을 이해하기 위해서는, 찰리 채플린의 명언을 참고하자면, 그의

처지에 한층 가까이 다가서야 한다. 그러나 주체는 말이 적고 신미균 시의 변주는 계속된다. 「스토커 1」의 또 다른 켤레인 「스토커 2」도 참된 배려가 없는 사랑에 도사린 위험을 다루고 있다. 애완동물과 벌이는 역할극에서 아이는 흔히 엄마로 분한다. 그가 상상하고 실행하는 최선은 허나 동물에게는 성가시기 마련이다. 해서 지나친 보살핌에 시달려 "축 늘어진" 다음에도 아이는 새끼 고양이의 비극을 파악하지 못한다. 그의 애착 행동은 계속된다. 누구나 한번은 듣거나 봤을 것이므로 낯설지 않은 이 장면이 정작 비극의 중핵이다. 아이의 잘못은 물론 지나간 것으로 쉬이 묻히지만 그 일이 통째로 없어지지는 않는다. 가족사가 되어 그런 일이 다시는 일어나지 않도록 돕는 나쁜 본보기로서 회자된다. 웃음기 머금은 아이들의 질문과 당사자의 쓸쓸한 웃음이 교차하면서 말이다.

> 언제인지도 모르게
> 등 뒤에 붙어 들어온
> 도깨비바늘
>
> 나랑 같이 살면
> 싹도 못 틔운다고
> 잘못 따라온 거라고
> 조용히 타이르며
> 떼어 내는데
>
> (중략)

잠깐 동안이었지만

너를 떼어 낸 자리가

깊다

—「인연」 부분

그러므로 누군가와 관계를 맺는다는 것은 위의 시가 힘주어 말하듯이 염려와 두려움이 앞서는 일이기도 하다. 1연의 우연한 연(緣)과 그것을 내치고자 하는 2연의 곡진한 타이름, 그럼에도 마지막 연의 고백에서 드러나는 상흔 등은 대부분의 관계 맺음이 처음부터 상처를 예비하고 있다는 점을 직시케 한다. 문제는 그러한 인연 없이 혼자 사는 일 또한 한 인간이 감당하기 어렵다는 데 있다. 이럴 때 관계를 유지하는 유일한 방법은 '서로를 있는 그대로 받아들이는' 것일 테지만 이런 해법은 지극히 일반론적이라 수사(修辭)로 머물고 마는 경우가 많다. 신미균의 시에서 찾을 수 있는 대답으로 가장 구체적 사례는 「어떤 바다」일 것이다. 그는 이 시에서 한가로운 일요일 저마다의 일에 매달린 가족들의 따로 또 같이 하는 모습을 포착한다. 눈여겨볼 것은 이 평화를 지탱하는 것이 "서로를 본체만체"하는 행위라는 점이다. 이런 행동이 가능한 것은 서로에 대한 굳건한 신뢰 덕분이겠지만, 이런 믿음을 형성하는 근본적인 태도는 존재 자체로서 서로에게 건네는 감사겠다. 이것이 신미균의 시가 내놓는 사랑의 인연을 이어 가는 공존의 조건이다.

3. 네모-세계와 거주민들

「어떤 바다」가 그려 낸 풍경은 행복하다. 단 이 상태가 지속되기만 하여 감사함이 일방적으로 건네지기만 할 때, 가족은 급기야 서로의

"외딴섬들"이 되고 만다. 가령 「폭탄 돌리기」에서 부양(扶養)을 거절
하고 떠넘기는 자식들 때문에 끝내 공중 부양(浮揚)하는 모친의 신세
는 희극적 의장을 둘렀지만 현실에서 빈발하는 비극을 고발한다. 그
리고 「꽃청춘 이모티콘」은 격한 감정들을 쏟아 내는 가족들과 쉽사
리 그러지 못하는 주체를 대비시켜 가족 사이의 권력관계와 그 관계
의 끈질긴 불변성을 마지못한 위로에 익숙한 이들의 낮은 자존감으
로 풀어낸다. 가족들이 남긴 훈기(薰氣)일망정 거기에서 따스함을 느
끼는 「봄」의 주체나 "변덕을 부려도 투덜대지 않는 의자들"에 만족
해하는 「길다란 목을 가진 저녁」의 주체도 그런 이들 중 하나일 터이
다. 이처럼 신미균의 시에서 가족은 대체로 위태롭다. 이는 그의 시
에 등장하는 수많은 존재들이 혼자이거나 어딘가를 기웃거리는 것
과 무관하지 않다. 집 안이 아니거나 바깥이라고 할 수밖에 없는 곳
에서 우는 여러 시의 곤충들처럼 그의 시에서 주체들은 기로(岐路)에
서서 어쩔 줄 모르거나 집 안에 있어도 겉돈다.

엄마는 네모난 도마를 꺼내 호박을 동그랗게 썰며
세상 좀 둥글둥글하게 살지
뭣 때문에 그렇게 모가 나서
회사마다 잘리느냐고
또, 잔소리를 해 댑니다

네모난 구석방에서 혼자
막걸리를 마시는 아버지의 얼굴이
오늘따라 더 각이 진 네모로 보입니다

엄마가 눈을 흘기며

방금 만든 동그란 호박전을

갖다 드립니다

　　　　　　　　　　　　ㅡ「은밀한 스케치」 부분

　이 시에서 일단 눈에 띄는 것은 제목이 내용과 별로 어울리지 않
는다는 점이다. 왜 그런가. 집 안에서 종일을 보내는 실직한 남편의
나날이나 거기에 따라붙는 아내의 잔소리는 낯설지 않다. 마지막 장
면도 마찬가지다. 안주 없이 술을 마시는 남편과 호박전을 차려 내
는 아내라는 설정도 극히 친숙하다. 그러니 신미균이 여기에 "은밀
한"이란 판단을 더한 연유는 얼른 짚어 낼 수 없다. '은밀하다'는 '겉
으로 드러나지 않고 은근하다'를, '은근하다'는 '속으로 생각하는 정
이 깊다'를 의미하므로, 시에서 은밀함을 굳이 찾아낸다면 주체가
그려 낸 노부부의 모습이겠다. 하지만 이 관계를 그것과 선뜻 짝지
을 수 있겠는가. 이것이 신미균의 시가 던지는 실제의 질문이다. 아
직 젊은 사람들을 뜨악하게 할 물음이 겨냥하는 핵심은 따라서 편견
이라 하겠다. 이것을 걷어 내고 시를 다시 보자.
　아내는 일이 있어서 나갔다. 그사이 남편은 혼자 끼니를 때우고
TV도 켜 놨지만 하릴없이 누워서 뒹굴며 또다시 생계를 위해 궁리
한다. 그러다 어느새 비몽사몽 간인데 아내가 돌아왔다. 잔소리도
응당 따라 들어왔다. 그는 답답해서 다른 날처럼 막걸리를 한잔할
것이지만, 그녀의 푸념 때문이 아니다. 모난 세상에서 모나게 살고
있는 남편을 향한 아내의 진심은 저렇게 습관으로 굳어 안주를 만
들고 있지 않은가. 그러니까 마지막 연에서 호박전을 놔 줄 때 잠깐
비친 그녀의 못마땅한 눈 흘김은 젊은 날 그에게 주었던 애교가 남

긴 버릇일 터이다. 하니 그것을 기억하고 은근히 알아보는 이는 남편 이외에는 없겠다. 이 시의 은밀함은 오래 산 부부의 일상에서 스며 나오는 저렇게나 내밀한 사랑에서 발원한다. 이처럼 삶과 세계의 비밀은 공공연하게 저 자신을 드러내지만, 누누이 간과되고는 한다. 신미균의 시는 하여 가볍게 그것들을 집어내어 게시한다.

사람 위에
사람 있고

사람 밑에
사람 있다

—「아파트」전문

　　신미균 시의 재기발랄함을 한껏 보여 주는 이 시는 「은밀한 스케치」에서 남편이 "둥글둥글하게 살지" 못하게 막는 것이 "네모난" 세상이라는 사실을 재차 확인하게 해 준다. 말하자면 네모가 층층이 겹쳐지면서 사람살이는 위와 아래로 나뉘고, 상하라는 물리적 위상의 구분은 계층을 무리 지으며 점차 귀천이라는 상징체계로 변이되었다고 할 수 있다. 이 점에서 「은밀한 스케치」의 짝에 해당하는 「공」에서 주체가 둥글게 살아야 한다고 다짐하는 것도 실은 이러한 네모로서의 세계가 은폐한 본성에 대한 부정 의식이 표출된 것이었다 하겠다. 이들 세 편의 시가 공히 세계가 결국 사각(死角)임을 노출시킨다면 「상류사회」는 계층을 올라가기도 내려가기도 힘겨운 세계에 포획되어 살아가는 우리의 자화상을 현상해 낸다. 마지막 행에 배치된 "비가 온다"라는 주체의 증언은 우리가 뫼비우스 띠 위의 개미처럼 세상의 안온함 바깥에 있음을 명시한다.

4. 우연과 필멸, 그 사이

「상류사회」의 주체가 목도한 바대로 네모-세계의 안팎이 다르지 않다면, 계시(啓示)될 진리 또한 부재한다는 의미일까. 아니면 이 세계에서 진리로 여겨지는 것들이 허위라는 뜻일까. 의문은 증폭되지만 신미균의 시는 직접 답변하지 않는다. 변주할 뿐이다. 그런즉 우리가 떠올릴 수 있는 것은 속옷 없이 선 「허수아비」의 난처함과 리어카로 새 차를 긁어 버린 폐지 줍는 할머니의 딴청이겠다(「비장의 무기」). 헛헛한 웃음을 주는 이들 시에서 전자의 곤혹은 처음부터 그가 허위였던 데 기인한다. 그러나 후자의 딴전은 단정할 수 없다. 초반부 "어기적어기적"의 어색함과 후반부 "느릿느릿"의 굼뜸은 할머니가 사시(斜視)를 연기할 필요도 없었다는 사실을 역력히 보여 주는 탓이다. 짐짓 딴 곳을 보지 않아도 그녀는 이미 제 몸을 제어할 수 없을 지경에 이르렀다. 만약 애초에 사시였다면 그녀는 그와 같은 실수를 저지르지도 않았을 게다. 사시인 척했지만 실제로도 진짜 사시와 다르지 않으므로, 그녀가 비장(備藏)한 무기는 늙음이었던 셈이다. 굳세고 꿋꿋한 무기로 그녀가 애써 가리고 있는 슬픔은 비장(悲壯)한 삶의 무게를 끌고 있다.

신미균의 시에 등장하는 미미한 존재들은 한결같이 세계를 살아가는 인간의 존재론적 고독을 응축하고 있다. 바위처럼 견고한 지금-여기에 우연히 박히고 나면 어떤 안타까움으로도 인간을 온전히 구원할 수 없다(「업」). 신미균 시의 주체는 그런 존재들이라도 작은 것에 감사하고 많이 못 줘서 미안해하는 마음은 나눌 수 있다고 말한다(「착한, 당신」). 이것이 이곳에 불시착한 인간에게 주어진 유일한 축복이라면, "열심히 자신 속으로/걸어 들어가고" 있는 "비루먹은 개"의 소풍으로 그것을 외면할 수는 없는 노릇이다(「피크닉」). 그러므로 삶을 놓을 수 없어서 "안간힘을 쓰고" 있는 이들은 죽음에 임박한 자만이 아니다(「임종」). 「이별」이란 시는 노친(老親)의 마지막을 지켜보는 자식의 심정을 멀어지는 원근법으로 건조하게 채운다. 그러다가 망자는 소실점에서 와락 자식의 가슴으로 되돌아와 박힌다. 추억의 아름다움이 쓰라림을 압도할 때까지는 "안간힘을 쓰고"도 이 못은 빠지지 않을 것이다. 그렇게 자식은 제 삶을 견뎌 내야 한다. 쌓이고 쌓인 우연의 다른 이름은 필연이다. 마치 김삿갓의 방랑이 그러하듯이(「삿갓 김」).

> 방아쇠를
> 당길까 말까 말까 당길까
> 말까 당길까 당길까 말까
> 당길까 말까 당길까 말까
>
> 밖에 있던 새 한 마리
> 배고파졌는지
> 어둠을 부욱,
> 찢으며 날아간다
>
> —「러시안룰렛」 부분

「타임 서비스 쿠폰」이나 「참선」에서 신미균 시의 주체가 꽃게와 낙지의 죽음을 유예해 주는 연유는 그것들의 의지가 대견하고 애잔하기 때문이겠지만, 「피크닉」이 예시하듯이 그것들과는 달라서 인간은 삶으로부터도 달아날 수 있다. 사실 우울증이 아니더라도 누구나 문득 사라지고 싶다는 생각이 들 때가 있는 법이다. 하지만 이러한 충동의 근저에 자리한 것은 더 잘 살고자 하는 의욕일 때가 많다. 「색즉시공」을 예로 살펴보자. 이 시에서 주체는 기차를 놓친다. 그리하여 여름날 낮잠을 자고 난 후 아무도 없는 집에서 깨어난 것처럼 뜬금없는 시공간에 남겨진 자신을 발견하게 된다. 그런 주체에게 자기가 선 플랫폼에서 보이는 사물들과의 관계는 엉뚱하게도 역전된다. 마치 스스로가 구경거리가 된 것같이 느껴지는 것이다. 제목이 가리키는바 이상한 시공간에 갇힘으로써 존재와 부재는 혼동된다. 존재가 소실되는 듯한 당혹스런 상황에서 그는 "아무 일도 없었던 거다"라고 주문처럼 내뱉는다. 부재를 선언함으로써 존재로 회귀한다. 주체가 다음 기차를 기다리고 있음은 물론이다.

위의 시에서도 사정은 비슷하다. 우선 주체는 여섯 차례의 고민을 한다. 게임의 법칙에 따르면 그는 이 세상 사람이 아니어야 한다. 그런데 막상 날아간 것은 새이고, 주체는 새가 허기를 느껴서 그랬다고 여긴다. 투사가 일어난 것이다. 주체의 상상 속 게임은 이리하여 끝난다. 그도 먹기 위해 떨치고 일어날 터이다. 다음으로 주체는 이 시에서 말놀이를 하고 있다. 처음의 "당길까 말까"가 게임의 규칙을 반영한다면, 이어진 두 번의 "말까 당길까"는 그것을 비튼다. 신미균은 '당기다'의 중의성을 적극 활용했다. 이 단어는 무엇을 가까이 끌어오거나 무엇에 불을 붙이는 행위를 동시에 의미하는 덕분이다. 이 '무엇'들에 '방아쇠' 대신에 삶을 놓으면 표리부동한 시의 전언이 뚜렷하게 솟아난다. 뒤에서 세 번 반복된 "당길까 말까"는 이전에 생성된 리듬과 어우러져 새롭게 부여된 의미를 전한다. 그리고 새는 축포처럼 흥겹게 "어둠을 부욱,/찢으며 날아간다".

5. 또 하나의 감각, 웃음

신미균은 시에 장광설을 들여오지 않는다. 그러는 대신 그는 제목과 내용의 충돌이나 대비를 주로 활용한다. 하여 이러한 조합은 때로는 생뚱맞다는 인상을 준다. 하지만 들여다보면 이 둘은 잘 벼려낸 톱니들과 같이 호응하여 세련된 문장보다 더 정교한 의미의 망을 펼쳐 낸다. 그의 시에서 우러나오는 웃음도 그 아래에는 비참함보다 근본적인 삶의 허망함이 깔려 있어서, 음미할수록 우련하나 또 그만큼 깊은 맛으로 다가온다. 알다시피 신미균은 「업」으로 연 이번 시집을 중국집 배달원이 주인공인 「수행」이란 시로 닫았다. 앞서 살핀 연작시에 준하는 시편들이 방증하듯이, 두 시의 제목만으로도 그가 시를 통해 말하려는 바의 대강을 짐작할 수가 있겠다. 한편 이전 시집의 표제작이었던 「웃기는 짬뽕」과 「수행」이 조응하고 있다는 사실도 특정한 욕망으로만 응집하고 표상할 수 없는 삶에의 도저한 열망들에 그가 눈을 보내고 있다는 증거일 것이다. 절망으로부터 일어선 「졸방제비꽃」의 시대가 저무는 이제, 신미균의 시는 또 다른 절망 속에서 꿈틀대는 우리에게 웃음까지 잃지는 말자고 청한다.

서두에서 언급했던 에코의 소설은 이렇게 마무리된다. "지난날의 장미는 이제 그 이름뿐, 우리에게 남은 것은 그 덧없는 이름뿐."[5] 허나 우리가 아직 장미인 동안에는 서로에게 상처를 내면서라도 부둥키고 살 수밖에는 별다른 도리가 없다. 뜬구름처럼 상기되는 아래 시의 과거는 주체의 현재에 여직 연결되어 있지만, 이 시에서 배어나는 서러움과 그리움은 단순히 상실의 지난날에서 비롯하지는 않았다. 그것들은 필멸을 업으로 태어난 인간 존재의 무상함과 대면

---

5 움베르토 에코, 『장미의 이름』(하), p.911.

182

하는 주체의 오늘이 초래한 것이기도 하다. 그러므로 "내가 불러온/구름"이 드러내는바 주체의 애도는 망자만이 아니라 어느 때인가는 "덧없는 이름"으로 남겨지고 말 자신까지 향한다고 해야 한다. 그러나 주체는 그리고 우리는 저 거대한 허무 앞에서 아직껏 살아 있다. 그래서 웃을 수도 '웃플' 수도 있다. 어쩌면 이 가능성이야말로 인간이란 존재에게 베풀어진 유일한 진리에의 육감(六感)일지도 모르는 일이다.

조금 있다가
오빠가 트림을 하며
자기 방으로 들어가는 소리
엄마가 그릇 치우는 소리
아빠가 베란다 문 여닫는 소리

오십여 년 전
그 소리들이 아직도 귀에
쟁쟁한데
지금도 그때처럼 나 빼놓고
자기들끼리 하늘에서
맛있게 놀면서

내가 불러온
구름을 조각내서 먹고 있다

　　　　　　　　　　　　　　　　　—「The Sixth Sense」부분

　　　　　　　　　　　　　　　　　　　　　　(2020)

아뜩한 하늘, 아득한 대지
— 전형철의 『이름 이후의 사람』

> 그 안개 속에는
> 내가 모르는 시간의 입자들이
> 태어나서 자라고 번창했다
> —김훈, 「강산무진」

1. 은자불우(隱者不遇)

산수화는 줄곧 동북아시아 회화의 주류였지만, 고려를 거쳐 조선에 이르러서는 보다 특별한 지위에 오르게 된다. 가령은 조선 초기 이현보의 「어부가」나 후기 윤선도의 「어부사시사」를 상기해 보자. 알다시피 이 작품들은 산수화의 전형적인 이미저리를 응축한 '어부(漁父)'를 주인공으로 삼았다. '어부(漁夫)'가 아닌 이들의 삿갓과 도롱이는 현실과의 노장적 거리를 상징했고, 사(士)와 대부(大夫)가 이 거리를 누리거나 그런 향유를 와유(臥遊)하도록 하는 세계 질서의 가운데에는 '임금(君)'이 좌정하고 있었다. 노장의 자연관과 유교의 이념이 결합했으나, 실제로는 후자에 방점이 찍혀 있었던 것이다. 이런 까닭에 경세(經世)와 제민(濟民)에 대한 포부를 이들 시가에서 읽을 수 없다는 것은 뜻밖일 수도 있다. 그렇지만 윤선도의 사례가 시사하는 바 양란을 치르고도 조선이라는 도학 세계(道學世界)는 오히려 건재했음을 기억해야 한다. 중당(中唐)의 가도(賈島)가 찾았던 이와 달리 조선에서 은자는 실상 사대부였다. 지배층의 취향이 깃든 문화의 산물이 바로 산수화였던 것이다. 안개 자욱한 산수의 이면은 자연스럽게 은폐되었다. 아니 그 아득함이 향유의 본질을 이루었을지도 모른다. 백성들의 불우(不遇)는 우선 거기에 기인했을 터이다.

허나 자주는 아니어도 도학 세계에 성군(聖君)은 출현했고, 산수화도 질적 변모를 계속했다. 그중에서 가장 극적인 장면이 연출된 작품은 아마도 「이인문 필 강산무진도(李寅文筆江山無盡圖)」일 것이다. 하지만 이 그림이 기존의 산수화와 구별되는 점은 사계절의 대자연을 파노라마로 연출한 규모의 광대함에 있지는 않다. 그보다는 산수와 어우러진 한 사람의 은자나 그를 어부(漁父)로 만들어 주는 한 척거룻배라는 전형을 전복시켰다는 데 있다. 기백(幾百)은 넘어 보이는 사람들과 배들은 물론 구릉이나 천봉만학 곳곳에 반듯하게 자리한 집들과 그런 거처들을 이어 주는 여러 길들은 이인문이 그려 낸 것이 사람살이의 시공간이라는 사실을 알려 준다. 이 무대의 주인공은 따라서 은자가 아닌 백성이며, 자연은 그들 삶의 터전이다. 원경을 부각시키기 위해 쓰인 안개도 새롭다. 원경 역시 그런 무대로 그려졌기 때문이다. 이럴 때 아득한 안개는 세상살이의 간단없음과 인생살이의 꿋꿋함을 강조하는 효과를 내게 된다. 그러나 요순(堯舜)의 과거로 회귀하기보다 백성들과 미래를 건설하고자 했던 성군의 바람은 실현되지 못했다. 다만 그가 총애했던 화가의 그림으로만 남았다. 이 그림이 보물이 된 까닭은 우리가 여태 그런 세상을 온전히 만나지 못해서일까.

2. 숭고한 절망, 카이로스(Kairos)의 기미

미리 말하면 전형철의 시는 그렇다고 믿는 편이다. "문장과 마음

사이를 사포질하던 모래 폭풍"에 갇혀 있다는 주체의 자의식은 첫 시집에서도 보았지만(「덫」, 「고요가 아니다」), 함정은 유구해서 올가미는 쉽사리 끊어지지 않는다. 어쩌면 그것은 차라리 인간의 역사 자체와 같다고 해야 마땅할 수도 있겠다. 전형철의 이번 시집에서 역사로 남은 시공간과 그곳에서 살아갔던 이들이 자주 등장하는 이유는 이러한 사정과 무관치 않다. 예컨대 「무서록—해산계」를 보자. 이태준의 산문집에서 제목을 빌려 온 이 시는 별안간 청춘이 끝났음을 자각한 주체의 중얼거림으로 채워져 있다는 인상을 준다. 그런데 두서없는 황망함의 갈피를 잡게 해 주는 것은 임화가 낸 문서를 차용한 부제이다. 이 점에서 이 시는 혁명의 불가능성을 인정해 버린 청춘의 후일담이 아니다. 이 시의 낭만성은, "네거리에서 낭만적이라고 합창하자"에서 볼 수 있듯이, 임화를 따라 미래를 초대하는 주체의 태도에서 발원한다. 현실에 절망하여 낭만적으로 비상해 버리지 않았던 이들 선배 문인들이 광복 후 같은 길을 갔다는 것은 잘 알려진 사실이다. 그러므로 이 시는 함께 청춘을 견뎌 낸 이들을 향한 편지로 그치지 않는다. "절망은 숭고"하다는 것을 절감한 청춘 이후, 차마 그것에 휘둘리지 않고 "서로 다른 표정으로" 제 이상(理想)을 위해 걸어가는 이들을 위한 헌시이기도 하다.

하니 역사적 시공간에서 분투했던 이들이 이번 시집의 처처에 포진한 것은 당연한 일이다. 그들이 지금-여기의 우리 삶에 본보기가 되는 까닭에서 말이다. 하지만 전형철의 다른 시들은 「무서록」과는 다르게 구체적 인물에 집중하지 않는다. 대신 익명에 가까운 인물군을 조명한다. 가령 조선의용군 계열의 독립운동가들로 빨치산파에 도전하여 숙청되다시피 했던 '연안파'는 이를테면 "맞지 않는 시계를 차고" 있었다. 해서 역사의 흐름에서 도태되었다. 그렇다고 그들의

삶이 무화되는 것은 아니다. "8월의 파종으로" 그들의 행적은 남한
에서 기록되었고, 이렇게 시로도 기억되고 있지 않은가(「연안파」). 그
러니 생의 성패가 세속의 권력과 직결될 수는 없다. 적어도 그들은
제 시간의 주인이었다. 이것이 전형철의 시가 믿고자 하는 것일까.
「산해관」은 더욱 잡히지 않는 이들을 환기하는 시이다. 거란과 여진
이 지배하던 시기 '천민(遷民)'이라 불렸던 곳에서 주체는 "한 알 모
래가 벽돌이 되고/무너진 성벽에 먼지가 떨어져 날린다"라고 노래
한다. 앞 행은 상상이고 뒤의 행은 목격이지만, 후자로써 전자는 짐
작될 수 있다. 두 왕조는 망했으나 '천민'들이 살았던 흔적은 저렇게
나마 남아 있다. '하북(河北)'의 승덕(承德)을 여전히 '열하(熱河)'로 기
억하게 만든 연암의 일기처럼. 이는 분명 전형철의 시가 증언하는
바다.

영 밖에 파발은

뒤축을 물고 있다

별의 귀를 틀어막고

바람의 편자를 달군

문장은 이미 무겁고 굳다

밤은 무탈한가

창과 살이 하늘을 긋는데

벽에는 갑주 걸 곳이 없다

지금 나의 이름은

변란 중에 목숨보다

길고 중하다

구름의 간자들이 날아올라

소나무 사이에 어른거린다

푸른 이리는 피를 토하고

여우는 귀를 얼음에 댄 채 식는다

하늘도 정이 있다면

하늘 역시 늙었을 것이다

모래 먼지가 수염을 당긴다

평지를 떠난 총탄이

무연히 달려온다

―「바람의 별단」 전문

　'별단(別單)'은 왕에게 올리는 문서에 덧붙이는 문서 등을 의미하니, 편자나 갑주 등의 시어들과 함께 이 시의 분위기를 그런 과거로 조성한다고 하겠다. 꼼짝 못 하고 묶인 "영 밖의 파발"은 주체가 처한 상황의 긴박함을 고조시키고 그런 만큼 그의 "문장은 이미 무겁고 굳다". 그런데 그에게 "길고 중"한 것은 '목숨'이 아닌 '이름'이다. 왜인가. '푸른 이리'와 '여우'의 모습이 가리키듯 죽음을 목전에 두고 있는 소이에서다. "변란 중에 목숨"이라는 표현이 암시하는바 기실 주체는 상황을 다소 과장했다. 허나 세상에 나설 한 벌 "갑주 걸 곳" 없는 곳에 거하는 단독자에게 '메멘토 모리(Memento Mori)'를 상기하는 순간은 언제든 찾아오기 마련이다. 한데 "하늘도 정이 있다면/하늘 역시 늙었을 것이다"라는 이하(李賀)의 시구는 주체에게 두려움을 극복하는 주문이 된다. 하늘은 무정하기보다 무심할 뿐이다. 수많은 왕들조차 피하려 했듯이 죽음 앞에서 최소한 인간은 평등하다. 죽음이 그렇다면 삶도 그래야 할 것이다. 하여 그는 영화 「내일을 향해 쏴라」의 결말처럼 제 운명을 외면하지 않으려 한다. 이처럼 전형철

시의 주체는 또 다른 가능성을 찾아 머뭇대지 않고, 그런 것들과 이제 "단호히 결별한다"라고 맹세한다(「카이로스」). 실로 그러한 결단의 순간, 인간 자신의 시간이 비로소 개시될 터이다.

3. 피투(被投)와 기투(企投)의 저울

허나 그런 순간이 간단히 무르익을 수는 없는 노릇이다. 전형철의 이번 시집에서 가장 눈에 띄는 작품들인 「성변측후 단자」 연작은 주체의 내면에서 그와 같은 시간이 준비되는 과정을 거시사(巨視史)로 재구하려는 기획이다. 사전이나 고서에서나 찾아볼 수 있는 언어에 대한 시인의 관심은 첫 시집에서도 뚜렷했지만, 우주와 수학에 대한 기호(嗜好)까지 더해지면서 이 연작시들은 전면적인 상징 세계를 구축하고 있다. 그러나 시를 이해하기 위해 사전을 들 필요까지는 없다. 어디까지나 이 옛말들은 장엄함의 아우라를 빚어내기 위한 장치로 기능하며, 이 점 「바람의 별단」과 별반 다르지 않다. 『성변등록』에서 인용한 부분을 제하고도 시의 전언은 넉넉히 헤아려진다. 일테면 저 세계는 "허공의 문법"이 난무하여 시인과 같은 "후세가 유훈을 능숙하게 흉내 낼 수" 있다. 그래서 "법도에 따라 도처청산이 태평성월이라" 하는 견강부회로 일궈 낸 궤변의 우주는 시가 차용한 예의 장엄함에 의해 내파되기에 이른다. 나아가 주체는 "후인(後人) 무직처사 전(企)"이라 덧붙임(附)으로써 헛된 위엄과 엄숙이 횡행하기는 지금-여기의 세상도 매한가지라고 넌지시 일러 준다(「성변측후 단자 1」). 한편 두 번째 연작시의 서두에 등장하는 "염소의 머리를 하고 물고기의 모습을 한 별"은 서구와 근대가 도착했음을 알리는 알레고리다. 동양의 견우성(牛宿)이 서양에서는 물고기 꼬리를 한 염소자리니 말이다.

그러므로 허위의 장엄함이 배태한 것이 장엄한 비극이라도 이상하지 않다. 셋째 연작시에서 주체는 "어제 태어났어야 할 나라의 신생들"의 낮은 울음을 배음으로 깔고 "서계(書契)의 시대"가 끝났음을 전한다. 이리하여 왜(倭)에 문서를 내리던 관례는 무효화된다. 주지하는바 서구의 근대로 무장한 일본과의 관계는 역전된 것이 아니었다. 일방(一邦)만이 비참해졌다. 어둠이 다한 "제국의 하늘" 아래서는 황제도 그를 섬기던 백성도 그를 위해 별들을 올려다보던 신하도 "눈을 잃은 귀신"처럼 망연자실하여 정처가 없었다. 때로 삿(邪)되었을망정 하늘과 땅을 이어 주던 매개자의 상실은 "하늘을 이고 산다고 믿는//어둠을 걸어 둔//종족"에게는 낯설기 그지없는 새 세상이었다(「빛의 기원」). 마지막 연작시에서 주체는 그것을 "하늘이 사람을 땅에 쏟아 놓고/종이 소매를 잘랐다, 메별"이라는 진술로 장면화한다. 이별을 아쉬워하는 중세적 인간이 잡은 옷소매, 그것을 끊어 버리는 매정한 하늘은 그런데 무심결에 근대적 개인을 탄생시켰다. 고로 저 소매는 우리에게 남은 탯줄일 터이지만, 주체가 "아홉 갈래 길" 앞에서 느끼는 곤혹처럼 이 땅에서 그것이 말라비틀어져 떨어지는 데에는 공교롭게도 아홉 해가 걸렸다.

어둠은 열기다
깊은 곳은 뜨겁다

간유리에 비친 가로등을 품고
지금 웅크리고 있는 자
이 별에 그림자로 사는 사람

어둠의 족적을 불러내며

발톱과 손톱이 자라는 걸 번갈아 지켜보는

파산의 시간들

오늘에서 내일로 넘어가지 못하는 시곗바늘 위

쇳물로 된 지구의 내핵을 매만지는

마음의

이 뜨거운 씨앗을

어디다 내던져야 하나

—「추(錘)」 전문

　「성변측후 단자」 연작의 맞은편에 자리한다고 할 시편 중 하나이
다. 주체는 여기서 현대를 사는 개인의 내면 풍경을 현상해 냈다. 언
뜻 일상의 주체와 신화적이고 역사적이며 가끔은 우주적이라고 할
주체가 혼재하는 전형철의 이번 시집은 미시적 시간과 거시적 시간
을 가로지르는 주체의 항해일지이기도 한데, 이러한 횡단의 궁극적
인 목적은 두 시간의 무게를 달기 위함이다. 저울이 어디로 기울지
는 따라서 처음부터 정해져 있다고 해야 옳다. 그런즉 상고(相考)는
종종 철회되어야 할 테지만, 그럴 수도 없다. 문제는 찰나와 달리 영
원은 감지되지 않다는 데 있다. 아니 일순(一瞬)이 억겁처럼 느껴진
다는 게 좀 더 본질적이겠다. "오늘에서 내일로 넘어가지 못하는 시
곗바늘 위"에 매달려 전전긍긍하는 주체의 상황은 현대인 모두가 어
떤 방식으로든 겪을 수 있는 일이다. 자신 이외에 기댈 무엇도 없는
"파산의 시간들"이 허방과 같이 도처에 매복하고 있는 탓이다. 비단

히키코모리가 아니더라도 겁먹은 짐승처럼 제 서혈(棲穴)로 철수하여 "지금 웅크리고 있는 자" 허다하다. 한데 제목과 마지막의 자문을 나란히 놓으면 답은 이미 제시되었다는 사실이 드러난다. '추'를 손에 든 이는 다른 누구도 아닌 자신이다.

4. 훈습의 필압과 거리

그럼에도 「추」의 주체가 보여 주는 우유부단이 설득력을 얻는 이유는 "보이는 것"이 "믿는 것"이 되어 버린 물신 지배의 현대를 우리가 살아가기 때문이겠다(「망원」). 벗어날 수 없으므로 선택지는 "별일이 아니라고 생각하려" 하거나(「심인성」), 무의식이라는 '신비스런 글쓰기 판'을 아픔 아닌 것들로 새로이 그리고 반복해서 써 내려가는 일이다. 전형철 시의 주체는 자기기만 대신 후자를 택했다. "늦게 말문이 터진 벌레들이 노래"하는 「숲 이후의 숲」의 주문과 같은 마지막 두 행이 보여 주듯 말이다. 접어도 걷어도 변함없이 '이후의', '다음에', '너머의' 숲으로 남는 일. 그것은 "하지 못한 독백보다 하지 않은 고백이 많은 자들의 땅"(「아버지 찾기」), 고해(告解) 없는 세계를 선사한 이의 당연한 몫일까. 부상당한 짐승의 신음처럼 음습한 기운이 자욱한 전형철의 시집에서 온기가 감도는 몇 편의 자전적 시는 사람이 주는 훈기만이 우리를 치유할 수 있다는 믿음을 새삼 확인하게 한다. 예를 들면 이유식을 만들며 "주소지가 생긴 딸"에게 건네는 주체의 말은 투명한 울림으로 다가온다(「산딸나무 이유식」). 하지만 어떤 단어들은 발음되어서는 안 된다. 주체는 그럴 수 없다. 금기라서가 아니다.

토요일 아침 전화가 왔다.

그녀의 전화인데 목소리는 그녀가 아니다.
그녀는 오늘 이 통화에서 마지막 주인공이다.

그녀의 통화를 또 다른 그녀가 받는다.
그녀가 받는데,
그 옆에 또 다른 그녀가 운다.

그녀가 울자 옆의 그녀가 운다.
따라 우는 것은 아니다.
그녀에겐 이유가 있고,
다른 그녀에겐 이유가 있으나 내가 알 길이 없다.

(중략)

나는 전화를 받지 않아서 울지 않았다.
그녀가 울 수 없어서 그녀들이 우는데.

　　　　　　　　　　　　　　　　—「인공호흡」 부분

　　인용 시의 마무리는 이렇다. "나는 부재중인데 운다." 울음으로
가득한 시라 하겠다. 그러나 주체 말고는 누가 우는지 명백하지 않
다. 하니 일단 의도적으로 은폐한 것으로 보이겠지만, 실은 분별할
수 없는 혼란의 지속과 아직 충분하지 않은 애도가 원인이다. '그녀'
가 누군지는 다른 시를 우회하면 짚어 내기가 어렵잖다. 이 시집에
서 '그녀'라는 시어가 등장하는 다른 시는 「스위치」가 유일한데, 주체
는 병상에 누워 전화를 한 '그녀'의 말에 황당함보다 침묵 속에 빠져

든다. 그리고 "태어나서 가장 많이 내 살을 만진 건 엄마"가 아니라는 회고는 주체가 태어날 것을 예지한 이가 모친보다 살뜰하게 그를 보살폈음을 가르쳐 준다(「태몽」). 더구나 자전적 주체는 "지키지 못한 임종"으로 마음이 아프다(「슬프다고 말하기 전에」). 이쯤이면 「인공호흡」의 "마지막 주인공"인 '그녀'의 윤곽이 선명해질 것이다. 하지만 어떤 단어는 입에 담기 무섭게 눈물을 쏟아 내게 만든다. 예컨대는 '엄마'와 같은 호칭이 그러하다. 이 시의 주체에게는 '할머니'가 그런가 보다. 가족 호칭은 대명사도 일반명사도 아닌 고유명사다. 하여 그것은 아담의 언어와 다르지 않다. 그(녀)를 우리 앞에 다시 소환하는 마법을 행할 수도 있다. 주체는 아직 '할머니'를 불러 세울 수 없을 따름이다. 한즉 전형철의 시가 멜랑콜리에 허우적이지 않는 이유는 가장 자전적인 주체일 때조차 유지되는 이러한 심정적 거리에 있다.

참에 앉아 있다

우두커니 참, 계단 사이에 있지만
위아래는 분명하다

(중략)

당신의 이름은 참,

일요일에는 자장가를 불러야 하고
지하철 안내 방송에는 참을 짠이라고 발음한다

이곳에 살고 있지만
저곳으로 가지 못하는

희미하게 사라지는 기분
나는 참, 길들여지고

동전의 좌우를 바꾼

아이들이
놀이터와 보도를 드나들며
숨바꼭질한다

—「참(站)」 부분

　간혹은 번다할 정도로 다층적인 분석이 개입할 가능성을 열어 두
는 기술적인 거리도 거기에 기여한다. 펀(pun)을 적극 활용했지만
위의 시는 전혀 장난 같지가 않다. 시제로 쓴 한자 '참(站)'에 주를 달
았으나 거기에 얽매이지도 않았다. 첫째 것은 일단 주석의 범주 안
에 있다. 그런데 둘째에 쉼표가 붙으면서 거기서 탈주할 조짐을 보
인다. 자신이 "계단 사이에 있"다는 깨달음에 얼이 빠지는 순간을 의
미하는 의존명사로도 읽히기 때문이다. 셋째에서도 이탈은 이어진
다. 하지만 이번에는 의미론이 아닌 화용론의 차원에서다. 주체는
"당신의 이름"을 망각한 것이다. 다섯째는 자기 연민의 감탄사로 이
해할 수 있으므로 쉼표 다음에 '잘'이 누락되었다고까지 해석할 여지
가 생긴다. 그렇다면 넷째 '참'은 어떤가. 중국에서 이 한자는 "짠이
라고 발음"되지만, 주체는 다른 어느 곳에도 '짠' 하고 나타나지 못한

다. 그렇게 그는 '이곳'에서 "희미하게 사라지는 기분"을 예감한다. 지금-여기가 객사(客舍)에 불과하다는 주체의 무력한 눈길이 최종적으로 멈춘 자리는 하지만 아이들이다. 주체는 이쯤에서 입을 닫았으므로, 이참에 그가 말하지 않은 바를 짐작해 본다. "사람을 제일 약하게 하는 것들이 아무것도 모르는 채 웃고 있었다."[1]

5. 꿈꾸는 방상시의 독백

전형철의 시는 형상의 구체성보다 말의 무게에 치중한다. 이 점에서 그는 낭만적 시인이랄 수 있다. 게다가 천공의 운행과 수학에 대한 관심은 역설적이게도 그가 피타고라스학파와 같은 신비주의자라는 느낌으로 다가온다. 하나 그렇지 않다. 진실로 "사람은 모르고 사람 아닌 것만 알고 있는 길"을 보는 '방상시'이기를 자처하지만, 그의 네 눈(四目)은 카오스와 코스모스를 분간하기 위한 것이다(「방상시」). 둘은 사람이 보는 것을 나머지는 사람이 보지 못하는 것을 포착함으로써 지금-여기 우리가 처한 궁지의 근원을 들어서 보이려 한다. 요컨대 저 높은 천공과 그의 무거운 언어 사이의 낙차에 주목하면, 이야기는 달라진다. 그는 철저히 지상의 시인인 것이다. 그의 시에서 수학의 간명한 언어가 아니라 수학 자체가 사유의 대상이 되는 까닭도 같다. 그러므로 그의 시가 낭만적일 수 있다면 그것은 "오늘이 두려운 이유는/어제가 익숙하기 때문"임을 직시하는 데서 온다(「오늘의 독경」). 이것이 현실을 목도하고 거기에 부단히 부대끼며 더 나은 삶을 바라는 우리의 실존적 낭만성일 터이다.

「이인문 필 강산무진도」라는 화제(畫題)가 증언하는 것은 이 그림

---

1 조세희, 「육교 위에서」, 『난장이가 쏘아 올린 작은 공』, 이성과힘, 2000, p.158.

이 그의 소작으로 '강산무진'이라는 전통적인 주제에 속한다는 사실이다. 또한 '필'이라는 글자는 화가가 실제로 거기에 붙인 제명은 알려져 있지 않았고 나중에 따로 이름이 붙여졌음을 추론하는 실마리이다.[2] 후대인의 이러한 명명 행위는 이 그림이 다룬 제재들에 기인한 것이겠지만, 살폈던바 이인문의 그림은 화제를 넘어섰다. 그리고 그의 꿈은 여태껏 온전하게 실현되지 않았지만, 혹 오리무중의 세상 어느 모퉁이에 숨어서 꿈틀대고 있는지도 모를 일이다. "삶의 단어로 내 선 곳에서 가장 먼 데로 찌를 던질 것"을 다짐하며 오늘을 일구려는 혼잣말이 시인만의 중얼거림일 수는 없으니까 말이다(「오늘의 작법」). 왜냐하면 시집의 말미를 차지한 아래의 시에서처럼 우리의 나날은 "매혹의 낱장"으로 채워질 수도 있는 덕분이다. 그런 한에서 "완성되지 않을 이름"으로 남을지라도 시간은 아득한 대지에 뿌리박은 우리 편일 것이다.

시간의 틈을 가르는 성상(聖像)

같은 자리를 맴도는 결빙의 바람은

가장 낮은 자의 배후

얻지 못한 몸과 다시 소환할 수 없는 주문(呪文), 끝내

뒤편에 닿지 않아 완성되지 않을 이름에게

---

2 민길홍, 「강산무진도, 이인문」, 국립중앙박물관 누리집.

매혹의 낱장으로 나누어진 하루를 어떤 무늬로 새겨 넣을 것인가

—「신의 사슬」 부분

(2020)

존재하는 부재(不在)
―손석호의 『나는 불타고 있다』

> 나는 거울로부터 내가 있는 장소에
> 내가 부재하다는 것을 발견한다.
>
> ―미셸 푸코

바르트는 『카메라 루시다』에서 자신이 태어나기 이전에 찍은 어머니의 '온실 사진'을 거론한 바 있다. 그녀를 기억하는 결하고는 전혀 '딴판인 옷', 그것은 사라져 버린 유행과 같이 그에게 '제2의 무덤'으로 비쳤다고 술회했다. 그런데 바르트는 이를 '본질적인 사진'이라고 명명한다. 그에게 "유일한 존재에 대한 불가능한 앎을 유토피아적으로 실현시켜 주었다"라는 이유에서였다. 그는 사진의 본질(eïdos)을 '죽음'이라고 보았다.[1] 인용한 문장의 목적어 "불가능한 앎"이 자기는 알 수 없었던 어머니의 한 시절을 의미한다면, 서술부의 나머지는 '유토피아'라는 말로써 그것에 대한 목격이 사진이 없었다면 불가했음을 재차 강조하고 있다. 유념해서 볼 대목은 바르트가 직시한 것이 존재 이후가 아니라는 사실이다. 삶 이후가 죽음이라지만, 탄

---

[1] 롤랑 바르트, 『카메라 루시다』, 조광희·한정식 역, 열화당, 1998, 개정판, p.74, p.81, p.23.

생 이전의 시간 역시 한 존재의 부재에 해당한다. 바르트가 실지로 응시한 것은 따라서 '시간'이었다.

그렇다면 '공간'은 어떤가. 푸코의 말은 언뜻 모순처럼 들리지만, 경험은 고개를 끄덕이게도 한다. 이를테면 거울에 비친 일상의 얼굴은 무표정하기 십상이다. 하여 여러 표정을 지어 보지만 이내 다시 어색해져 본 기억은 누구에게나 있을 터이다. 그 앞에서 이상(李箱)이 자아의 분열을 느낀 것은 그런즉 우연한 일이 아니었다. 주지하듯이 그 앞이 아닌데도 "거울속에는늘거울속의내가있소"라고 했던 그의 강박적 발언은 윤동주에 의해서도 변주되었다. 구리거울의 녹을 아무리 닦아 내도 거기에는 "홀로 걸어가는/슬픈 사람의 뒷모양"이 오히려 뚜렷했다. 거울에 비친 저기의 '나'는 이처럼 여기의 주체를 뜨악하게 한다. 거북함은 아마도 이른바 라캉의 거울 단계와 같은 과정을 끊임없이 반복하도록 몰아대는 '시간'도 원인이겠지만, 우리의 얼굴을 잠식하는 이것과 더불어 도처에서 조우하는 거울 때문이기도 할 것이다. 저 거울들은 주체가 그곳에 속하지 않는다는 사실을 낯선 '공간'에 선 낯익은 얼굴이란 불편한 조합으로 되비춘다.

사진과 거울이 결국 자기 자신을 바라보는 매개로써 기능한다면, 시는 여기에서 한 걸음 더 나아간다. 많은 경우 시는 그러한 성찰로부터 출발하는 까닭에서다. 그리고 시공간을 가로질러 유동하는 게 생이기에 우리에게 주어진 시간과 공간도 그럴 수밖에 없다. 손석호의 시집에 대략 세 부류의 시공간이 배경으로 등장하는 것은 이런 이유에서다. 요컨대 이들 시공은 그가 거친 고유한 인생 역정과 무관하지 않은 것이다. 하지만 삶의 특수성은 세계가 마련한 지평을 벗어나기 어렵다. 바로 이 점에서 시는 보편성을 획득할 가능성을 담보하게 된다.

1. 무연고자들

시집 앞날개의 정보는 손석호의 원래 직업을 짐작하게 한다. 그런 만큼 그의 시에 노동자가 부각되는 것은 자연스럽지만, 꼭 그렇지만도 않다. 가령은 「승강장 9-4」에서 "네 잘못이 아냐/훨훨 날아가렴"이라 했던 주체의 말은 단지 특정 계급의 입장에서 나온 것이 아니었다. 계약직 노동자에 대한 추모 열기가 보여 준 것처럼 청년이라 부르기에도 너무나 어린 '그'에 대한 연민 그리고 이어지는 "지독한 슬픔"이야말로 참으로 자연스러운 일이기 때문이다. 그러나 주지하듯 그리워하고 잊지 않기 위한 넋풀이는 근본적인 문제를 해결하지는 못해 왔다. 나열하기에도 벅차도록 수많은 애도에도 불구하고 그랬다. 저 "핏발 선 비둘기 발가락"이 꼭 쥐고 있는 것은 산업사회의 구구한 추모사(史)일지도 모른다.

이것이 손석호의 시를 넋두리로 읽지 말아야 할 까닭이겠다. 일테면 자전적인 시 「온산공단」의 핵심은 그 자신이 예의 역사 한가운데 있었다는 회고에 있지 않다. '형'이라 부르며 따랐던 동료, 그의 생명을 삼켜 버린 화재에서 주체가 겨우 빠져나왔다는 사실에 있다. 더 중요한 것은 그 일이 주체의 몸에 "단지 조금씩 타고 있을 뿐"이라는 환상통 같은 감각으로 새겨졌다는 점이다. 그렇지만 트라우마는 극복될 수 없다. 구의역 사고가 시사하듯, 그런 일들이 개인적이고 일회적인 게 아니라 사회적이고 지속적으로 유사-반복되는 탓이다. 역사는 "우리는 기계가 아니다!"라는 전태일의 외침을 기록했으나 박제화에 불과했고, 반세기가 지나도 악무한은 계속되고 있다.

　　매달린 세상의 등산법
　　내려가는 등산이 있다

바람의 이파리 털어 운세 점치며
발목 묶인 새처럼 스스로 묶인다
내려다보면 자궁 밖 같아서
탯줄처럼 놓지 못하고
종일 휘파람새 흉내 내며 부르는
군데군데 울음 매듭진 트로트풍 노래
밧줄에 꼬인다
허공 딛고 빌딩 안 들여다보며
층층이 스치는 밟지 못한 유년의 계단들
초침처럼 발 뛸 때
어디선가 만났던 사람
닦다가 가볍게 노크하면 창 열어 줄 것만 같아서
장력의 만만찮음 견디며 유리 벽에 스스로를 그리는 동안
어느새 노을 뒤따라와 누구인지 알지 못하게 덧칠한다

—「줄타기 따방」 부분

  위 시의 '따방'은 고용 형태 변화의 극단적인 사례로 산업재해에 노출된 노동까지 프리랜서화한 경우다. '운세'라는 시어가 가르쳐 주는바 그에게 주어진 사회적 안정장치는 거의 없다. 그렇지만 그것은 그가 "매달린 세상"이 허락한 노동이다. 해서 그는 "스스로 묶인다". 그러나 그것만으로는 역부족이다. 아찔한 높이를 당해 내기 위해서 주체는 줄을 단단히 부여잡고 흥얼흥얼한다. 한데 "군데군데 울음 매듭진 트로트풍 노래"는 그가 신세 한탄을 하고 있지 않다는 것을 환기시킨다. 그는 자신의 상황을 충실히 견디고 있는 것이다. 그러므

로 '따방'이란 직업 자체는 주체에게 비극이 되지 않는다. 누구나 자신이 할 수 있는 일을 하며 사는 덕분이다. "밟지 못한 유년의 계단들"이 그리 만들었다고 해도 마찬가지다. 그런 것들은 주체처럼 세상살이의 감정들을 범박하게 녹여 낸 저 노래들로 다독일 수도 있다.

정작 문제는 따로 있다. 인용 마지막 네 행은 주체가 '덧칠'된 이, 곧 아무리 "스스로를 그리는" 노력을 해도 되레 지워지는 사람임을, 그리하여 저 아름다운 노을과 함께 사라지고 만다는 것을 보여 준다. 시인이 단 주(註)의 "연고 없이 혼자서"가 '따방'의 처지를 그대로 설명한다고도 하겠다. 관계가 없는 존재는 고립된다. 잊힌다. 마치 부재하는 것처럼. 이것이 실질적인 비극이다. 그러나 "발목 묶인 새"는 그만이 아니다. 무엇보다 이 세계가 한순간의 멈춤도 도태로 이어지는 '레드 퀸 효과(Red Queen Effect)'로 작동하는 까닭에서다. 은총은 없다. "내려가는 등산"을 하는 이들은 더 큰 가속을 받는다. 알다시피 '따방'의 거주지는 반지하방이다. 하니 "삶을 끌어올린다는 건 중력을 역행하는 일"이며, "홀로 서는 것의 안쪽은 먹구름 속"처럼 늘 뿌옇다(「타워크레인」).

하지만 절망이 곧장 나락으로 이어질 수는 없다. '따방'이 부르는 노래가 예시하듯 차라리 "세상을 만나는 바깥 면과 자신을 대하는 안쪽 면 사이" "표정과 내면 사이에 간격유지구"를 두어야 한다(「거푸집」). "자기 얼굴에 책임을 질 수 있어야 한다는 말이 슬퍼서/웃었다"(「울음을 미장하다」). 이렇게 슬픔과 울음을 다루는 방식은 어쩌면 익숙하다. 그래서 추락하고 싶다는 생각이 불쑥 솟구치더라도 이상하지 않지만, 손석호 시는 그 순간의 "내려다보는 즐거운 통증"을 얘기한다(「마포대교」). 형용모순인 것 같으나 그렇지 않다. 주체는 물결에 일그러진 자신의 실루엣이 아니라 세계와 줄다리기를 하는 중이고, "내게는 난간이 없다"는 현실을 직시하고 있다(「마포대교」). 아직 지지 않은 것이다.

2. 교란된 궤도

주체를 버티게 하는 동력은 그렇다면 뭔가. 손식호의 대답은 「무한궤도」에서 들을 수 있다. 권능을 휘두르는 "생의 인력"이 빚어낸 참극의 현장에서 주체는 "궤도의 관성을 벗어나려 애쓰던 슬픈 발가락"의 흔적을 목도한다. 클로즈업한다. "어디가 처음이고 끝인지 모를 일상"에서 망자는 안절부절못했겠지만 끝내 저렇게 좌초하고 말았다. "궤도가 무엇인지 모른 채". 허나 알았더라도 지금 발을 동동거리는 "석탄보다 단단한 가족들"을 위해 그는 "일상의 무한궤도" 위에 기꺼이 올랐으리라. 그러므로 암초 천지인 세계의 궤도에서 "탈선을 시도한다"라고 한 주체의 마지막 말은 바람일 뿐이다. 그럴 수 없다는 것을 "아직 버려지지 않는 궤도"란 구절이 힘껏 말해 준다. 뒤의 궤도를 놓치지 않으려면 앞의 그것을 벗어나서는 안 된다. 하지만 이러한 우선순위까지 교란하는 힘을 앞엣것은 어느 사이엔가 획득했다.

한 번도 날아 보지 못했던 당신, 앰뷸런스가 모시나비처럼 오르락내리락 고개를 돌아 나가고 유서를 대신하는 냄새가 문밖으로 빠져나온다 명치끝을 꾹꾹 눌렀던 천정의 형광등이 오랜 용화(蛹化)의 얼룩을 내려다본다 기다림의 등이 휜 것처럼 출입문 쪽을 응시한 머리 흔적 누구를 기다린 걸까

삶을 벗어 놓고

빠져나가는 일이
꽃 피고 꽃 지는 일보다
아팠다는 것을
몇 령의 고독을 바꿔 입어야
덤덤해질 수 있었는지

아무도 비행을 보지 못했다

—「우화(羽化)」 전문

고독사가 가족이 해체되고 있다는 증거라는 데 이의를 제기할 사람은 없을 것이다. 위 시의 켤레라고 할 「세상 밖의 가족」에서 "딸이지만 가족은 아닙니다"라는 문장은 일단 이 점을 명시적으로 보여준다. 그런데 '딸'의 말이 가리키는 바를 따라가면 상황은 단순하지 않다. 그녀는 '딸'을 생물학적이고 법률적인 차원에서 사용했지만, '가족'은 비유적인 의미로 썼다. 즉 이들이 '같은 조직체에 속하여 있거나 뜻을 같이하는' 관계가 아님을 그녀의 변명은 함축한다. 이러한 강변(强辯)은 물론 이들의 갈등이 해소될 수 없었으며, 원인 제공자가 누구인지를 지목해 준다. 그러나 그보다 주목해야 할 부분은 "마주 볼 수 없었던//세상의 안쪽"이라는 주체의 진술이다. 말하자면 이 가족은 서로의 "세상 밖"에서 살았던 것이다. 따라서 이산(離散)된 이들에 대한 책임은 각각이 속한 세상에도 있다. 비유적 가족 말이다.

위의 시에서 사자(死者)가 기다린 이를 혈연이라고 단정할 수 없는 데에는 「세상 밖의 가족」의 수면 밑에 깔린 전언이 한몫한다. 더구나 유서조차 없었다는 정황은 그이에게 마땅한 수신자가 없었다는 뜻이기도 하다. 하지만 그이의 주검을 확인하고 "용화의 얼룩"을 지우는 사람들이 공동체의 구성원이듯이, 그이도 그 일원으로 살고자 애썼을 것이다. 이것은 그이의 독처(獨處)가 증명하는 의외의 진실이다. 한없이 가라앉으며 "삶을 벗어 놓고/빠져나가는" 동안, 그러나 그이에게는 지푸라기 하나 없었다. "한 번도 날아 보지 못했던 당신"을 향한 주체의 연민이 뼈아픈 이유가 여기에 있다. 한 인간의 삶이 맞은 파국과 그것의 수습은 적어도 저 자리에 선 이들에게는 뉴스거리가 아니다. 그이의 성별도 나이도 드러내지 않은 시인의 의도는 그것들을 밝히는 게 무의미할 정도로 고독사의 사례가 다양해졌기 때문이겠다. 사태에 대한 진지한 수습이 없다고 탓하는 것이다.

그러나 손석호 시의 주체는 시스템의 교란에만 눈을 줘서는 제대로 된 갈무리는 요원하다고 여긴다. 당연하게도 과거로의 역행은 이치에 닿지 않는다. 해서 제2부 이후 여러 곳에서 그의 시가 표출하는 근원 회귀의 욕망이 향하는 시간은 궁극적으로는 미래이다. 예컨대 "한 번도 눈감지 않은 고등어의 눈알과 마주쳤을 때"와 같이 홀연 자신의 과거와 현재가 조우하는 순간은 누구에게나 찾아오기 마련이다(「간고등어」). 그리고 제 코에 꿰어진 "코뚜레의 고삐를 잡고" 있다는 상상 속에서 "여태껏 돌아오지 않는 무언가를 기다리며" 선 주체의 모습은 자전적이지만(「구속」), "밤마다 푸른 부레에 바람을 불어넣"고 떠나온 자식과 "부레가 찢어지지 않게" 보살핀 부모는 그만이 가진 가족사의 한 장면이라 할 수 없다(「파」). "미끄러지는 일이 섭리라는 듯" 흘러가는 강물을 보며 병든 부친 옆에 앉아 움켜쥔 잡초의 다짐도 매일반이다(「들돌」).

청량리동 길가의 뙈기밭입니다

도시라서 말끔하게 세수한 쑥 달래 냉이 씀바귀

달동네처럼 소복하게 모여 살아요

급하게 뜯어낸 푸성귀처럼

간신히 몸만 뜯어내 기차를 탔기 때문에

뿌리가 고향에 남아 있다는 생각 때문에

아직 뿌리내리지 못해 죄송합니다

사실은 바닥이 너무 딱딱했어요

—「난전」 부분

   그런데 그렇게 떠나온 '우리'가 만난 도시는 같은 다짐을 한 '우리'가 건축한 것이었다. 그것의 견고함은 스며들 수 없는 장벽이었다. 시가 묘사한 청량리의 풍경이 농경사회와 산업사회의 경계처럼 느껴지는 이유는 달리 없다. 이 세계를 지배하는 궤도가 그때 만들어졌기 때문이다. 그것에 의해 '우리'들은 나누어졌고, 분열이 가속화하면서 공동체는 물론이거니와 가족까지 붕괴시키고 있는 실정이 아닌가. 한편으로 주체가 내뱉는 뜬금없는 사과는 정확히 말해 왜곡된 권력관계가 소외된 자를 오토마톤(automaton)화한 결과물일 것이다. 다른 시에서 주체가 노점에서 떨이를 사 줄 때와는 사뭇 다른 광경이다. 노점상이 건넨 말은 "더덕 향 짙은 날은 비가 온다"였다(「장터」). 사람다운 만남과 대화가 실종되지는 않은 것이다. "고장 난 가로등의 꺼진 시간이 더 긴 이유"가 "어느 골목이든/들키고 싶지 않은 눈물"이 있어서이며(「골목」), 이 비밀이 전해질 수 있는 세상이라면, 여전히 희망은 남아 있다고 해야 옳다.

3. 다시, '당신'과의 동행

몇 편의 시에서 손석호 시가 보여 주는 씁쓸한 유머는 자조에 가깝다. 하나 그것은 주체만을 겨냥하지는 않는다. 「하회탈」이 역설하듯이 고개를 들고 숙일 때마다 웃음과 찡그림이 교차하는, 오르락내리락하는 생의 널뛰기로부터 자유로운 이는 아무도 없다. 카뮈가 언급한 부조리를 해학으로 비튼 「닭장」이나 거기에 전래의 이야기를 더해 소시민의 암담한 생계를 담아낸 「흥부를 기안하다」 등을 남의 일로 치부하기란 어려운 일이다. 하니 시인이 노린 바가 바쁘게 살아도 막막한 신세이긴 매한가지라는 안도감은 응당 아닐 테다. 그보다는 그의 시가 넌지시 비치는 것은 그런 소시민들이 대다수라는 점이다. 이런 사실의 발견과 그들의 만남이야말로 희망이 솟아나는 지점이라 하겠다. 하지만 "내가 내선 순환선일 때 그는 외선 순환선"이란 「극야」의 진술이 예증하듯이 만남은 쉽지 않다. 게다가 어떤 마주침은 고통스럽다.

억울하게 죽은 자식의 영정이 인쇄된 현수막을 가로수에 매다는 아
비였다
영정 속 아들이 물끄러미 아비의 눈가를 훔쳐보고
단정하게 바라볼 수 없는 난
마주치지 않게 걸어갔다
(중략)
집으로 돌아오는 늦은 밤,
영정 아래에 적힌 사연을 찬찬히 읽을 때
아비의 노숙이 텐트형 모기장을 펼쳤다
죽음보다

살아 있다는 것보다

모기가 무섭다

―「모기」 부분

"지독한 슬픔은 예고 없던 열차 같아/눈물을 데리고 오지 못한다/그런 슬픔은 눈물이 금방 오지도 않"는다(「승강장 9-4」). 그럴 때 눈물이 당사자의 전유물일 수 없음을 이 시는 다시금 증언한다. 주체는 영정을 똑바로 보지 못한다. 자신이 흐트러지고 말 것임을 잘 알기 때문이다. 더욱이 '아비'를 더 울릴 수도 없는 노릇이다. 한즉 주체는 어둠으로 가릴 수 있을 시간에나 나타난 것이다. 이윽고 그의 시선을 사로잡는 일이 일어난다. 그리고 시는 "죽음보다/살아 있다는 것보다/모기가 무섭다"로 마무리된다. 보다시피 실제와는 공포의 순서가 뒤바뀌었다. 이러한 역전의 강조점은 착란 상태에 빠진 지금-여기의 근황에 있을 터이다. 모기에게 뜯길 정도로 궁지에 내몰린 슬픔의 현주소 말이다. 그럼에도 "아비의 노숙"은 저리도 꿋꿋하다. 그런고로 마지막 세 행의 느린 어조가 조성하는 울림은 일차적으로는 경악할 현실 앞에서의 무력감으로 다가오지만, 전도된 세상을 바로잡기 위해 아랑곳없이 자리를 펴는 '아비'에 대한 경외라는 묵직한 여진을 남긴다고 하겠다.

하지만 이러한 응답과 공명만으로는 부족했다는 사실도 확연했다. 엄연하게도 "세상은 목욕탕 속처럼 아직도 뿌옇다"(「목욕탕」). 비단 어느 누구에게만 요지경이 아니라는 것이 다행이라면 다행일까. 하늘과 별과 바람이 등장하는 「윤동주 시인의 언덕」은 세속적 가치가 장악해 버린 세상사를 남녀가 겪는 파경의 과정으로 알레고리화한 시이다. "창밖 고개 아래를 내려다보는" 여자와 "창밖 하늘"을 향해 고개를 든 남자. 제목에 근거할 때 남자의 눈은 자하문(紫霞門) 너머, 여자와는 반대편을 본다. 그리고 언급되진 않았지만, 예의 장소에는 「서시」와 「슬픈 족속」이 새겨진 바위가 앉았다. 따라서 손석호는 시에 대한 새로운 각오를 이 작품에 담았다고 할 수 있다. 조선인이 쓰고 신고 입고 동이던 사물들을 주어의 자리에 둠으로써 윤동주는 소외되고 억압받는 민족의 삶을 부각시키고자 했다. 그러면 손석호는 제 겨레에게까지 같은 취급을 받는 이들을 위한 시를 쓰겠다는 것일까. 시에 과연 그런 힘이 있다고 믿는 걸까.

움직이는 말입니다
맨발로 서성이는 건
혼잣말입니다
어제 쪽으로 마음을 열면
댓돌에 놓여 있는 짝짝이 당신
기다려도 돌아오지 않고
마당에 팬 오른발 자국 뒤꿈치
뱉지 못한 말이 고여 있습니다
왼발에 당신을 신습니다
당신을 조여 맵니다
내일 쪽으로 바라보지는 않겠습니다
모르는 길로 들어가고 있습니다
뒤뚱거리며 발자국이 따라옵니다
오른발은 맨발입니다
당신이 지금 어눌한 말을 듣고 있다면
곧 잠잠해질 것입니다

무언가를 신고 있을 때 길은 사라집니다

―「발」전문

시집 마지막에 배치된 메타시다. 앞서 살핀 몇 편에서도 드러났지만, 손석호의 시에서 '발'은 중요한 의미를 지닌다. 이 시어의 상징적 의미는 「질주」에서 "뿌리내리지 못해 움찔대는 발"로 집약되기도 했는데, 이것은 세계에 직접 닿아 그것의 불모성을 모질게 겪어 내는 촉수였다. 하지만 이 시에서는 맥락이 좀 다르다. 이것은 이제 "움직이는 말"이다. 아무것도 신지 않은 이것은 '혼잣말'이며 거처에는 여기저기 "뱉지 못한 말"의 자취가 흩어져 있다. 과거에 얽매인 기다림의 무용을 깨달은 주체는 결단한다. '당신'을 찾아 나선다. 그런데 그가 신는 것은 '당신'이다. 모순적 상황 같지만, 독백이 아닌 경우에는 상대가 있어야 한다는 점을 상기하면 된다. '당신'에게 다가가기 위해서는 '당신'의 신발, 즉 '당신'이 뱉어 놓은 말을 받아들여야 한다.

그렇게 '당신'과 만나 진실로 함께하는 순간, 길은 사라지고 '당신'과 '나'의 동행만이 오롯해진다. 그러니 "어눌한 말"조차도 필요가 없어질 터이다. 주체가 미래를 군이 약속하지 않는 까닭은 축적된 현재가 그것을 만들기 때문이겠다. 이같이 손석호의 시는 '당신' 그리고 우리에게 더 가까이 다가올 준비를 하고 있다. 허나 고장 난 키보드처럼 소통은 자주 끊기고 또 어긋난다. "긴 문장은 ㅅ 없이도 눈치챌 수 있을 텐데" 시는 짧은 연유에서다(「자판」). 아니다. "실직의 한낮"이 이리 쉬이 찾아오는 곳에서는 대화 또한 다를 바 없을지도 모른다(「홀로」). "타지 않은 내가 차창에 붙어 멀어지고" "다시 들이치는 슬픔"을 절감하며 "감옥 면회실에서 대면하는 것처럼" 자신의 얼굴을 바라보는 이는 오직 손석호 시의 주체만이 아닐 것이다(「자문밖」).

4. 존재를 개방하는 질문

손석호가 시에서 주체로 내세우는 이들은 대체로 농민과 노동자와 소시민 등이다. 당연하지만 그들의 터전은 고향과 산업 현장 그리고 서울이다. 여기까지는 특별할 게 없다. 그의 시가 가진 개성은 이들 시공간이 각각 농경사회, 산업사회, 정보화사회를 상징하는 곳으로 등장한다는 데에서 발휘된다. 이들 시공은 실상 벌써 단절된 것이 아니라 여전히 포개져 있다. 중심이 바뀌었다고 이전의 산업과 그것을 업으로 하는 이들이 사라질 리는 만무하다. 그러나 마치 그런 것처럼 취급된다. 지금-여기의 폭력성은 다른 데 있지 않다. 시집 곳곳에 포진해 있는 '발'과 '뿌리'의 이미지는 우리가 간과하고 있는 이러한 부재선고를 고발한다. 절룩이거나 매달리고 또 으깨진 참혹한 '발'들은 "아귀를 풀지 못한 한 움큼의 질문들"을 던지고(「무한궤도」), "뿌리를 갖고 싶어" 하는 이들의 존재를 알린다(「질주」).

이런 맥락에서 눈에 띄는 시어가 사투리 '갱빈'이다. 강박적이다 싶을 정도로 자주이지만 거의 유일하게 출현하는 이 경북 방언은 시인과 강하게 연결되어 있다. 그러므로 이 시어는 그 자체로 손석호에겐 고향에 상응한다 해도 무방하다. 한편으로는 지금-여기에 대한 헤테로토피아(Heterotopia)이다. 그곳은 푸코의 말을 빌려 오면 "현실적인 장소, 실질적인 장소"이지만 "모든 장소의 바깥에 있는 장소"로서, "우리가 사는 공간에 신화적이고 실제적인 이의 제기를 수행하는 다른 공간들"의 하나인 연유에서 그렇다.[2] 그리고 증상이

---

2 미셸 푸코, 『헤테로토피아』, 이상길 역, 민음사, 2014, pp.47-48.

기도 하다. 라깡의 정의를 따르면 "실재의 세계에서 무엇이 문제인지를 보여 주는 신호"이기 때문이다[3]. 요컨대 손석호의 시에는 우리 앞에 놓인 세계라는 거울이 지워 버린 시공간과 존재들을 복원하려는 안간힘이 실려 있다. (2020)

---

[3] Jacques Lacan, *Le Séminaire Livre XXⅡ : R. S. I.*, in: Ornicar? nº2. Paris, p.96: 홍준기, 『라깡의 재탄생』, 창작과비평사, 2003, p.18에서 재인용.

묵묵하고 둥근 사랑
—성선경의 『햇빛거울장난』

> 삶에 익숙해 있기 때문이 아니라
> 사랑에 익숙해 있기 때문에
> 우리는 삶을 사랑하는 것이다.
> —니체

1. 경건하나 투박한 손

알브레히트 뒤러의 「기도하는 손」(1508)이 명화로 평가받는 이유는 짐작건대 클로즈업 기법이 낳은 역설의 효과에 있을 터이다. 기원하는 사람의 모습을 과감히 생략하여 응당 엄숙하고 간절했을 그의 표정을 잉여로 남겨 둠으로써, 뒤러는 숭엄한 한 인간의 낯빛이 아니라 그러한 태도나 정신을 그려 낼 수 있었다. 그리하여 기도 중인 손을 부각시킨 낯선 그림을 바라보면서 떠올리게 되는 것은 기원하는 사람의 얼굴이나 계급 혹은 바람의 정체가 아니다. 깍지를 끼지도 비손하지도 꼭 붙이지도 않은 두 손의 간극이 암시하는바 절실함을 넘어서는 어떤 경건함이다.

손에 애착을 보인 또 다른 화가로는 반 고흐를 들 수 있겠다. 그러나 그는 뒤러와 달리 구도로써 시선을 끌어당긴다. 「감자 먹는 사람들」(1885)의 화면 중앙에 아이의 검은 실루엣과 램프를 배치하여 강한 콘트라스트를 준 것이다. 가족의 거친 손과 앙상한 얼굴을 조명하기 위해서였다. 그것들을 아이는 물려받을 수밖에 없겠지만, 고흐의 초점은 그러한 궁핍의 상속에 있지 않았다. 그림에서 유일하게 정면으로 얼굴을 향한 언니가 말을 건네는 이는 아버지다. 손은 벌써 투박해졌지만 그녀의 눈에는 대화의 온기가 담겼다. 저 손들로 일궈 낸 곤궁한 만찬의 따스함 말이다.

2. 예사로운 굴레

사실주의와 표현주의로 가를 수도 있는 화풍의 차가 한몫했겠지만, 뒤러와 고흐의 작품에서 손의 질감은 현저히 다르다. 하지만 앞엣것이 주는 숙연함과 뒤엣것에서 배어 나오는 안온함은 그렇게 멀어 보이지 않는다. 아니 절대자를 향해 모은 손과 그가 준 삶으로 둔탁해진 손은 본질적으로는 같다고 해야 옳을 것이다. 예컨대는 뒤러의 그림에서 좀 더 구부러진 오른손도 증명하듯이, 이들 손에 공히 각인된 것은 사랑과 감사 그리고 무엇보다 감내(堪耐)가 아닌가. 성선경의 시집을 읽으며 고흐의 그림이 먼저 생각난 까닭의 하나는 다음의 시에 있다.

> 한 끼의 식사를 마치고 밥그릇을 닦으며 도솔
>
> 수저와 반찬 접시를 닦으며 도솔 도솔
>
> (중략)
>
> 사는 일이란 별을 닦듯 제 밥그릇을 닦는 일
>
> 일상의 저녁이란 잘 닦은 식기 같은 건 아닐까?
>
> 도솔 도솔 행주치마 고름을 단단히 묶습니다
>
> 도솔 도솔 둥글레 둥글레 행주를 들고
>
> 이렇게 또 하루를 보내면 하루치의

내 죄업이 닦여질까요? 둥글레 둥글레

한잔 차를 마시듯.

─「나의 명상」부분

　시의 주체는 왕생 기원의 정토(淨土), 도솔(兜率)을 계이름 도(do)
와 솔(sol)로 바꾸어 부른다. 한데 이는 단순한 펀(pun)이 아니다. 음
높이가 달라져 어우러진 '도'와 '솔'은 일차적으로 깨달음의 음악이
끊임없이 들린다는 도솔천을 환기해 낸다. 여기에 주체는 설거지를
하는 손이 그리는 원을 형상화하는 동시에 동요를 연상시키는 "둥글
레 둥글레"를 추가했다. 이로써 이 시는 주제에 비해 밝고 즐거운 느
낌으로 채워진다. 인용한 "사는 일"에 대한 정의와 제목에다 마지막
의 자문과 비유처럼 놓인 음다(飮茶)의 장면을 잇대면, 주체의 저녁
은 그야말로 발우공양의 시간과 다르지 않음이 드러난다. 한잔 차로
마무리하는 일상다반사, 이것이 주체가 말하는 명상이겠다. 그러나
이 의식은 "하루치의/내 죄업"이란 표현이 암시하는바, 계속된다.
이 반복에 담긴 것은 그러므로 무거움이다.

　기도가 얼마나 깊으면 꽃이 되나?

　간절한 염원의 마음 엮고 엮어서

　눈길을 두는 곳마다 꽃으로 피었나니

　꽃세상이 곧 만다라다

　기도가 얼마나 쌓여야 꽃이 되나?

　기원의 문마다 꽃이라니

　기도의 끝에 맺힌 저 한 떨기

　두 손을 모아 합장을 하고

기도가 얼마나 간절하면 저렇게

시들지 않는 꽃이 되나?

세상을 향해 열린 문

다 환하다.

—「꽃살문」 전문

시집의 들머리를 장식한 시이다. 뒤러의 그림과 닿는 구석이 있
다. 그 작품의 다 여며지지 않은 두 손에서 꽃의 형상을 찾아낼 수
있다면 이 말에 동의할 것이다. 허나 그러한 발견은 사후적인 일이
다. 이 시를 읽고 나서야 그리 보일 따름이다. 제단을 장식하기 위한
스케치였으나 뒤러는 기도를 위해 모은 손과 꽃의 유사성을 염두에
두지 않았다. 반면 이 시는 꽃을 전면에 내세운다. 주체는 잇따른 설
의법적 물음으로 기도와 꽃을 연결시킨다. 일련의 질문들이 명시하
는 바와 같이 법당의 문에는 기도가 꽃으로 아로새겨져 있다. 심원
하고 장구하며 지성스런 바람들이 거기에 조각되어 있다.

자연스러운 의문은 '왜 하필 꽃인가?'일 터이나, 배경이 배경이니
만큼 해답은 쉽게 찾을 수 있다. 말하자면 저 문 안의 일 배(拜) 일
배가 모두 한 송이 꽃을 피우고 들어서 바치는 산화공덕의 변주인
연유에서다. 그러니 "기도의 끝에 맺힌 저 한 떨기/두 손을 모아 합
장을 하고" 나오는 이들의 손이 그 자체로 꽃인 까닭에서다. 한즉 다
녀간 숱한 이들의 얼굴은 알 수 없지만, 저 안에서 그들은 적어도 화
초였던 덕이다. 이 점에서 "꽃세상이 곧 만다라"라는 주체의 감탄
은 영산회(靈山會)의 재연을 비유적으로 가리킨 것이라 하겠다. 그러
나 거기에는 거듭되는 산회(散會)가 전제되어 있다.

3. 아랑곳없이 둥글어지기

「꽃살문」이 묘사했듯 인간의 염원이 빚어낸 문양은 아름답다. 다만 그것은 "세상을 향해 열린 문"에 "시들지 않는 꽃"으로 피어났다. 그런고로 이 개방성과 항구성은 그대로 인간 존재의 영구한 번뇌를 열어젖힌다. 예를 들면 "운주사 와불 같이/운주사 와불같이/한세상 살았으면"이라 말하는 성선경 시의 주체도 그 한가운데에 있다(「괘관산에 들어」). 허나 띄우거나 붙여서 '같이'의 품사를 전환시켜 봐도 시의 대의가 크게 변하지 않듯이, 바람은 바람으로 그친다. 그러기에는 어쩌면 용기가 아니 그보다는 포기가 필요하다. 하지만 "허어 참! 허어 참네!" 하며 뿌리치기에는 "절간의 스님조차 미소 짓게" 하는 삶의 맛을 주체는 잘 알고 있다. 그런 "실낱같은 생명의 희망 줄"을 말이다.(이상 「국수」)

그래서일까. 아직 꽃을 피울 만치 자라지 않은 어린나무 앞에서 "아름다움은 끝끝내 이기적이다"라고 한탄하는 장면이나(「장미 2」), '춘천'이란 지명을 되뇌다 문득 '(춘)천 춘(천)'이란 소리를 듣고는 "청춘 청춘"을 불러내는 대목은(「춘천」), "내년 이맘때쯤이면 내 설움의 뼈도/삭으리라"란 기대와 전혀 이질적이지 않다(「기장 멸치」). "자욱한 그 속을 누가 알겠나?"(「안계 종점」) 아마 앞날에 대한 이렇게나 무심하고 담담한 우문현답이 성선경의 시가 절망을 격(隔)하고 있음을 증언하는 대표적인 사례겠다. 다음의 시에서 살피겠지만, 성선경 시의 주체는 차라리 생의 한가운데를 아름차게 가로지르고자 한다.

모든 처음의 길

저 거침없는 초록

나는 지금 그 속을 걷고 있다

어! 여기는 까마귀가 없네, 나직이 말할 때

　　풍경의 사리들이 보석이 되는 시간, 마음의 생각도 둥글어져서, 눈
빛마저 둥글어져서, 까마귀가 없는 보리밭도 보리밭, 내 몹쓸 그리움
아! 너는 어디에 있는가? 나는 지금 모든 처음의 길을 걷고 있다, 내
영혼이 물결치는 너른 바다.

—「까마귀가 없는 보리밭」 부분

　　한낮이다. 이삭이 채 피지 않은 보리밭이 펼쳐져 있다. 「장미 2」에
서도 사용된 "저 거침없는 초록"이란 표현이나 "그 속"에서의 지시관
형사가 일러 주는 거리감처럼 주체는 이곳에 어울리지 않아 보인다.
그럴 것이 인용한 첫 행의 규정부터가 그렇지만, 둘째 연의 독백 역
시 고흐의 「까마귀가 나는 밀밭」(1890)의 색감을 상기시키면서 그의
나이를 어림하게 해 주는 연유에서다. 그런데 주체는 셋째 연에서 이
곳을 자신의 "영혼이 물결치는 너른 바다"라고 부른다. 의아하지만
시를 풀어내는 실마리는 이 마지막 말과 인용하지 않은 시의 초입에
놓인 "내 영혼이 넘실거리는 너른 벌판"에 있다. 다시 살피자.
　　모든 것이 시작되는 계절의 산책이다. 바람이 흔들어 놓지만 벌판
의 보리들은 아랑곳없이 푸르다. 둘째 연의 독백은 주체가 예의 거
리를 자각했음을 나타내지만, 전술한바 애초부터 그는 이곳에 위화
감이 없었다. 그가 마주한 거리감은 세월과의 불화에 기인했을 터
이나, 마지막 두 연에서 "때"와 "시간"이 겹쳐지면서 응어리는 "나
직이" 풀어진다. "까마귀가 없는 보리밭도 보리밭", 주문 같은 명명
으로 그는 저 광경을 받아들인다. 그렇게 할 수 있는 이유는 주체가

"풍경의 사리들이 보석이 되는", 생각도 눈빛도 "둥글어져서" 저 들판에 자신의 영혼을 맡길 수 있는 특별한 시간에 도달했기 때문이겠다. 이렇게 주체는 "몹쓸 그리움"을 그대로 두고도, 모든 길을 처음인 것처럼 걸어갈 준비가 되어 있다.

4. 차안(此岸)에 피는 꽃들

각오가 되었다고 만사가 형통할 수는 없는 일이다. 「시인의 말」에 쓰인 것처럼 일각일각이 쌓여 하루가 되고 나날이 이어져 일생이 됨을 알지만, 삶이란 통틀어서는 "모두 신의 장난 같다"고 여겨질 때가 더 잦은 탓이다. 동안거하듯 문을 걸어 두고 자신의 생각과 기억의 미로를 헤매는 주체의 모습은 이러한 곤혹과 무관하지 않을 터이다 (「두문」). 그럼에도 성선경의 시는 "영원한 것은 아무것도 없"는 이 세상을 "아직도 누구나 묵묵히" 살아가고 있음을 의심치 않는다(「나팔꽃처럼」). 아름다워서 더 쓸쓸한 봄날의 냇가를 쉬 떠나지 못해 몇 번이고 다시 무는 "마지막 한 개비 담배"처럼(「별천」), 그는 세상을 향한 시선을 거두지 못한다. 고쳐 말하자. 그의 눈길은 누구보다 먼저 자신을 향한다.

> 갈치는 칼을 닮아 갈치가 되었다는데
> 멸치는 왜 멸치일까?
> 한편으로는 묻고 한편으로는 대답하며
> 가장 멋진 삶을 생각하게 하지
> 가장 빛나는 삶은 조연인 듯한 주연
> 조연은 좀 어둡고
> 주연은 너무 밝아

그래서 가장 빛나는 삶은 주연인 듯한 조연

내 삶도 그랬으면 좋겠다, 속으로 낄낄거리며

다시 젓가락들이 멸치볶음에 분주하지

산다는 것은 암만해도 망망대해

어디서 시작해 어디서 끝날지는 잘 모르지

그럴 때 멸치를 봐

—「멸치를 배우는 시간」 부분

　소박한 밥상이지만 가족들은 떠들썩하니 식사를 하고 있다. 반찬에 대한 잡담을 나누다가 주체는 문득 "가장 빛나는 삶"에 대해 생각한다. "조연인 듯한 주연"이란 처음의 궁리는 이내 번복된다. 주연이 너무 밝기 때문이 아니다. 실은 주체가 주연이 되기 어려운 세상인 까닭에서다. 그럴 바에야 "주연인 듯한" 게 낫지 않은가. 주체의 낄낄거림은 이런 소시민적 소망에서 비롯된 것이다. 따라서 그의 웃음에서는 씁쓸함이 삐져나온다. 뼈아픈 해학이다. 하지만 한편으로는 건강한 낙관주의도 깔려 있다. 젓가락을 고쳐 잡으며 주체가 하는 다음 생각이 삶이란 한바다에 난 것과 같다는 비관론으로 끝나지 않는 이유에서 말이다. 얼버무리듯 삶의 시종이 어떨지 "잘 모르지"라고 말함으로써 그는 모종의 여지를 남기고 있다. 최소한 끝은 결정된 바 없으니 낙망할 이유가 없다는 사실을 분주한 저 젓가락들이 역설(力說)한다.

　알다시피 사리(舍利)는 원래 붓다나 성자의 유골을 가리켰다가 의미가 축소되어 오늘에 이르렀다. 이를 감안하면 「까마귀가 없는 보리밭」에서 "풍경의 사리"나 생각, 눈빛 등에 차츰 부여되는 원의 이미저리가 벌판에서 익어 갈 보리알이나 바다에서 자라날 진주를 환기시킨다는 점을 짚어 낼 수도 있다. 삶이 「나의 명상」에서 보았던 대로 수도와 같다면 가슴에 사리 하나쯤 있어도 이상할 게 없겠다. 허나 성선경이 보석처럼 귀히 여기는 것은 보다 근원적인 데 기대고 있나. 그것은 스스로 빛나지 못하는 것들에게 빛을 나눠 주는 '햇빛' 이다. 사실 목차를 일별하는 것만으로도 이것이 이번 시집의 주된 소재임을 짐작할 수 있다. 하지만 성선경의 시에서 주인의 자리를 차지하는 것은 이것이 아니다. 일테면 표제작인 「햇빛거울장난」을 보자. 얼핏 난해해 보이지만 테니스를 연습하는 벽치기 장면을 떠올리면 수월히 읽힌다. 햇살은 인생의 빛나는 한때를 비추고 있다. 아래에서는 물잠자리가 주인공이다.

> 물잠자리 물잠자리가 한 마리
> 잠시 붉어진 단풍잎에 가만히 앉아서
> 햇살을 끌어당기는
> 동심원 동심원의 저 투명한 긴장
> 개여울도 흐르다 잠시 숨죽인
> 햇빛 햇빛에
> 막 피어나는 꽃 한 송이
> 햇빛고요.
>
> —「햇빛고요」 부분

　여름 한낮 주체가 목격하는 이 광경에는 몇 개의 우연이 중첩되어 있다. 그는 지나는 길에 문득 개울을 들여다봤을 것이고, 마침 윤슬이 반짝였을 터이며, 공교롭게도 그 가운데 단풍잎이 걸려 있었으리라. 하여 결국 그는 파문들, 그리고 그것들과 긴장 상태인 단풍잎,

또 그 위에 불안하게 앉은 잠자리를 한눈에 담았을 것이다. 이 찰나 "잠시 숨죽인" 이는 그러므로 실제로는 "투명한 긴장"을 포착해 낸 주체다. 일렁이는 햇살 속에서 펼쳐진 수유간의 평정 상태를 "햇빛 고요"라 이름 붙인 이도 그다. 잠자리는 머지않아 날아올랐겠지만 그는 이 장면을 개화의 순간으로 인화해 냈다. 존재가 스스로를 꽃 피우는 시간은 이렇게나 짧다. 숲속 개울에 잠깐 햇볕이 들듯 지나쳐 버리기 쉽다.

5. 다층적 봉합

성선경의 이번 시집을 접한 독자들은 다소 혼란스러울지도 모른다. 그럴 수밖에 없는 것이 이 책의 갈피마다 등장하는 주체들은 다층적이라고 할 만큼 화법과 어조에서 큰 편차를 보인다. 우주의 비의에 감탄하고 세상의 아름다움에 탄복하거나 언어의 유희 중에도 전언을 은연중에 드러내고 시작(詩作)에 대한 고민을 누설하는 등 엄숙한 주체는 이미 익숙하다. 그리고 퇴직한 중늙은이나 그래서 다시 한 여자의 남편으로 처음처럼 돌아온 일상의 주체를 내세우는 경우도 낯익긴 매일반이다. 그러나 예시한 주체들이 이 시집처럼 자유분방하게 어우러지는 사례는 단언컨대 드물다. 이러한 주체의 다층성은 시인으로 더 오래 살아온 성선경의 이력에 그 원인이 있지 않다. 그보다는 그가 아니 그의 시가 삶이 아니라 사랑에 익숙하기 때문이다.

그렇기에 성선경 시의 주체는 기꺼이 저 모든 죽고 죽어 가는 것들을 위무하는 종소리의 중심에 있다고 자인하는 문인이자(「범종」), "꿀보다 향기로운 시"를 쓰고자 하는 시인으로(「꿀벌처럼」), 그리고 가슴에 "숨겨 둔 슬픔"을 나누는 친구인 동시에(「겨울, 동」), "그냥 그렇게 산다 싶은" 생각을 하는 이웃으로(「그냥」), 세상을 그리고 슬픔을 어느새 알아 버린 "첫사랑 그 지지배 지지배배"하는 모양을 쓸쓸히 바라보고 들어주는 남편으로 화할 수 있는 것이다(「나뭇가지에 앉은 새처럼」). 요컨대 스스로 나뉘고 갈라짐으로써 실제로는 모든 존재를 껴안고 마는, 저 "투명하게 바라보는 빛의 응시"와 같은 시선을 성선경의 시는 견지하려 한다고 하겠다(「햇빛경전」).

마지막으로 이 글에서는 굳이 직접 거론하지는 않은 그러나 시인 자신은 내밀하지 않은 것인 양 공개한, 시인 부처(夫妻)의 일상 언저리를 담아낸 시들 중 하나를 읽어 보는 것도 성선경 시의 또 다른 흥취를 느끼는 방편이겠다. 독해의 편의를 위해 주체의 말이 아닌 것은 진하게 표시했다. 혹여 반대일 수도 있다. 세월이라 불러도 무방할 시간을 함께한 사이일 테니 충분히 그럴 수 있다. 어쨌거나 삶은 이렇게나 사소한 다툼과 투정 그리고 달램으로 소소하게 채워지기도 한다. 바야흐로 "모든 처음의 길"이 열리는 봄이라, 부부는 함께 나설 터이다.

나는 입술이 부르텄는데
꽃마중 갈라요?
산은 아무리 낮아도
신선이 놀면 그게 명산(名山)
저 산의 허리는 온통 봄 햇살로 환한데
꽃마중 갈라요? 아이구! 이 지랄
이 봄에 몸살은 무슨?
꽃은 이 봄에 와 피겠노?
진달래, 산벚꽃, 꽹과리 소리
아이구 이 지랄! 와 입술은 부르텄는데?

산이 아무리 높아도
신선이 깃들지 않으면
그냥 저기 저 높은 언덕배기
이 봄에 꽃이 와 피겠노?
진달래, 산벚꽃, 꽹과리 소리
눈길은 자꾸 꽃마실을 가면서
이 봄에 몸살은 무슨 몸살?
꽃마중 갈라요?

—「딴청」전문

(2022)

제4부 스펙트럼

아직 도래하지 않은 것들

─김명인의 『여행자 나무』, 김명수의 『곡옥』, 이은봉의 『걸레옷을 입은 구름』

1. 죽음이라는 우회로

올여름(2013) 세 시인이 시집을 냈다. 모두 등단한 지 30년을 넘긴 이들이다. 그들을 노시인이라고 부르는 일은 단순히 나이를 기준으로 한 호명이겠지만, 적어도 한 세대 이상 시를 써 온 이들이기에 문학적 후배들은 그들에 대한 다른 호칭을 찾기 어려울 것이다. 그러나 그들의 시는 아직 그렇게 불릴 만큼 힘을 잃지는 않았다고 주장하는 것 같다. 그들은 육신의 나이에 어울리는 주제를 다루지만, 그들의 시는 아직도 굳건한 자기만의 영토를 개척해 가고 있기 때문이다. 요컨대 삶에 대한 오랜 성찰들은 마침내 '죽음'의 문제에 대한 관심으로 모아지지만, 그것에 대한 고유한 접근법과 형상화 과정을 거쳐 여전히 한 사람의 '젊은' 시인으로 살아가고 있음을 그들은 역력히 증명하고 있다. 적어도 시에 있어서 '젊음'이란 몸이 아니라 성장할 여지가 남은 정신의 상태를 의미할 것이기 때문이다. 이 짧은 글은 이들 세 시인의 시가 공통적으로 다루는 죽음에 대한 성찰 그리고 그것을 돌아서 닿은 어떤 미래에 대해 일별해 보려는 시도이다.

2. 존재의 아름다운 파문—김명인의 『여행자 나무』

바로 전의 시집인 『꽃차례』에서 김명인은 한 세대나 동기(同氣)를 위한 진혼곡을 부른 바 있다. 꽃은 그에게 벌써부터 개별자로서의 인간 존재를 상징해 왔다. 피고 지는 꽃의 나날, 즉 "꽃날"은 "제 홍 망 견디면서 시드는" 시간이라는 점에서 삶과 다르지 않다(「投花」). 그러나 이전까지와 달리 이번 시집에서 꽃은 또 다른 찰나적 대상들과 함께 자기 자신에게 보다 밀착해 있다. 가령 앵두가 "한철 겪고" 가는 시간을 그는 "그 스무 살 해마다" 산다고 고백한다(「앵두」). 이십 대와 같은 치기와 열정 그로 인한 번민과 방황의 연속이라면, 인생은 참으로 길다고 말할 수도 있겠다. 하지만 중년을 넘은 나이에 꽃을 본다는 것은 그것의 아름다움에 한정된 체험이 아닐 것이다. 그보다는 그럴 기회가 몇 번이나 남았을까 하는 우울한 셈법일 경우가 허다하리라. 자신의 나이를 세면서 돌아보는 젊은 날은 "쓰지 않은 문장으로 충만하던 시절"이다. '결핍'과 '부재'가 '충만'함이었다는 역설적인 깨달음이 찾아올 때, 인생은 지극히 짧다고 여겨질 것이다. "이 문장은 영원히 완성이 없는 인격이다"라는 진술에서 우리가 마주하는 것은 도(道)를 구하듯 시라는 문장을 찾아온 자기 삶의 여정에 대한 아뜩한 진단이다.(이상 「문장들」)

이 시집의 여러 곳에서 김명인 시의 주체 그리고 그가 투사하는 대상들은 유폐된 자로 나타난다. '창 안'에서 밖을 보지만, 바깥은 그들의 공간이 아니다. 물론 그것은 공간적 의미만을 가지지 않는다. 예컨대 아이들이 축구하는 모습을 바라보는 주체에게, 그들의 들리지 않는 함성은 되돌릴 수 없는 시간을 환기할 뿐이다(「침묵을 들추

다」). 삶의 시공간으로부터의 이러한 격절감은 그렇지만 주체의 것만
은 아니다. 「심청 누님」에서 「냉장고 묘지」에 이르는 일련의 작품들
은 '독거'에서 '고독사'로 이어지는 이 시대의 노년들을 그리고 있다.
허나 노인이 아니더라도 유폐된 자들은 "누구나 시시로 방 안에 우
뚝 선 죽음의 민얼굴과 마주친다"는 사실을 확인하기란 어려운 일이
아니다(「민얼굴」).

　죽음을 자신의 문제로 인식하는 김명인이 내놓는 해결책은 "지척
만"이라도 품겠다는 것이다. "헛헛한 수긍"이라도 그것은 삶을 힘껏
움켜쥐겠다는 의지이다.(이상 「악력」) 스스로를 유폐시키지 않겠다는
이러한 다짐은 어디에서 나오는가. 「실이라는 잔고」는 이에 대한 하
나의 답변일 수 있겠다. 이 시에서 김명인은 늙어 버린 몸을 "기울고
기운" '굴피집'과 동일시하는데, 그것을 비춰 주는 것은 그의 오랜 시
적 대상인 '물'이다. 물은 "삶의 어떤 폭죽들"인 "잠깐 일어섰다 부서
지던 파문"을 기억한다. 그런데 자기를 '물 건너는 사람'으로 인식하
는 김명인에게 이 비춰짐을 확인하는 자리는 물의 '안'이다. 물은 자
신에게 들어온 몸피만큼의 공간만을 허용하므로, 몸에 닿는 물의 살
(肉)은 아기를 안을 때 "맨살에 닿던 뭉클한 화색"과 그다지 멀지 않
다. 그것은 온몸을 감싸며 살아 있다는 느낌을 전해 준다. 그가 '물
살'을 '살갑다'고 말하는 것은 과장이 아니다. "지치고 외로워야 이
축생은 한때의 온기를/기억하나 보다"라는 진술은 죽음에 한쪽 다
리를 걸치고서야 다시 찾은 살아 있음의 감각을 증언한다. 이처럼
김명인에게 죽음은 그러한 느낌의 근원인 살이 바닥난 상태를 의미
한다. 그것은 물살과 어울려 박동하는 존재의 '파문'을 만들 수 없다.

　물보라 광상(鑛床) 일궈

수정 힘줄로 꼬는

세찬 물살들, 물굽이라서

더욱 영롱한 편린들

부서지는 게 돌

위에 번지는 물무늬라 해도

반짝이는 건 반짝이는 것

흐려지듯 지워지며

물고기 떼 흩어지고

—「자수정 흘러드는」 부분

'광상'이란 채굴의 대상이 될 정도로 광물이 모여 있는 상태를 이르는 말이지만, 이 시에서 '자수정'은 흐르는 물이 만드는 무늬를 지칭한다. 그것이 내는 빛은 물(水) 자체로부터 방사되는 것이 아니다. 광물이 그러하듯 물이 보석이 되기 위해서는 빛이 필요하다. 절삭 과정을 거쳐 광물이 진정한 가치를 획득하듯 물은 부서짐의 과정을 거쳐야만 참으로 영롱한 빛을 가질 수 있다. 허나 전자에 필요한 것이 깎임이었다면 흐름으로 존재하는 물에게 그런 공정은 불가능하다. 그 일을 가능하게 하는 것은 흐름을 막아서는 장애물인 돌이다. 물은 돌의 고유한 몸피를 인정함으로써만 자수정과 같은 아름다움을 얻을 수 있다. 그리고 그렇게 빛나는 "편린들"의 "물고기 떼"는 이내 흩어진다. 하여 물에 순간이나마 살(肉)을 부여하는 것은 돌이라고 할 수 있다.

이로써 물과 사물의 몸피 사이의 관계는 역전된다. 물 위에 아름다운 살의 파문을 새기는 것은 몸을 가지고 그것을 건너가거나 그속에 웅크린 존재들인 까닭이다. 이렇게 존재와 '세계'라는 물은 서로로를 통해 비로소 아름다울 수 있다. 아름다운 파문은 곧 "흐려지듯 지워지며" 사라지겠지만, 물로 상징되는 세계에는 또 다른 존재들이 발을 담그고 살아갈 것이다. 표제시인 「여행자 나무」라는 아이러니한 합성어는 여행자인 나무가 아니라 그들의 사연을 들어주는 나무를 의미한다. 그것은 사막 한쪽에 있지만 "사막 저쪽이 바람 편인 듯" 익숙한 시인 자신이기도 하다. 이리하여 김명인의 시는 "허공에도 질긴 뿌리"를 뻗은 나무로서, 죽음 앞에서의 존재인 인간이 세계에 남기는 "황금 수레들"을 포착하려고 한다(「황금 수레」). 그것은 석양이 매번 다르듯 비록 찰나에 그칠지라도 저마다의 빛깔로 세상을 물들이는 인간이다. 세계로서의 물과 그 위에 파문을 일으키는 존재들이 증언하는바, 고난만이 인간을 고양시키며 인간만이 세계를 아름답게 만들 수 있다는 것이 김명인이 이번 시집을 통해 말하고자 하는 바라 하겠다.

3. 존재와 부재의 변증법―김명수의 『곡옥』

김명인이 죽음과 대면함으로써 발견한 삶의 본질이 현존적 떨림과 관련된다면, 김명수에게 그것은 다른 양상을 보인다. 예를 들어 전자에게 '축생'이란 시어가 자신을 향한 주체의 자기 비하를 내포한 반면, 후자에게 이 단어는 존재 일반을 지시하는 데 쓰인다. 김명수는 「축생」에서 꽃과 그 향기 그리고 주체가 누렸던 "봄날"과 "봄볕"도 '축생'이 되었다고 말한다. 일단 여기까지 축생은 죄지은 중생이 짐승으로 다시 태어나는 '축생(畜生)'을 의미한다. 한데, 이어지는 것은 "너는 5월에 소로 화했다"라는 어머니의 말씀이다. 축생은 '丑生'으로 쉽게 비틀어진다. 소띠 해에 태어났다는 것으로 이해되기 때문이다. 그러나 김명수의 생년(1945)을 고려하면, 이 시의 주체가 시인 자신과 무관한 위치에 있음을 알 수 있다.

'畜生'과 '丑生'을 오가는 이러한 언어유희가 의도하는 바는 그럼 무언가. 「축생」은 주체가 태어나면서 "꽃들과 향기가 땅에 묻혔다"로 미루리된다. 그런데 이 태어남이 '원인'이 아니라는 점에 유념해야 한다. 김명수는 꽃과 향기, 봄날, 봄볕 그리고 주체가 '축생'으로 "되었다"·"화했다"·"변했다"라고 진술한다. 주체는 원래 이들과 같이 아름다운 존재였던 것이다. 그렇기에 김명수에게 태어남은 존재 일반의 근원적 아름다움이 매몰되는 경험이 된다. 그것은 불교적 의미에서 형벌에 가깝다. 따라서 그에게 중요한 것은 단순히 '지금-여기'의 시공간이 아니다. 그는 그 너머를 보려고 한다. 김명수의 이번 시집에서 두드러지는 화두는 존재를 다시 복권시키는 것이다. 그는 '지금-여기'를 가능하게 했던 흔적들을 찾는다. 당연히 그것은 과거의 시간으로부터 발원한다.

> 갈고 갈아서 갸름한 곡선
> 맑고 맑아서 어리는 속살
> 금관은 아니지만
> 금관의 한 일부
> 저마다의 별들은
> 밤하늘 아니지만
> 밤하늘에 별들 있어
> 반짝이듯이
> 찬란함은 아니지만
> 찬란함의 한 일부
> 찬란함에 깃든

별들의 적요

영락에 스미는 무언의 환유

존재와 부재의 그 외로움

네 가슴에 어려 오는

고요한 슬픔

─「곡옥」 전문

    표제작인 「곡옥」은 금관의 부속품에 대한 묘사이다. 곡옥은 굽은 형태와 옥 고유의 결로 충분히 아름답겠지만, 주체가 지적하듯이 그 자체로서는 금관의 찬란함에 비길 바가 아니다. 곡옥은 그것의 "한 일부"로 쓰였을 뿐이다. 부분은 전체를 위해 "영락"한다. 그러나 전체는 부분들로 이루어져 있다. 간과하기 쉬운 이 사실에 김명수는 주목한다. 존재하지만 더 큰 존재를 위해 부재하는 것처럼 참여하는 곡옥에서 그는 "존재와 부재의 그 외로움"을 읽어 낸다. 이것이 존재와 부재의 첫 번째 변증법이다. 그런데 이 시의 마지막인 "네 가슴에 어려 오는/고요한 슬픔"에는 돌연히 대명사 '네'가 등장한다. 여기서 '네'는 곡옥인가 혹은 곡옥을 만든 이인가. 그도 아니면 그것을 보는 '지금─여기'의 주체인가. 이 물음에 답하기란 쉽지 않은 일이다.

    김명수 시의 시공간에는 과거와 현재의 구별이 없다. 그러한 구획은 영원 앞에서 무화되기 때문이다. 그가 낙산 바닷가에서 "선사시대의 사내"의 아득한 환영을 목격하거나(「네 돌창은 어디 갔을까?」), 고향의 산에서 조상들이 "눈길 마주쳤을 그런 나무들"에 둘러싸이는 것은 이런 이유에서다(「푸나무 관목에게 바치는 송가」). 그에게 세계는 과거의 사람들과 주체를 이어 주는 매개이다. 이럴 때 무덤은 그들이 분명 존재했으나 '지금─여기'에 부재함을 증명하는 유물로써 존재한다. 이것이 두 번째 존재와 부재의 변증법이다. 무덤 앞에서 주체가 "공물이고 헌작"일 수밖에 없는 까닭은 그들을 기억하는 행위로부터 기인한다. 이러한 추념은 이내 그와 함께 무덤가에 지천으로 핀 꽃들의 앞날로 향한다. 미래의 시간 앞에 주체와 꽃은 "그림자조차 없을" 것이며, 다만 '지금-여기'에서 "빛과 세월에 함께 어렸다"고 말할 수나 있을 것이다(「묘지에서」). 이렇게 미래라는 시간도 주체와 무관해진다. 그러면 '지금-여기'의 삶은 어떤 가치를 지닐 수 있는가. 김명수는 주체와 동일시하던 꽃들, 그중에서도 콩이나 팥 따위의 작은 꽃까지 "누리에 바치는 가녀린 공양"이라고 표현한 바 있다(「노굿 일어, 희미한 노굿 일어」).

다시 「곡옥」으로 돌아가 보자. '금관'은 일반적인 유물과는 다르다. 기실 우리가 아는 숱한 유물들은 부장품을 제외하고는 대개 바삐 철수하고 떠난 이들이 버리고 간 물건이기 일쑤이다. 반면 금관은 저승으로 갈 때에도 버리지 못하는 왕의 가장 중요한 상징물이다. 하지만 왕의 소유물이기를 그치고 우리 앞에 유물로 다가올 때 문제는 달라진다. 그것을 만든 이는 왕이 아니다. 김명수가 전체로서의 금관이 아니라 그 부분인 곡옥을 굳이 응시하는 것은 그의 관심이 그것을 만든 개별자에게 있기 때문이다. 그는 곡옥 자체를 본다. "갈고 갈아서" "맑고 맑아서"에서 그가 확인하는 것은 곡옥을 만든 손길과 그것을 흐뭇하게 바라보았을 장인의 시선이다. 그것은 곡옥의 아름다움을 감지할 수 있는 이의 눈을 통해서만 되살아날 수 있다. 곡옥에는 한 인간의 삶과 미의식 전체가 스며들어 있는 것이다. 그것은 부재하지만 분명히 존재했으며, 그것을 알아보는 이를 통해 새로이 출현할 수 있는 잠재태이다. 이것이 존재와 부재의 세 번째 변증법이다. 그리고 이러한 변증법을 통해 김명수는 "달려 있는 열매와 떨어진 낙과 사이/무심(無心) 흐른다"와 같이 삶과 죽음에 대한 미적 거리를 마련한다(「낙과」). 그것은 또한 예술가로서의 자의식으로 연결된다. 그 역시 유물처럼 누가 알아줄지 모르는 시를 위해 삶을 꾸려 왔고 황혼을 바라보고 있지 않은가. 곡옥은 김명수 자신이기도 하며, '지금-여기'에 공양을 바치는 '노굿'과 다르지 않다. 「곡옥」에서 본 "고요한 슬픔"은 바로 여기에서 누설되는 감정이다.

4. 아들의 시간'들'—이은봉의 『걸레옷을 입은 구름』

이은봉은 늘 사회에 대한 관심을 놓지 않았다. 그것은 아마도 그의 고백처럼 "꽃이나 나무 따위"보다 강렬했던 '오월'의 기억 때문이었을 것이다(「오월이라고」). 이번 시집에서도 그는 "오늘 구름은 고름 덩어리"와 같은 언어유희를 통해 그러한 성향을 이어 간다(「걸레옷을 입은 구름」). 그러나 전(前) 시집에서 그는 유방암으로 다른 쪽 가슴을 또 잘라 내야 하는 아내가 "살 수만 있으면 좋겠다"는 생각을 계기로 모종의 전환을 맞이한 것으로 보인다(「석모도의 저녁」, 「첫눈 아침」). 그것은 추상어가 아닌 구체적 경험으로서의 죽음이 그의 시로 틈입하게 했다. 그럴 것이 그도 날씨에 따라 달라지는 몸의 변화를 느낀다. 이은봉이 "이놈을 밀고 가는 힘은 구름 속에, 달 속에, 별 속에, 해 속에 있다"라고 말할 때(「기상대」), 거기에서 열리는 유비적 사고의 유희적 지평은 삶 속에서 죽음을 들여다보는 주체의 자기 위안처럼 들린다.

이은봉 시의 주체가 "은행잎에 새겨지는 주름살 따위"를 세고 있다고 진술하는 자리는 "세상의 문밖"이다(「상강(霜降)」). 그의 오랜 사회적 관심의 밖에 죽음이라는 문제가 있었던 것이다. 그것은 그가 이전까지 주시하지 않았던 세계의 한 국면이기도 하다. 『첫눈 아침』

에서 보았던 "하루치의 노동"이라는 표현이(「늙은 억새꽃」), 이번 시집에서 손톱, 수염, 머리카락 등을 자르는 감회를 시화한 「오늘치의 죽음」으로 바뀌는 장면은 충분히 시사적이다. 자신의 몸을 주검들이 머물다 가는 공간으로 인식하는 등 이은봉은 이번 시집에서 죽음을 길들이려는 숱한 시도를 보여 준다(「시체 창고」). 그럼에도 죽음의 기운이 육박해 올 때, 그것이 낙관만으로 해결될 리는 없다.

삶과 죽음의 동시적 동거라는 차원에서만 이 문제에 접근했다면, 이은봉 시의 기획은 성공적일 수 없었을지도 모른다. 그것은 사변철학에서 그리 멀리 나아간 것이 아닐 것이다. 이은봉은 죽음을 삶으로 다시 삶을 죽음으로 유전(流轉)시키는 우주적 순환을 목도한다. 초봄에 피는 산수유꽃을 대상으로 한 두 편의 시를 살펴보자. 그 꽃은 "치마끈 풀어헤치는 봄, 자궁 속으로/뜨거운 모가지, 처박을 수밖에 없다"에서처럼 피할 수 없는 생명력의 매혹으로 다가와서(「산수유꽃」), "습지 위에 떨어져 내리는 저 금빛 사랑"에서와 같이 개화가 아닌 낙화를 통해 사랑을 완성한다(「산수유 노란 꽃」). 낙화 이후 남는 것은 산수유의 열매이다. 이렇게 삶과 죽음은 서로 교대되고, 죽음은 또 하나의 삶을 낳는다. 시간을 관통하는 자연의 순환은 동일한 것의 반복이 아니다. 자연이 가진 시적인 리듬은 '유사 반복'이다. 미리 밝히자면 이런 되풀이가 아직 신화적인 구도를 벗어나지 못한 자연의 유비에 그치지 않는다는 점이 중요하다.

구르는 알의 生은 하나의 까만 점, 멈출 줄 모르지
멈추면 흙 속으로, 대지 속으로 아름답게 미끄러지는 거지 어머니의
자궁 속, 딱딱한 알의 껍데기를 뒤집어쓰는 거지
　(중략)

238

같으면서도 다른 生이 시작되는 거지 아들의 아들의 아들의 生……
아들의 生도 마찬가지지 그 또한 새로운 바퀴를 단 채 앞으로 달리지
그렇지 모든 생은 다 달리지 달리는 生은 외롭지 슬프지 아프지.

—「生의 알」 부분

굴러가는 바퀴와 같이 어느 순간 멈추고 마는 삶은 주체와 그의
자식으로, "아들의 아들의 아들의 生"으로 무한히 이어진다. 그것
은 "같으면서도 다른 生"이란 의미에서 끊임없는 변주들이다. 주체
의 아버지'들' 역시 그런 삶을 살았을 것이므로, 여기에 들어서는 것
은 인간이라는 종족의 거대한 서사시라 할 수 있다. 이런 계승 속에
서 외로움과 슬픔, 아픔 역시 제각각의 색깔을 가질 것이다. 그렇다
면 그것들을 견디고 굴러가게 하는 힘은 어디에서 기원하는가. 그것
은 아버지들의 전례를 따라 '아들들을 생각하는 마음'에 있을 것이
다. 하지만 조상이 아닌 후손에 방점을 찍고 있는 점에 유의하면, 이
시가 개인을 선조와 후예를 잇는 가교로 인식하는 유교적 사유와 일
정한 거리를 두고 있음이 드러난다. 유교적 사유에서 현재는 과거와
미래의 매개자 이상이 아니다. 이때 현재는 영원한 시간의 부분일
뿐이다.

반면 이은봉 시의 주체는 철저하게 현재를 산다. 그의 시적 각성
은 달리다 멈추는 것이 인생이라는 데에서 출발한다. 주체는 조상의
과거를 바꿀 수 없으므로 거기에 관심을 두지 않는다. 물론 후손들
의 미래에 대해서도 그는 무력하다. 그가 아는 것이라고는 그의 자
식들 또한 "구르는 알의 生"을 살 것이며, 그것이 저마다의 고난들로
채워질 것이라는 사실이다. 하지만 "아름답게 미끄러지"기까지 자신
의 삶을 굴려 가는 게 자신과 그들을 위해 할 수 있는 유일한 일임을

주체는 알고 있다. 그것은 마치 "싹틔우리라고는 아예 생각도 못 하면서" 단감을 땅에 묻는 것과 같다(「단감 몇 개」). 결과를 예측하지 못하지만 느끼는 대로 아는 대로 행하는 것은 바로 그 무지의 장막 때문에 오히려 현실에 충실한 행위이다. 이은봉의 시가 힘주어 말하는 바는, 현재가 미래를 무한히 개방하지만 그 미래가 주체의 것이 아니라는 것이다. 그것은 주체가 어찌해 볼 수 없는 "아들의 아들의 아들의" 시간인 까닭이다.

5. '지금-여기'로부터 출발하는 미래들

인간 존재를 꽃이라고 부를 때, 거기에는 인간 삶의 아름다움과 함께 그것이 일순에 불과하다는 인식이 개입된다. 김명인, 김명수, 이은봉 등이 이번 시집들에서 보여 주는 것은 그러한 찰나적 존재로서의 인간에 대한 사유이다. 먼저 김명인에게 인간은 덧없이 사라지고 마는 파문에 지나지 않는다. 그러나 그것으로써 인간 존재는 세계라는 '물'에 자기만의 흔적을 남길 수 있다. 그것을 김명인은 최종적으로 "황금 수레"라고 명명하였다. 그리고 그것을 기록하는 일은 '여행자 나무', 곧 시인의 몫이다. 이것이 김명인이 새삼 깨달은 시의 의무라고 하겠다. 다음으로 김명수가 존재와 부재의 변증법을 거쳐 도달한 곳은 영원의 시간을 응집시키는 '지금-여기'이다. 인간의 삶과 예술은 시간 앞에서 무력하지만, 그들이 남긴 유물에 그것은 응축되어 있다. "고요한 슬픔"은 그것이 잠재성의 형식일 수밖에 없다는 데에서 비롯되지만, 김명수는 '노굿'과 같이 자기만의 예술을 하며 '지금-여기'를 살아야 한다는 인식에 도달한다. 이는 예술가의 자기 정립에 해당할 것이다.

김명인과 김명수의 시가 영원에 포섭되지 않는 '지금-여기'라는 순간의 차원에서 시와 예술가에 초점을 맞추었다면 이은봉은 이들과는 조금 다른 길을 택한다. 그는 우주적 순환을 목도하며 죽음의 문제에서 인간 존재의 윤리 차원으로 이행해 간다. 꽃은 열매가 되지만, 그 안의 단단한 씨앗은 또 하나의 개체이기 때문이다. 레비나스적 의미에서 그것은 주체에 의해서 결정 불가능한 '타인'이다. 그는 주체의 손이 닿지 않는 '무지의 장막' 너머에 있다. 레비나스는 주체가 없는 곳에서 자기만의 시간을 살아갈 타인을 염려할 때 그들의 미래는 '나'의 그것과 다르지 않다고 보았다.[1] 미래는 주체의 지배를 벗어난 시간이므로, 타인이 누릴 삶의 시간이 '나'의 미래가 된다는 것이다. 이럴 때, 그러한 미래를 위해 주체가 '지금-여기'에서 하는 일은 결과를 내다볼 수 없다는 점에서 이해관계를 벗어날 수 있다. 눈앞의 아들이 아니라 "아들의 아들의 아들의 生"을 위해 지금 이 순간 옳다고 여기는 것을 행함은 그러므로 윤리적이다. 그런데 이은봉의 시로부터 도출할 수 있는 이러한 결론이 마련하는 것은 뜻밖에도 김명인과 김명수의 시를 이해하는 또 하나의 독법이다. 그리고 그것은 우리의 것이 아닌 '미래'를 여는 유일한 방법일지도 모른다. (2013)

---

1 서동욱, 「해제」, 에마뉘엘 레비나스, 『존재에서 존재자로』, 민음사, 2003, p.217 참고.

사랑의 행방
— 권현형의 『포옹의 방식』, 김소연의 『수학자의 아침』

1. 하나, 둘……

「하나 그리고 둘(A one and a two)」이라는 영화가 있었다. 아이들의 외삼촌이 결혼식을 올리는 것으로 시작된 이야기는 아버지 엔제이 (NJ), 고교생 딸 팅팅, 초등학생 아들 양양 등의 사랑을 중심으로 한다. 그것들이 각각 사랑의 과거·현재·미래임을 추론하기란 어렵지 않은 일이다. 지나간 것과 실패의 기미가 이미 보이는 것 그리고 이제 막 싹트는 것이 병치되면서 영화의 서사는 진행된다. 영어 원제가 알려 주듯, 제목은 서수가 아니다. 그것은 '하나-됨'과 '둘-됨', 즉 혼자로서의 인간과 누군가의 짝이 된 그를 포함하는 기수이다. 엔제이의 옛사랑은 그가 선택한 이후의 삶으로 인해 지켜야 할 추억으로 물러난다. 친구의 남자 친구에 대한 팅팅의 감정은 처음부터 결말이 예정된 것이나 다름이 없었다. 그녀가 몇 번의 시행착오를 더 겪을지는 미지수이다. 양양은 사랑이라는 세계로 서서히 빠져들어 간다.

다소 뜬금이 없지만, 이 영화를 거론하는 이유는 사랑의 함의가 변해 가는 과정을 세 번의 유사 반복을 통해 변주하기 때문이다. 아들에게 사랑은 세계의 경이로움으로 다가오는 미지의 영역이다. 그것은 폭풍이 몰아치는 것처럼 놀라움으로 육박해 온다. 딸에게 가슴 뛰는 이성은 '그인가 친구인가'라는 양자택일의 문제를 제기한다. 사춘기 이후 누구나 우정과 사랑 사이에서 고민하듯 말이다. 엔제이는 그러한 '둘-됨'을 뛰어넘는다. 사랑은 아이들을 가지면서 그리고 자신의 인생을 걸으면서 '가족-됨'과 '사람-됨'의 문제로 바뀐다. 영화에서 핵심을 이루는 그의 고민은 지나간 사랑 앞에서의 번뇌가 아니다. 그는 그것을 아름답게 추억하는 한편으로 자신과 같은 생각을 가진 일본인 사업가를 만나면서 세상에 대한 경이와 인간에 대한 신뢰로 넘쳤던 자신을 다시 만나게 된다. 이윤이 사람들 사이의 관계보다 더 중요해진 사회에서 그는 가족을 넘어 인간 일반을 향하는 윤리를 지키려고 한다. 하지만 현실에서 그것은 종종 어리석은 고집처럼 보인다. 과연 그럴까. 권현형과 김소연의 시는 그렇지 않다고 말하고 있다.

2. 사랑, 연대의 진원―권현형의 『포옹의 방식』

지난 시집의 여러 곳에서 권현형은 홀로 먹는 자의 비애를 토로한 바 있다. 함께하는 식사는 그에게 단순한 섭식의 행위가 아니다. 그것은 "일없이" 이루어진다는 점에서 무목적적이지만(「밥이나 먹자, 꽃아」), 그것을 통해 누군가와 어울려 살아간다는 것을 확인하고 나아가 그가 주체의 삶을 "기억하고 증명해 줄" 수 있다는 점에서 합목적적이다(「혼자 밥을 먹는 저녁」). 그러나 그러한 공존은 그다지 쉽지는 않은 일이다. "일행과 함께 먹은 저녁" 역시 더러는 구토와 같은 고통으로 남기 때문이다(「누가 외투를 빌려주었나」). 권현형에게 사랑은 "꽃이 필 때만 꽃이 질 때만" 찾아오는 한시적인 열락이었다(「몽유도원도」). 그러므로 포구의 고양이처럼 주체가 낳고 싶은 "무언가"는 실제로는 인간의 아이라고도 개인적 관계에서 결과하는 어떤 것이라고도 말하기 어렵다(「누군가 속으로 울었다」). 시인이 특별히 애호하는 11월이라는 시절이 불임과 죽음의 시공간을 개시한다면, 봄이 끌어오는 사랑이 "가만가만 멀리 가시라"는 주체의 바람에는(「견인」) 이 땅에 잠시 출현하는 충만함에 대한 아쉬움이 묻어난다. 영화 「연인」의 프랑스 소녀와 중국인 장년 사이와 같이 그에게 사랑은 "치명적인" 것으로 먼저 다가왔다(「거울 속 방은 절절 끓고」).

> 사랑의 영원은 편안하게 함께 국수를 먹는 것
> 서로의 발톱으로 살 속을 할퀴며 파고들며
> 천국과 지옥을 왔다 갔다 누리는 것
> 경쾌한 물소리를 함께 들으며 발목이
> 연분홍 꽃잎 같은 오리 새끼를 낳아 기르는 것
>
> 농부와 학자로 함께 살고 싶었다
>
> ─「닌빈의 햇볕」 부분

생일날 국수를 먹는 풍습처럼 결혼식에서 차려 내는 그것에 담긴 것은 두 반려가 삶의 길에서 오래도록 동행하기를 바라는 마음이다. 결혼은 두 사람이 하나의 짝으로 다시 태어났음을 공표한다. 물론 그것이 기대는 것은 오직 둘 사이의 약속뿐이므로 "서로의 발톱"이 곤두서는 순간은 언제나 찾아올 수 있다. 이 점에서 부부로 사는 일은 "천국과 지옥"을 수시로 오가야 하는 고단한 여정이기도 하다. 그런데 시는 그것을 "누리는 것"이 동반의 조건이라고 말한다. 시의 주체는 행복과 불행 모두가 함께함의 소산이라고 인식하는 것이다. 어떻게 보면 할큄은 상대방에게 파고들기 위한 몸부림이 아닌가. 만약 그 상처가 '너(나)'에게 주는 '나(너)'라는 존재의 유일무이한 표식이라면 주체의 생각에 충분히 동의할 수 있다. 아이와 가축을 "낳아 기르는" 일상에서의 긍지 그리고 그들을 들여다볼 때의 경이는 그러므로 "농부와 학자"로서의 삶과 멀지 않으리라. 소박한 밥상 앞에서 편안히 나눌 둘만의 "사랑의 영원"을 꿈꾸지 않는 자가 어디 있겠는가.

인용 마지막의 바람이 과거형이라는 점이 역설하듯이 이런 깨달음은 하지만 종종 늦게 도착하기도 한다. 예컨대 "사랑을 받는 것은 얼굴이 살아 있다"는 인식은 이런 각성 다음에 온다(「지원의 얼굴」). 엇갈렸던 어느 열애에서 기억나는 것이 그의 얼굴이 아니라 다만 그 "길이나 꽃"이라면, "내 얼굴" 역시 그의 추억에서 말소되었을 것이다(「돌에 분홍 물들 때」). 이런 이유로 권현형에게 얼굴은 인간의 존재론적 증명서에 가깝다. 빛을 등진 이의 눈에서 아픔을 읽어 내는 그는 "빛을 보고 걸어갈 때와 빛을 등지고 걸어갈 때" 어느 쪽이든 슬픔은 피어난다고 말한다(「깎은 손톱의 안쪽」). 보이든 그렇지 않든 얼굴과 몸은 인간의 실존적 상황을 드러낸다는 것이다. 그렇기에 "고통"이 배어든 "옆얼굴은 전생이 스쳐 지나가는 길"이라는 진술이 가능해진다(「옆모습」). 그것은 자신도 지각하지 못하는 우리의 낯선 모습이다. 따라서 거기에서 '전생(前生)' 혹은 '전생(全生)'을 목격하는 일은 우리의 능력을 벗어난다. 그것은 그 상흔을 들여다보며 보듬어 줄 사람의 몫이다.

이를테면 사랑은 마시멜로

딸기, 순식간에 닳아 없어지는 것

돌아오지 않는 것

마시멜로 맛은 새와 아이들만 안다

딸기 맛은 새와 아이들만 안다

손을 꼭 잡고 가는 소년과 할아버지의 목덜미가 닮아 있다

가족들은 자신도 모르게 전염병처럼 뒤통수가 닮아 간다

자신의 목덜미를 정면으로 바라볼 수 없는 일은

불행 중 다행이다

—「마시멜로 맛」 부분

　금세 녹아 버리고 상해 버리는 마시멜로나 딸기처럼 사랑은 일순에 그치는 감정일까. 두 음식의 맛을 아는 이가 "새와 아이들"밖에 없다는 진술은 일단 그런 의미로 읽힌다. 새는 날아가 버리고 아이들은 금방 어른이 된다. 감미로운 시간은 이렇게나 쉽게 휘발해 버린다. 그렇다면 누가 이것들을 다시 맛볼 수 있는가. 이 시에서 권현형은 산책하는 조손(祖孫)의 모습을 해답으로 제시한다. 그들은 바로 어른이 된 아이들의 아이들이다. 할아버지의 삶은 손자의 그것으로 이어진다. 꼭 잡은 손을 매개로 말이다. "뒤통수"를 닮듯 "전염병처럼" 가족들은 끊이지 않는다. 서로의 뒷모습을 바라보며 살아가는 가족의 인생들은 그러나 단순한 계열체로 반복되는 것이 아니다. '닮음'은 그렇지 않음을 전제로 한 판단이기 때문이다. "불행 중 다행"인 것은 자기의 뒷덜미를 직접 보지 못함으로써, '닮음'을 받아들이는 일이 지연된다는 사실에 있다. 그래서 한 가족의 구성원으로서 아이는 자기만의 삶을 준비할 시간을 가지게 된다. 예를 들면 그

(녀)는 닮았다는 말들을 극렬히 부정하면서 사춘기를 겪는다. 다른 시에서 주체가 맞이한 "초경의 빨래"를 해 주면서 외할머니가 내뱉는 "욕지거리"를 상기해 보자. 그것은 여성으로서 살았던 나날들에 대한 진절머리에서 비롯되었을 것이다. 허나 사춘기의 소녀가 거기까지 생각한다는 것은 무리이다. 처음의 몰이해를 넘어 지금 주체가 외할머니의 말에서 길어 올리는 것이 "역설적으로 푸른 역사"의 가능성인 이유는 그가 아득한 세월의 강을 흘러왔기 때문이다.(「나의 기타 바가바드」)

시계와 카디건과 흰 고무신이 잘 어울리는 그는
호모 파베르이며 호모 루덴스였다
빛이 얼룩져 오른편 얼굴과 오른쪽 바지 자락은
물에 젖듯 그늘에 젖어 간다

갸름한 얼굴의 면과 강인한 턱선을 포기하기
직전까지, 짐승을 포기하고 화염 속으로
걸어 들어가기 직전까지 그는

들이닥칠 불행이 아니라
들이닥칠 스물두 살의 연애를 예감했을 것이다
　　　　　　　　　　　　—「헤밍웨이, 카뮈, 전태일」 부분

　사랑의 방법은 다양하며, 그런 만큼 그것의 진폭도 넓다. 「마시멜로 맛」에서 그것은 한 세대를 낳는 생물학적 동력에서 세대들을 잇는 정신적 유대로 전환된다. 하지만 이게 다라고 할 수는 없다. 「나의 기타 바가바드」에서 주체와 외할머니의 관계가 시사하는 바는 "서로의 고통에 참전"함으로써(「심리적 참전」), 사랑의 연대가 형성된 다는 점이다. 위의 시는 이런 맥락에서 사랑에 대한 권현형의 모색 이 다다른 하나의 지점을 보여 준다. "강인한 턱선"과 "갸름한 얼굴" 은 각각 전태일이 도구적 인간이자 유희적 인간이라는 증거들이다. 아담에게 그러했듯 일은 사랑을 지켜 가기 위한 수단이자 의무이다. 자손을 낳고 기르며 번성하기를 기원했던 아담의 소망은, 이성과의 사랑과 세대 간의 그것을 아우른다. 장구한 역사를 따라 그의 자손 들 역시 그렇게 해 왔다.

그런데 "시계와 카디건과 흰 고무신"을 차려입고 "스물두 살의 연 애"을 꿈꾸었을 전태일이 선택한 것은 "짐승을 포기"하는 것이었다. 알다시피 그 원인은 행복한 삶을 위한 보람 있는 노동이 권리로서 보장되지 않았던 데에 있다. 떳떳한 일을 가진다는 것이 사랑할 자 격이 있다는 보증이라면, 전태일의 시대가 그렇지 않았다는 것은 확 실하다. 그가 오늘날에도 기억되는 것은 그의 분신이 자신만을 위한 행위가 아니었기 때문이다. 그의 유서에서 찾을 수 있듯, 그것은 "나 를 아는 모든 나"와 "나를 모르는 모든 나"를 위한 행동이었다. 이 점에서 전태일은 사랑을 한 단계 진전시켰다고 하겠다. 그것은 동시 대를 살아갔던 수많은 '나'들의 "고통에 참전"하고자 하는 연대 의식 에서 비롯된 것이었다.

3. 울음, 사랑의 주파수―김소연의『수학자의 아침』

지난 시집을 집약하고 있는 김소연의 전언은 "사람의 울음을 이 해한 자는 그 울음에 순교한다"였다(「고통을 발명하다」). 그가 이 말을 시집의 모두에 배치해 놓았기 때문에 이렇게 이해해도 무방할 것이다. 공교롭게도 김소연의 생각은 권현형의 '심리적 참전'과 일맥상통한다. 차이라면 후자가 사랑을 화두로 거기에 도달한다면, 전자의 이번 시집은 그것을 출발점으로 삼았다는 점이다. 그러나 여기에 주목해서 시적 고민의 진전이나 시가 이룬 성취를 가를 수는 없는 노릇이다. 지난 시집의 끝에서 김소연이 자백했듯, "모르니까 쓴다/아는 것을 쓰는 것은/시가 아니므로"(「모른다」), 그는 다만 "사람의 울음"을 안고 가려는 시인일 뿐이다. 그에게 앎은 시를 통해 얻을 수 있는 부산물은 될지언정 시의 목표가 아니다. "모르니까" 시를 쓴다는 것은 한편으로 고통스러운 일이다. 그러나 무지가 마련하는 이 공백은 시가 틈입할 수 있는 영역을 제한하지 않는다는 점에서 시적 가능성을 개방한다. 그의 이번 시집에는 '울음'의 여러 양상이 나타난다.

> 모든 피부에는 무늬처럼 유서가 씌어 있다던
> 태어나면서부터 그렇다던 어느 농부의 말을 떠올립니다
>
> 움직이지 않는 모든 것을 경멸합니다
> 나는 장미의 편입니다
> (중략)
> 빗방울의 절규를 밤새 듣고서
> 가시만 남아 버린 장미나무
> 빗방울의 인해전술을 지지한 흔적입니다
>
> 나는 절규의 편입니다
> 유서 없는 피부를 경멸합니다

쪼그려 앉아 죽어 가는 피부를 만집니다

손톱 밑에 가시처럼 박히는 이 통증을
선물로 알고 가져갑니다
선물이 배후입니다

—「주동자」 부분

그것은 먼저 이 시에서 보는 바 "절규"이다. 그것의 주체가 "빗방울"이라면, 그들의 부르짖음에 응답하는 이들은 장미 그리고 시의 주체이다. 밤새 내린 비로 다 떨어져 버린 꽃을 바라보며 자신이 "장미의 편"이자 "절규의 편"이라고 선언하는 주체가 떠올리는 것은 살아 있는 것들의 표피에 새겨진 무늬가 '유서(遺書)'라는 사실이다. 태어날 때부터 죽음이 예비되었다는 점에서 같은 운명을 가진 주체가 "유서 없는 피부"를 업신여기는 것은 그것이 "움직이지 않는" 탓이다. 인간 역시 그런 자국들을 가진 존재이다. 지문은 그에게 개별성을 주며, 손금에 각인된 것은 그가 걸어갈 삶의 행로가 아닌가. 이처럼 무늬들이 품은 것이 존재의 약동이라면, 삶의 순간들에 마주치는 "통증"조차 그런 무늬를 만든다면, 존재의 "배후"를 떠받치는 것은 바로 자신이 죽는다는 사실일 것이다. 그러니 그것은 산 자들만이 받을 수 있는 "선물"이다. 이럴 때 무늬의 소용돌이에 새로이 들어서는 자국들은 존재함의 '유서(由緒)' 깊은 증거들일 것이다.
한편 '움직임'의 중요성을 일러 준 이가 농부라는 사실은 중요해 보인다. 예컨대 비가 그에게 살아 있는 존재인 이유는 그것이 장미와 작물을 자라게 하며 세계와 함께 생동한다는 데에 있다. 적어도 농부에게 무생물은 생물과 교류한다는 점에서 그것과 다르지 않다.

비슷하게도 자신이 생성된 순간을 간직하는 돌의 결은 어느 날 그것이 부서지는 원인이 될 테지만, 돌은 흙으로 새로운 숨을 몰아쉬며 지상의 생물들과 함께 생명의 소용돌이를 일으킬 것이다. 존재가 일으키는 공명은 표제작인 「수학자의 아침」에서도 찾을 수 있다. 주체가 잠을 깨는 것과 동시에 "정지한 사물들"은 움직임을 개시한다. 사랑하는 이의 옆에서 그의 호흡과 맥박을 셀 때, 그들이 누운 방과 세계가 들려주는 것은 평화의 화음이 아니었을까. 그것은 또한 인간과 인간 그리고 인간과 세계 사이의 '물화(物化)'가 그치는 장면이 아닐까. 이들 두 관계에서 발생했던 소외를 중지시키는 방법은 인간의 손길로부터 시작될지도 모른다. 세상의 "주동자"가 바로 인간이라는 사실을 우리는 어쩌면 오래 잊고 있었다.

> 잘 지내냐는 안부는 안 듣고 싶어요
> 안부가 슬픔을 깨울 테니까요
> 슬픔은 또다시 나를 살아 있게 할 테니까요
>
> ─「그래서」부분

> 할 수 있는 싸움을 모두 겪은 연인의 무릎에선 알 수 없는 비린내가 풍겨요, 알아서는 안 되는 짐승의 비린내가 풍겨요, (중략) 할 수 있는 고백을 모두 나눈 연인의 두 눈엔, 알 수 없는 참혹이 한 글자씩 새겨져요, 알아서는 안 되는 참혹을, 매혹으로 되비추는 서로의 눈빛은 풍상, 아니면 풍경, 이제 당신은 나의 유일무이한 악몽이 되어 간다고 말하려다, 설거지를 하러 가지요
>
> ─「격전지」부분

김소연의 시가 보여 주는 두 번째 '울음'은 위의 두 시에서처럼 "슬픔"과 "참혹"의 형태로 잠재되어 있다. 예컨대 "슬픔"은 언제든 주체를 "살아 있게" 만드는 힘이다. "안부"가 환기시키는 것은 자신의 상황만이 아닌 까닭에서다. 그것은 '나'를 염려하는 '너'라는 존재 또한 부각시킨다. 먼 데서나마 지켜보는 누군가가 있다는 사실에 주체의 "슬픔"은 배가된다. 고립된 자의 폐색(閉塞)된 감정은 '서러움'으로 분출될 여지가 생기는 것이다. 그것은 원래가 공유할 수 있는 감정이기 때문이다. 이런 의미에서 서로의 삶에 대한 연민과 걱정의 말들은 '우리'의 관계를 되돌릴 수 있는 첫걸음이다. 그러므로 이 인사가 겨냥하는 것은 최종적으로 '우리는 안녕한가?'라고 하겠다. 최근 대학가에서 촉발된 대자보의 행렬도 같은 맥락에서 이해할 수 있다. 그 질문이 내포하고 있던 대답은 '우리'라는 공동체에 대한 재인식이었다.

물론 누군가와 함께한다는 것이 마냥 순탄하지만은 않으리라. 때때로 감내해야 할 것은 「격전지」에서 마주치는 "알아서는 안 되는 참혹"일 수도 있다. 하지만 그것은 "할 수 있는 고백"이 다 쏟아진 후에도 들려오는 한 인간의 비참하고 끔찍한 실존의 '울부짖음'이기도 하다. 하여 사랑하는 이들의 눈에 그것은 "매혹"이 될 수 있다. 상대방의 고통과 상처야말로 그에게 다가가는 유일한 길이자 그의 빈터가 아닌가. 바로 그곳이 반려의 자리임을 "서로의 흉터에 사는 우리"는 알고 있다(「연두가 되는 고통」). 그렇게 되기까지 치르는 숱한 다툼들의 끝에 풍기는 "비린내"는 그래서 있는 그대로의 상대를 품은 "짐승"의 그것과 다르지 않다. 이들의 "싸움"이 위태롭지 않고 건강한 이유는 여기에 있다. 그들은 "슬픔"과 "참혹"을 직시함으로써 그럴 수 있었다.

홍옥이 있었지

우연히 만난 농부가 건네준

(중략)

모든 것들이 춤을 추고 있어

음악은 없지만

바람이 있지

있는 것들이 오랜동안 그렇게 있을 때

우리는 기다리던 것이 되지

(중략)

배낭 속엔 홍옥이 있지

누군가 우연히 가져가게

강가에 두어야지

누군가

있던 것을 단지 주워 든 한 사람은

그 사람이 되겠지

—「있고 되고」 부분

　이 시는 사람과 사물 그리고 사람과 사람이 맺어지는 장면을 그리고 있다. 그것의 특징적인 면은 소유나 배제의 관계가 아니라 '있음'이라는 사실 자체가 각각을 연결한다는 것이다. "홍옥"은 넘겨지거나 놓아지면서 '농부-주체-누군가'에게 흘러가지만, 그것의 '있음'이 가진 가치는 손상되지 않는다. 농부의 풍요로운 마음은 주체에게 "모든 것들이 춤을 추"는 세상을 볼 수 있는 눈을 선사한다. "우연히” 일어난 이 만남의 열매를 주체가 고집하지 않는 것은 우연이 아니다. 그는 농부가 그랬듯이 자신의 행운을 “누군가” 또 집어 들기를 바란다. 몇 알의 사과는 이처럼 사람들에게 아름다운 세상을 선물할 수 있다. 사람에서 사람으로 전해진 것은 그러므로 단순한 열매가 아니다. 그것은 사람에서 사물로 옮겨진 “그 사람”의 마음이다. 이것이 사람과 사람을 중재하는 사물의 ‘있음’이 의미하는 바이다. 따라서 농부에게서 주체로 전파된 것은 ‘있음’의 주파수라 하겠다. 그리고 이 ‘있음’은 사람과 사람의 어울림을 뜻하는 ‘인간’의 본래 의미를 일깨운다. ‘있음’이 언젠가는 “기다리던 것”이 될 수 있다는 주체의 말은 바람이겠지만, 전혀 불가능한 소망이라고 할 수는 없다. 예컨대 우리는 “같은 노래를 하면/같은 입 모양”이 되는 광경을 만난 적이 있지 않은가(「정말 정말 좋았다」). 마치 마법처럼 “발가벗은 아이들이 발가벗고, 헤엄치는 물고기가 헤엄치는” 세상(「강과 나」), ‘있음’이 ‘있음’으로 존재하는 곳을 김소연의 시는 염원하고 있다. 그곳에서 ‘울음’은 잦아들어 마침내 같이 부를 ‘노래’가 될 것이다.

4. …… 그리고 우리

많은 이들이 전태일을 다시 불러내는 까닭은 그의 시대와 지금-여기의 상동성 때문일 것이다. 권현형의 시도 같은 견해를 표명한다. 전태일의 행동은 단순한 연민에서 출발한 것이 아니다. 갓 스물을 넘은 그는 무엇보다 “들이닥칠” 사랑 앞에 열정적으로 빠져들 수 있는 젊은이였다. 그럼에도 그는 다른 길을 택했다. 그는 자신을 넘어 “모든 나”를 위한 사랑으로 스스로를 불태웠다. 비유적으로도 실제로도 말이다. 권현형에게 사랑은 더 이상 “치명적”이지 않다. 그것은 한 사람의 짝이나 그들이 속한 가족에 한정되지 않고, ‘우리’를 향한다. 김소연이 지금-여기의 '우리'와 더불어 부르고자 하는 "같은 노래"도 권현형의 시와 일정하게 대응된다. "절규"와 그것이 잠재된 "슬픔"과 "참혹"을 가로지르며 그가 깨우친 것은 존재들의 '있음' 자체가 조화로운 세계를 열어 갈 수 있다는 희망이다. 그에게 '울음'을 이해한다는 것은 만연한 물화 현상을 극복하는 계기가 된다. '울음'은 '있음'의 증거이자, 그것을 수신하는 공명의 안테나이다. 다른 존재가 보내는 '있음'의 주파수에 맞추면서 김소연은 "기다리던 것"이 되는 '우리'를 상상한다.

영화의 마지막을 이야기하지 않았다. 아들 양양은 선물로 받은 카메라를 들고 영화 내내 여기저기를 누빈다. 어떨 때는 모기를 쫓기도 하면서 말이다. 그런데 그는 마지막에 사람들의 뒤통수만을 찍은 일련의 사진을 현상한다. 그런 아이의 행동에 놀라서 묻지 않을 부모가 어디 있겠는가. 사람들이 자기 뒷모습을 못 보기 때문에 그것을 보여 주고 싶었다는 것이 아이의 대답이었다. 엉뚱하지만 아이의 생각대로 우리는 실로 그러하다. 눈여겨볼 부분은 아이가 찍은 사람들이 그가 모르는 이들이라는 사실이다. 양양은 그들이 자신을 모른다는 것을 몰랐다. 그는 전할 수도 없는 사진을 찍은 것이다. 하지만 그것은 허물이 아니다. 아이들은 자신의 세계와 남들의 세계가 통한다고 생각한다. 언젠가 양양은 그들을 만나서 그 사진들을 전해 줄 수 있다고 여긴다. 자신의 선의가 세계와 그들에게 닿으리라고 말이다. 짐작하듯 양양은 그의 아버지 엔제이가 현실 세계에 뛰어들기 이전의 모습이다. 당연하게도 그는 세계의 경이로움과 신비를 '놀라움' 자체로 바라보았던 우리의 유년이기도 하다. 그때 우리는 세상 모든 것들을 사랑할 수 있었다. 김소연의 말을 다시 빌린다. 양양은 "모르니까" 찍었다. 엔제이의 앎이 윤리를 고민하게 했다면, 양양의 무지는 윤리를 행하게 했다. 미지의 세계를 개척할 수 있는 것은 그러한 무지가 아닐까. "모르니까" 물어본다. (2014)

수렴과 확산의 변증법
―강정의 『귀신』, 김현의 『글로리홀』

『들려주려니 말이라 했지만』 이후 강정은 3년 간격으로 시집을 내놓고 있다. 규칙성마저 보여 주는 그의 시-쓰기와 시집-묶기에는 시의 언어에 대한 일정한 모색을 갈무리하고 새로운 단계로 그것을 진전시키고자 하는 도저한 열망이 역력하다. 매번 자신의 언어를 변화시키려 하고 그럴 때마다 어떤 중심이 상정된다는 점에서 그의 시는 집요하게 수렴되는 양상을 보인다고 할 수 있다. 하나의 점을 향해 빗발치는 언어라는 화살들. 강정의 시에 내재된 기본적인 특성은 바로 이러한 수렴성의 언어에 있다. 그가 뽑아내는 언어의 날실과 씨실들은 얼핏 한곳으로 모아져 소멸하는 것처럼 보인다.

반면 최근에 첫 시집을 낸 김현은 확산성의 언어를 사용한다. 그의 시는 극단적일 정도로 포스트모던하다. 예컨대 그의 시를 읽는다는 것은 한 편의 텍스트에 대한 감응을 의미하지 않는다. 곳곳에 포진된 각주들 그리고 후기산업사회의 문화적 요소들은 짐 콜린스가 말한바 '의식 과잉적인 상호텍스트성(hyperconscious intertextuality)'에 기반하고 있다. 텍스트에서 상호텍스트성을 읽어 내는 일과 상호텍스트성을 의식하고 창작된 결과물.[1] 그런데 이 둘 사이에는 간극이 존재한다. 과잉된 의식이 창작자와 감상자로 나눠지는 순간 김현의 언어는 자칫 퍼져 나가다 묽어지는 게 아닐까 의심된다.

1. 현존재의 '정지'—강정의 『귀신』

「序」에서 인용된 것은 물과 거울처럼 움직이고 멈춰야 한다는 '이소룡'의 말이다. 무예의 대가인 그는 그럼으로써 '산울림'과 같이 상대를 제압할 수 있다고 조언한다. 분야는 다르지만 또 다른 거인들도 등장한다. 말은 자리로써 자신의 가치를 우선 드러내므로 이번 시집 각 부의 들머리에 놓인 이들의 말들을 강정의 시를 이해하는 길잡이로 삼아도 무방할 것이다. 제1부는 교조 '최제우'의 "귀신이란 것은 바로 나(한울님)다"로 시작된다. 강정은 처음부터 시집 전체의 열쇠를 노골적으로 밝힌다. 제2부를 여는 화가 '스타오'의 "먹물이 종이에 떨어지면 우뚝 솟는 소나무"라는 구절이 응축하고 있는 것은 예술이 탄생하는 순간이다. 그리고 제3부에서 인용된 '무사시'의 "버티는 것은 강하지만 얽히는 일은 약하다"라는 단언은 적과 얽히지 말아야 한다는 가르침이다.

더 살피자. 이소룡이 정동(靜動)의 근거로 삼은 것은 물과 거울이었다. 이들은 상대방의 움직임을 비춘다. 그럼으로써 주체는 그에 대응할 수 있다. 그런데 최제우의 말이 시사하듯 사람들은 세상만을

---

1 존 스토리, 『대중문화란 무엇인가』, 유영민 역, 태학사, 2011, pp.118-119 및 웹페이지 http://www.qualityresearchinternational.com/socialresearch/postmodernism.htm의 원문 참고.

바라볼 뿐이다. 그것에 시선을 강탈당한 채 그들은 제 자신이 '한울님'임을 알지 못한다. 스타오가 그려 낸 산수는 대상을 경유하고 나서야 마침내 피어오른 주체 내면의 풍경이 아니던가. 따라서 대상에 포획되는 일은 지극히 나약한 것이라는 무사시의 선언적 진술은 세계와 대결하고 있다는 강정의 시 의식을 드러낸다. 이런 의미에서 강정의 시는 일반적인 의미에서의 반영과 거리를 둔다. 그에게 중요한 것은 주체의 바깥이 아니다. 세계를 비추는 일에 그는 무관심하다. 그렇다고 그가 나르키소스적 자기애에 빠져 있다고 할 수는 없다. 강정의 시는 세계 자체가 허위일지도 모른다는 의심에서 출발하기 때문이다.

서시의 자리를 차지한 「도깨비불」에서 강정은 이도 저도 아닌 혹은 어느 것으로도 명명할 수 없는 것에 주목한다. "눈을 부라리며 두리번두리번" 돌아다니는 그것은 규정될 수 없기에 공포의 대상이기도 하다. 그런데 주체는 "죽어야만 다시 타는" 노래를 듣고 공명하는 자신을 발견한다. 이렇게 인화(燐火)는 "속옛것들"을 요동시킨다. 그러나 그는 "죽음이라는 최초의 가면"을 쓰고서나 노래의 대열에 합류할 수 있을 뿐이다. 주체가 "하늘 위까지 물이 넘쳐"나는 환영을 보는 것은 그 이후에나 가능한 일이다. "삼계(三界)를 다 삼킨 빛"에 둘러싸인 주체는 이리하여 물과 그 위에 비친 도깨비불 그리고 기껏해야 도깨비에 지나지 않는 자신을 마주한다.

그러므로 "마지막 남자이자 최초의 여자"가 되어 버렸다고 고백했을 때, 강정 시의 주체는 개인사로서의 삶을 벗어나는 지점에 서 있다고 할 수 있다. "역사 최초의 여장남자가 바로 여성이다(women were history's first drag queens)"라는 글로리아 스테이넘의 발언을 참고하자면 말이다. 강정 시의 주체는 분화와 분열을 토대로 구축된 인간세(人間世) 이전의 근원을 들여다보고자 한다. 그의 시가 강요된 여성성과 남성성이 낳은 금기들에 얽매이지 않는 까닭은 여기에 있다. 그것은 "직시에의 충동"을 견인력으로 한다(「겨울빛」).

나는 물을 보고 있었다
그림자와 실체 사이에서 사라지고 있었다
가라앉는 것과 떠오르는 것 사이의 정물이 되어 있었다
(중략)
그림자를 따라 천천히 움직인다
내가 움직일 때
그림자는 고요히 멎은 채
어느 먼 곳의 파도 소리를 이끌고
물 위에 뜬 작은 꽃잎들의 일상 속에서 지분댄다

물 위에서 멎은 것과
물속으로 움직이는 것들 사이에서 울려 나오는
깨알 같은 총성
물방울들의 내밀한 화간(和姦)

죽어 가는 순간일 수도
다시 깨어 다른 물체가 되는 순간일 수도 있다
　　　　　　　　　　　　　　　　—「물 위에서의 정지」 부분

물에 들어간 주체가 목격하는 것은 "그림자와 실체", "가라앉는 것과 떠오르는 것" 사이에 존재하는 자기이다. 아니 이 '순간', '자기

(自己)'는 해체되고 재구성된다. 예컨대 일련의 '있었다'가 증언하는 것은 주체의 '사라짐'과 '정물-됨'의 과정이지 않은가. 급기야 정물이 된 주체는 그림자의 움직임에 따르기에 이른다. 주체와 그림자라는 주객은 이리하여 전도된다. 움직임과 멎음의 관계 또한 역전된다. 주체의 움직임에도 그림자는 고요하다. 주체는 그림자의 고요에 사로잡혀 버린 것이다. 오직 그림자만이 이 풍경의 주인이다. 여기에서 눈여겨볼 것은 주체는 조그만 꽃잎처럼 한낱 존재가 되었지만, 그림자는 그렇지 않다는 사실이다. 후자는 일순 주체가 사는 세계 전체를 비추고 있다. 그것은 주체가 이전에 바라본 적이 없는, 세계와 그 속에 갇힌 자신의 모습이다.

그러므로 물 위에 멎은 것과 물속에서 움직이는 것의 대립은 간단히 볼 문제가 아니다. 전자에서 멎은 것이 움직일 수 없는 것으로 받아들였던 세계라면, 후자의 움직임은 그것이 허상이라고 끊임없이 고발하고 있지는 않은가. 인용의 마지막에서 주체는 적어도 현존재의 '정지' 혹은 죽음만이 새롭게 태어나는 유일무이한 길이라고 주장하는 것으로 보인다. 그림자의 '지분댐'이나 물방울들의 '화간'에는 규범의 바깥을 사유하려는 짓궂은 충동이 꿈틀댄다. 이처럼 "세계로부터 자신을 덜어 내"고자 하는 강정 시의 주체는 소멸이 아닌 생성의 길을 더듬는다(『최초의 책』). 그것은 '존재'의 근원으로 회귀하는 길이다. 강정의 탐침은 계속된다.

소멸과 생성이 공존한다는 점에서 강정 시의 물은 신화적 상상력에 기대는 바가 크다. 한편으로 그의 주체가 "분명 살아 본 적 있는 물속"에서 '빨간 볏'을 가진 새로 다시 태어나는 장면은 바다에서 매일 되살아나는 태양과 관련되는데, 여기에서 '핏빛 몽우리'를 삼킨 새가 '삼족오'라는 사실을 유추하기란 어렵지 않다(『암청(暗聽) 1·2』).

태양의 흑점이나 그것의 잔상이 태고로부터 까마귀를 연상시켰다면, "빛에 눈먼 모든 아이"의 하나인 주체는 신화로부터 한 단계 더 비약한다(「미스터 크로우」). 그는 '검은 돌'을 찾아 나선다. 허나 그것은 밤의 물과 같이 번들거리는 오석(烏石)이 아니다. 일테면 그것은 블랙홀에 가깝다. "전신으로 세계의 입구"가 되는 그것은 실상 '구멍'이라기보다는 거대한 돌이 지 않은가. 그리고 주체는 말한다. 그것이 "마지막까지 남거나/처음부터 존재하지 않았던 빛의 원석"이라고 말이다.(이상 「유리의 나날」)

2. 비주류의 브리콜라주─김현의 『글로리홀』

김현의 시집을 펼쳤을 때, 우리를 당혹시키는 것은 무엇보다도 곳곳에 배치된 각주들일 것이다. 일반적으로 각주란 본문의 내용을 설명하거나 부연하는 역할을 한다. 따라서 많은 경우 그것을 건너뛰고도 무리 없이 텍스트의 독해가 가능하다. 그런데 김현은 그러한 용례에 무관심하다. 가령 첫 시인 「비인간적인」의 제목에 부기된 각주들은 순차적으로 앞엣것을 해명하려는 제스처를 취하지 않는다. 그런데 다소 이상해 보이는 각주의 나열법은 그것들이 하나로 묶여져서 제시되었을 때와는 다른 효과를 내게 된다. 이를테면 처음 것을 제외하고 나머지가 모두 현재형이라는 데 유의하자. "인간들로부터 밤은 왔다"는 과거 이후, 남은 것은 '인간을 잃어버린' 이들이 외치는 '불구의 구호'이다. 그들은 이제 '유령 한 자루'와 다르지 않은 처지에 놓였다. 그들과 함께하는 이들은 다만 시인과 소설가일 뿐이다. 이것은 파편으로 제출된 문학론일까. 요컨대 시와 소설, 곧 문학은 그들의 말을 대신해서 들려주어야 하는 것일까.

김현이 묘사하고 고발하려 하는 것이 무엇인지는 제목이 이미 말해 준다. 비인간적인 세계를 자초한 이는 인간이다. 한데 그는 이런 메시지를 각주에서 일관성 있게 풀어내지 않고 의도적으로 전언을 흩어 놓았다. 각주에 담긴 사유는 본문에서 시의 언어로 다시금 변주된다. 아직 '어린 인간'은 "인간이 알아들을 수 없는 말을 발명하려고" 스스로를 학대한다. 그러나 그것은 두 다리로 걸어나가 타자들과 어우러지는 일과는 거리가 멀다. 그럴 때 홀로 들어앉은 욕조가 시사하듯이 인간은 자신의 어항에 갇힌 존재, "지느러미에 맞는 생물"일 따름이다. 그러므로 "인간이 곁에 없는 인간의 말은 뜻 없습니다"라는 주체의 진술은 소통의 필요성을 강조하는 것으로 이해된다. 결국 '비인간성'은 그것의 부재에 원인이 있는 셈이다. 이리하여 각주와 본문은 동일한 인식을 담고 있다. 이 둘의 무게는 다르지 않다.

그럼에도 김현이 사용하는 언어는 소통에 쓰이기에는 '불구(不具)'에 가깝다. 예컨대 우리는 곳곳에서 애써 찾아보지 않으면 알 수 없는 다양한 문화의 지층과 갈래들을 만난다. 해설에서 박상수는 김현 시의 키워드로 퀴어, SF, 메타픽션 등을 들었지만, 거기에 추가할 수 있는 항목들은 실로 넘쳐난다. 이러니 김현 시에 포개진 텍스트의 정체를 일일이 살피는 일은 차라리 힘겹다고도 하겠다. 많은 경우 텍스트의 바깥을 지시한다는 점에서 그것들은 독자의 몰입을 방해하는 자족적인 유희로 비친다. 하지만 이런 인상은 어쩌면 오해일지도 모른다. 잊혀지거나 은폐된 이들의 언어와 문화는 주류의 그것들과 다를 수밖에 없다. 알다시피 차이는 자주 차별을 불러왔다. 이를 피하기 위해 주류의 언어와 문화를 사용할 것인가, 아니면 '불구'처럼 보일망정 자기의 것을 지킬 것인가.

김현의 선택이 무엇인지를 새삼 거론할 이유는 없을 터이다. 그리고 그는 각주들 중 하나에서 자기의 시적 전략을 넌지시 일러 준다. 그는 '피에르 앤 쥘'이라는 게이 커플과 자신을 동일시한다. 그들의 작품 활동은 "우주 그리고 에로티시즘과 게이 문화, 사랑과 죽음 등을 키치적으로 혼합하는 가운데 환상과 현실의 경계를 넘나"든다 (「밤의 정비공」). 간과하지 말아야 할 것은 "키치적으로 혼합"한다는 부분이다. 김현 시의 주체가 대개 텍스트 바깥에 머문다는 사실을 떠올려 보자. 바로 그 자리에서 김현은 주류의 언어와 문화에 비주류의 그것들을 틈입시키는 방법으로 '키치적 조합', 즉 일종의 브리콜라주를 사용한다. '환상과 현실의 경계'를 초월하는 조합의 가능성은 무수할 것이다. 그것들을 금기시하게 만드는 것은 단지 주류라는 위상이 강요하는 허위의식일 뿐이다. 그것을 고발하기 위해 김현은 주류에게 말을 거는 비주류를 참칭한다. 그의 시는 소통이란 타자의 화법을 용인하는 데서부터 시작되어야 한다고 역설(力說)한다.

그린그래스의 행방이 투명해지자 그의 낡은 이웃들은 그가 3행성 묘지로 돌아갔을 것이라며 인조 입술을 개방했다. 그린그래스는 녹색 사업을 시작한 1행성으로 이주해 온 이후에도 3행성의 그림자를 지우지 못한 사내였다. 그는 시시콜콜 그곳을 추억하며 다시 한 번 먼지 냄새 자욱한 토건 시절의 영광에 젖어 들길 바랐다. 그가 매일 밤, 토목 건축을 위한 노래가 자동 반복되는 비행 유리관 안에 누워 잠이 든 것 역시 그 때문이었다.

전격 Z는 4대강 제조공장[2]에서 그린그래스와 함께 수면 장력을 최

---

2 "XX10년, 네 개의 강이 사라진 3행성에서부터 최초의 생산 설비가 가동되었으나, 이후 행성이 묘지화되면서 일체의 생산 설비를 1행성으로 옮겼다." 원주.

종 점검했다.

—「그린그래스(Greengrass)가 사라졌네**3**」 부분

영화 「블레이드 러너(Blade Runner)」를 상당 부분 차용한 이 시는 표면적으로 "토건 시절의 영광"을 현재화한 권력의 시대착오에 대한 비판의 목소리를 낸다. 시집의 여러 곳에서 등장하는 "검은 쥐 대통령 재임 시절"이라는 각주들 역시 동일한 맥락에서 이해할 수 있다. 그러나 김현 시 전반에서 이러한 인식은 그다지 두드러지지는 않는다. 이 시에서도 실제로 주체가 주목하는 것은 그러한 정치적 상황과 권력의 남용이 가능하게 한 근본적인 원인이다. 김현의 시에서 인간은 안드로이드와 구별되지 않는 존재이다. 그런 만큼 인간을 안드로이드로 설정한 시들은 많다. 안드로이드들의 인간적인 면모와 그들을 폐기해야 하는 '데커드' 자신이 그들과 같은 기계였다는 영화의 내용을 상기한다면 그의 시가 던지는 질문들 중 하나가 바로 '인간다움'이란 무엇인가임을 추론할 수 있다. 나아가 그것을 잃었을 때, 우리는 인간이라 불릴 수 있는가라는 또 다른 문제가 제기될 수 있을 것이다. 그런 의문을 버린다면 우리가 사는 지구는 '대형 화장로'라고 그의 시는 말한다(「은하철도 구구구」).

김현이 그의 시에서 줄기차게 인용하고 차용하고 변용하는 이들은 한편으로는 한 시절을 풍미했던 인물이나 그때를 기억하는 사람들 그래서 시간적으로 과거인이다. 다른 한편으로 그들은 주류 문화의 변두리로 내쳐지게 된 주변인들이다. 말하자면 그들은 지금-여기라는 시공간적 중심의 원심력에 의해 떨어져 나간 존재들인 것이

---

3 "무덤에 살고 있는 전자 양(孃)이 푸른 풀의 후렴구에 붙여 부르던 가사." 원주.

다. 전자를 대표하는 인물이 실패한 뮤지션으로서의 꿈을 떠안고 수영장 관리인으로 살아가는 '빌' 등의 인물이라면(「나이트스위밍」), 일련의 성적 소수자들은 후자에 해당한다고 할 수 있다. 그리고 이들 두 부류의 캐릭터는 「고요하고 거룩한 밤 천사들은 무엇을 할까」 연작에서 겹쳐진다. 노동을 마치고 집으로 돌아온 '마이클'의 고독한 저녁과 그의 유일한 위로인 고양이 '가브리엘'(이하 제목의 쪽수, p.12), 마릴린 몬로의 죽음과 그녀에게 자신을 투사하는 '뭉툭한 성기'의 '드랙퀸들'(p.118), 자신의 고양이 이름인 '가브리엘'이라는 애칭으로 불리는 새로운 애인과 '마이클'의 사도마조히즘적 관계(p.200). 마지막 연작에는 "인간은 고깃덩이야"라는 말과 더불어 "메리 크리스마스, 붓다"라는 인사가 들려온다. 그리고 이 연작의 마지막 각주는 "천사들은 무엇을 할까"였다.

강정의 이번 시집은 존재의 근원을 묻는 질문으로 수렴된다. 밤의 물 위에서 주체가 경험하는 것은 현존재가 정지되는 순간이다. 그것은 부처가 들었다는 해인삼매(海印三昧)의 경지를 연상시킨다. 그러나 부처에게 '지혜의 바다'를 열었던 그것은 중생에게는 광대무변한 '무(無)'의 우주로 다가온다. 존재론적 물음으로 채워진 그의 궁리가 마침내 도달한 그 자리는 당연하게도 언어로 응집될 수 없다. 따라서 강정의 언어는 주체의 몸 안에서 진동하는 '빛의 원석'으로부터 무한히 확산되며 명멸한다. '효시(嚆矢)'의 원래 쓰임처럼 그의 언어에는 애초부터 과녁이 없었을지도 모른다.

한편 김현의 시편들은 각주와 본문 그리고 거기에 웅크린 텍스트들이 서로 간섭하면서 의미를 확산시켜 나간다. 그가 참조하고 들여오는 비주류의 언어들은 지금-여기의 변방에서 왔거나 과거에서 발원한다. 그러므로 그의 시는 은폐되거나 누락된 이들을 조명하며 사실 그대로를 직시하자고 제안한다고 하겠다. 그의 시에서 주체가 위치하는 곳과 각주와 원문 등의 간섭현상이 빚어내는 몰입에의 저항은 이러한 사정에서 비롯된 것이다. 요컨대 김현 시에는 확산된 정치사회적 문제들을 불러 모으는 수렴적 중심이 놓여 있다. 그의 주체는 구원 없는 세상의 한쪽 귀퉁이, 홀로코스트의 한가운데를 응시한다. (2014)

'우리'라는 감각 혹은 세계수
—장석주의 『일요일과 나쁜 날씨』, 노혜경의 『말하라, 어두워 지기 전에』, 박희진의 『니르바나의 바다』

1. 무뎌지고 의심되는 '우리'

'한 배를 타다.' 세월호 이후 이 말은 힘을 잃었다. '오월동주(吳越同舟)'는커녕 어떤 운명 공동체의 비유로도 지금-여기의 '우리'를 지칭하기는 어렵게 되었다. 모종의 관련이나 연대 혹은 친근에 대한 감각 등 사전이 설명하는 일인칭 복수의 내포는 아직도 유효할까. 벌써 그것은 박제가 되어 버리지나 않았는가. 지금-여기를 '살아가는' 개별 주체들이 되뇌는 몇몇 질문은 아마도 이런 각성에서 유래할 것이다. 감당하기 어려운 대면은 이어진다. '우리'라는 말이 실각하면서 싹트는 것은 세계-내-존재로서의 '정주(定住) 가능성'에 대한 의심이기 때문이다. 이럴 때 동사 '살다'는 재고되어야 한다. 하지만 무엇이 이를 대체할 수 있을까. 쉬이 답할 수 없는 문제이다.

다만 지금-여기에서 '우리'들 각각은 '살다'를 대신할 무언가를 발명해야 한다고 말할 수는 있겠다. 그것을 향한 탐색은 우선 세계가 호명한 '우리'의 자리에 대한 의구심에서 출발해야 하리라. 이쯤에서 기억할 것은 주어진 데로부터 이탈함(disembedding)으로써 이 세계에 자기의 새로운 터전을 창조하는 일(re-embedding)을 요청한 울리히 벡의 제안일지도 모른다.[1] 하지만 세계가 내어준 장소 귀속성을 부정하고 새롭게 주체의 자리를 개척하는 일은 궁극적으로 '언어'라는 우회로를 거쳐야 한다는 사실이 더욱 중요하다. 다시금 스스로를 세계에 던져 넣기 위해서 개별 주체들은 자기만의 '언어'를 고안해야 한다. 그것을 경유하지 않으면 기존의 질서에 흠집을 내고 그 바깥을 볼 수 없는 까닭에서다.

세계로부터의 자발적인 이격이 초래할 여정은 막연하고 아뜩하다. 그러나 이것만이 세계가 배분한 몫과 자리를 거부하고 제 것들을 찾기 위한 유일한 길이라면 어떨까. 자신의 본질을 마주하고 정립할 수 없다면, 달리 어떤 존재론적 사건이 한낱 인간에게 일어날 수 있겠는가. 그는 제 옆의 주체들조차 부를 수 없을 것이니 말이다. 그러므로 만연한 소외를 구축(驅逐)하고 지금-여기에 '정주 가능성'의 시공간을 여는 일은 개별 주체들이 '우리'라는 감각으로 서로를 불러 모으는 데 있다고 하겠다. 이 글에서는 그런 '우리'를 기다리는 노래들을 이상하리만치 가물었던 가을과 눈이 드문 겨울, 자못 매서운 계절에 출간된 시집들에서 추려서 읽어 본다.

2. 광인의 표류, 야만인의 여행—장석주의 『일요일과 나쁜 날씨』

장석주의 이번 시집에서 두드러지는 시어는 24절기와 자두나무, 야만인 등이다. 농경과 밀접한 24절기, 전원에 선 자두나무, 전근대

---

1 울리히 벡, 「정치의 재창조—성찰적 근대화 이론을 향하여」, 앤소니 기든스 외, 『성찰적 근대화』, 임현진·정일준 역, 한울, 1998 참고.

를 살았던 야만인. 장석주의 시에서 이들은 일견 과거의 붙박이들에
가까워 보인다. 비록 그 쓰임이나 존재가 여전하지만, 이 셋은 자주
함께 어울려 등장함으로써 불가역의 지평 너머를 환기시킨다. 짐작
하겠지만 그러한 시간·공간·사람에 대한 지향과 천착은 지금-여기
에 대한 부정적 인식의 소산이다.

시집의 제목과 서문은 그 까닭을 넌지시 일러 준다. "수고와 봉급
에 매이지 않은 날들"을 보내는 이들에게 '일요일'은 특별한 날이 아
니다. 그날이 굳이 '화창한 날씨'일 필요가 없는 이유는 청명한 다른
날들이 얼마든지 있어서이다. 허나 수렵채집시대나 농경시대가 그
랬듯 비정규적인 일과 수입으로 꾸려 가는 삶은 그것이 자연의 축복
에 기댄 만큼이나 전근대적이다. 당연한 말이지만 이러한 전근대성
의 주체는 지금-여기의 비정규직과는 다르다. 전자와는 반대로 후
자는 주체성을 박탈당함으로써만 존재할 수 있다.

> 궁륭(穹窿)을 떠가는 배,
> 광인들이 탑승한 배 위에 우리는
> 서 있다, 이 혼돈의 바다
> 한가운데, 그 새벽 거리에
> 쓰레기 수거차와 취객들, 비둘기들과 함께,
> 우리가 견딘 것은 한 줌의 편두통,
> 공무원들의 직무 유기와 인공 조미료와 진부한 악들,
> 여자의 거짓말과 얇은 우울들,
> 제 꼬리를 물고 미쳐 버린 개들,
> (중략)
> 어둠 속에 떠가는 배 한 척,

광인들의 배는 어디에서 와서 어디로 가는가,

배의 갑판 위에서 웃고 있는 한 사람,

저 웃고 있는 자는

광인인가, 혹은 착한 이웃인가?

(중략)

가장 먼 곳을 스쳐 가는

광인들의 배여,

안드로메다 대은하 M31은 여기서 얼마나 먼가.

별자리와 함께 움직이자.

아직 우리는 무엇인가.

아직 우리는 무엇이 아닌가,

—「광인들의 배」 부분

기발표작인 「11월의 편지」와 가장 많이 달라지거나 추가된 곳들을 옮겼다. '바다'가 아닌 '궁륭'을 표류하는 배의 이미지는 개작의 의도를 가감 없이 드러낸다. 애초의 시에 담겼던 시대에 대한 우울한 진단은 여기서 그것에 대한 전면적인 회의로 전환된다. 주체는 이 행성뿐만 아니라 그것이 속한 은하의 어디에도 안착할 곳이 없다는 인식에까지 이른다. 그러나 배의 이름이 힘껏 말하는 바는 '우리'와 '광인'이 구별되지 않는다는 사실이다. "우리가 견딘 것"의 목록들은 더이상 새로울 것이 없는 악(惡)의 '평범성'과 '일상성'을 증언하고 있지 않은가. 그러니 과연 누가 "광인인가, 혹은 착한 이웃인가?"를 따지는 일은 무의미한 일이기 쉽다.

이 배 위에서 '우리'는 무엇에 미쳐 있는 것일까. 하지만 이와 같은 질문은 근본적이지 않다. 예수가 말했던 것처럼 "자신의 하는 것을 알지 못함"이(누가복음 23:34) '우리'의 숙명일지도 모르는 탓이다. 그러므로 "진부한 악들"이 횡행하게 만드는 배후가 시스템이라는 거악(巨惡)이라면, 질문의 초점은 바뀌어야 한다. 거기에 종속된 자신의 존재론적 조건을 먼저 의심해야 하는 것이다. 시의 마지막 두 행은 '광인' 혹은 '이웃' 사이에서 위태롭게 서 있는 '우리'를 위한 물음이다. 끊임없이 회의하는 '우리'의 머리 위에서 빛나는 것은 그런데 별들이다. 시의 마지막에 배치된 쉼표와 함께 그것들은 잇따를 어떤 미래를 열어 둔다. 저 별들이 이미 그러하듯이 과거로부터 발원한 다른 미래를 말이다.

우리는 멀리서 온다.
멀리서 오기 때문에 우울하지 않고
다만 거칠고 성마른 상태일 뿐이다.
멀리서 오기 때문에
우리 트렁크에는 비밀과 망각이 없다.
우리는 당신들이 흔히 야만인이라고 부르는 그런 부류다.

우리는 멀리서 온다.
그것은 과거로의 이동,
순결한 타락이다.
우리가 멀리서 온 것은 죽은 고기를 먹기 위해서가 아니다.
별이 밤하늘을 선택하지 않았듯
우리가 이 도시를 선택한 것이 아니다.
(중략)
천 년 된 자두나무들이여, 가지에 열린

저 망각의 풍요한 열매들을

바람이 불 때 모조리 땅으로 떨궈라.

대지에 대한 너희의 순정을,

중력의 법칙에 숨긴 저 무서운 정치들을 증언하라.

―「야만인들의 여행법 1」 부분

'우리'와 '당신들'은 후자에 의한 명명으로 구분된다. '야만'에 결핍된 문명이나 교양은 그대로 차별을 부여하는 기준으로 작동한다. 그렇지만 전자도 할 말은 있다. 그들에게는 "비밀과 망각"이 없다. 이리하여 주체는 '문명·교양'이 은폐하고 잊어버린 것들과 '야만'을 연결시킨다. 시의 논리를 따라가지 않더라도 전자와 후자를 나누는 구획선이 시간임은 자명해 보이지만, 이들은 공존한다. 과거를 탈-은폐시키고 상기함으로써 '우리'는 지금-여기에 그것을 데려온 것이다. 과거와 현재의 혼재는 저 먼 "과거로의 이동"과 거기로부터 다시 오는 '우리'의 행보를 "순결한 타락"이라는 두 겹의 시선 아래 놓이게 한다. "이 도시"를 건설한 이들의 선택을 '우리'가 지지하지 않는 이유는 여기에 있다.

만약 '야만인'이 아닌 '당신들'이 앞서 보았던 '광인'이라면, 그들을 그렇게 만든 것은 무엇일까. 의외로 답은 간단히 누설된다. 주체는 나무들이 바람에 열매를 떨구는 이유가 "저 무서운 정치들"을 고발하기 위함이라고 말하고 있다. 왜인가. 정치는 대지를 향한 나무들의 '순정'을 "중력의 법칙"으로 환원하기 때문이다. 하지만 명료한 이론화의 함정은 "천 년 된 자두나무들"이 아닌 그 결실만을 포착하게 한다는 데 있다. 그러므로 정치의 관점에서 저것들은 "망각의 풍요한 열매" 이상이 아니다. 정치가 과학과 달리 윤리적 영역임이 간과될 때, 남는 것은 지천에 널린 낙과(落果)들뿐이다. 거기에 나무와 대지가 나눈 우주적 상응과 그 순간들의 목격자인 인간이 들어설 자리는 없다.

3. 무한히 재귀하는 '우리'—노혜경의 『말하라, 어두워지기 전에』

장석주 시의 '우리'는 "새로운 야만인"의 도래를 바란다. 그들의 염원이 선취하는 오지 않은 시간은 자신들을 "미래의 야만인"으로 정립시킨다(「야만인을 기다리며」). 비슷하게도 노혜경 시의 주체는 "오늘보다 조금 더 키가 클 내일의 인간"을 낳고자 한다(「혁명은 왜 실패하는가」). 허나 그의 앞길은 험난하다 못해 자못 쓰라리다. '진물'이 제가 흘러나온 상처를 감싸고 마침내 치유하듯이, 그 길의 동반자는 "눈물과 아픔의 오늘"이기 때문이다(「내가 모르는 이름」).

> 김진숙, 그의 100일, 또 100일이 이어질 때
> 홀연히 잠의 더께를 걷어 내고
> 목매달고 뛰어내린 이름들이 걸어온다
> 김주익, 이해남, 이용석, 곽재규……
> 숨을 곳이 없었던 태풍 매미의 밤에
> 죄짓지 말고 살자고 착한 고층 아파트 주민 너와 내가 서로에게 속
> 삭일 때
> 무죄 증명이 없었던 그들은 엣지에 선다
> 내가 용케 피해 살아온 벼랑 끝에 선다
>
> —「생의 엣지에서」 부분

노혜경의 시는 세계의 곪은 상처들을 외면하지 않고, 그 뿌리까지

파헤친다. 예컨대 이 시가 그려 낸 지금-여기의 단면을 보자. 노동운동가와 "착한 고층 아파트 주민"이 병치될 때, "죄짓지 말고 살자"는 중산층의 속삭임은 전자의 목소리를 삼켜 버린다. "무쇠 벼랑의 난간"만이 그(들)에게 "무죄 증명"을 위한 유일한 선택으로 남는 까닭이 여기에 있다. 그런데 주체는 거기에 섰다가 "뛰어내린 이름들" 속에 자기가 없는 이유가 그런 삶을 "용케 피해 살아온" 덕분이라고 말한다. 그의 고백에는 그(들)의 '죄'가 '우연'의 산물이라는 인식이 전제되어 있다. 주체는 단지 다행히 모면했을 뿐이다. 그러므로 노혜경이 주체를 빌려 고발하는 바는 '우연'이 '필연'으로 강요되는 현실의 부조리라고 하겠다. '우연'에는 눈이 없기에 '그(들)'는 언제든지 '우리'가 될 수 있다.

그러나 가능성은 잠재되어 있는 것이므로 많은 경우 엄연한 현실감을 얻기는 힘들다. 해서 '우리'는 태풍이 몰아치는 밤에나 압도되어 자신을 돌아볼 뿐이다. '그(들)'가 바로 '우리'라는 생각을 평소에도 견지하기란 실제로는 그리 쉬운 일이 아니다. 가령 우울증에 걸린 주부에게서와 같이, 나날의 삶은 곁에 선 이들을 떠올릴 겨를조차 허락하지 않는다. 가사에 매몰된 일과가 우울증을 낳고, 인간관계의 결여로 증폭된 우울증이 다시 가사에만 매달리도록 몰아가는 하루하루는 그녀에게 헤어날 수 없는 악무한일 것이다. "무한 반복의 짧은 소절"에 결박된 그녀의 모습은 낯설지 않다(「우울한 랩소디」). 일상의 심연은 이리도 깊고 끈질기다.

꽃은 시들면서 생각한다
내 사랑은
열매 맺고자 하는 거라고

열매는 썩으면서 생각한다
내 사랑은
싹트고자 하는 거라고

새로 싹트는 아기들
세상의 첫 번째 결실
첫 번째 꽃잎이 피어난다

아무도 기억하지 않아 매번 다시 시작해야 할
사랑을 위해

　　　　　　　　—「사랑은 왜 야만인가」 전문

　꽃과 열매와 새싹 그리고 처음처럼 "첫 번째 꽃잎"이 사랑을 매개로 순환하는 이 장면은 「우울한 랩소디」에서 보았던 악무한과 명백히 다르다. 각각의 단계에서 저마다의 방식으로 사랑을 실현하고 바통을 이어 주는 이 광경은 진무한이 관념의 영역에 있지 않음을 실증한다. 더 큰 사랑의 원환을 만들어 갈 계주는 느리디느릴 테지만, 저들은 결단코 제 몫의 사랑으로 그것을 계속해 나갈 것이다. 하여 끝없이 퍼져 나갈 무한이 바로 저 사랑의 순간들에 응집되어 있다고 해도 되겠다. 이처럼 한낱 존재들을 고양시키는 것은 "매번 다시 시작"할 수 있는, 순간들에 대한 사랑이다.
　그런데 마지막 연에서 주체는 사랑의 동인이 "아무도 기억하지 않아"서라고 말하고 있다. 사랑이 누군가에게 보여 주기 위한 것이 아니라는 데 동의한다면, 그가 댄 구실에 손을 들어 주기는 일단 어렵다. 주체의 의도를 들여다보기 위해서는 앞에서 살폈던 「생의 엣지에서」를 참고해야 한다. 봉합될 기미 없는 한계상황에서 "목매달고 뛰어내린 이름들"은 이 시의 꽃·열매·새싹 등과 겹쳐진다. '그(들)'가 올라선 철탑들 역시 저 나무와 같아 보인다. 그렇다면 저 탑과 나무들에서만 지금-여기의 사랑이 실현될 수 있는 것일까. 그럴지도 모른다. 이를테면 주체의 시선이 향한 지금-여기의 '그(들)'가 아이러니하게도 저 탑들에 오르도록 내몰림으로써만 세계의 부조리를 전파하는 안테나가 될 수 있었음을 기억하자.

'그(들)'가 허방을 치고 있다고 단언할 수 없는 이유는 이러한 시스템의 특성에 있다. 국가권력의 중요한 한 축이 입법부인 까닭은 갱신 가능성 없이는 그것이 유지되기 어렵기 때문이다. 이것이 바로 시스템에 고유한 구성적 역설이다. 따라서 누구도 주목해 주지 않으므로 더더욱 끊이지 않고 시작하는 '그(들)'의 사랑이 '우리'라는 공동체의 것으로 받아들여지는 날, 그것을 '야만'이라고 부를 근거도 함께 사라질 것이다. 마찬가지 의미에서 "해방도 혁명도 아니라면 사랑이란 무엇인가"라는 질문은 언젠가 "모든 시간이 현재가 되는 순간"을 개방할 수 있다(「공습경보」). '해방'이나 '혁명'이라는 말이 던지는 급진성과 불온함의 엔트로피를 낮추면 거기에 도저한 것은 지금-여기의 '우리'를 향한 사랑이다. 그것은 무한을 향해 출렁인다.

4. 영원의 순간들—박희진의 『니르바나의 바다』

곧 1주기를 맞는 박희진의 유고 시집은 그의 오랜 시작 활동을 갈무리하고 있다. "전무후무한 잠"으로 그는 문학사로 들었지만(「달콤한 잠」), 구태여 이 자리에 그의 시를 불러내는 까닭은 앞서 살폈던 장석주, 노혜경의 시와 더불어 거론할 수 있는 공통점 때문이다. 에두르지 않고 말하면 초기 시부터 그가 줄곧 놓치지 않은 화두는 '영원'이었다. 한편으로 그것에 대한 탐색의 배경에는 어쩔 수 없이 한국전쟁 이후 현대사의 여러 국면들이 놓여 있었다. 하지만 이렇게만 정리할 수는 없다. 그의 시가 단순히 현실의 질곡에 반발하는 차원에서 영원을 추구했다는 오해를 낳을 수도 있겠기 때문이다.

몇 가지 사례를 돌이켜 본다. 먼저 첫 시집에 실린 「무제」의 주체는 촛불처럼 "활 활 타오르는 그리움"을 희구하는데, 『실내악』의 연표에 따르면 이 시는 전쟁 중인 1952년에 쓰였다. 전쟁의 참상이 자폐적인 주체를 낳았다고 하기에는, 자신을 태워 버릴지 모를 뜨거움을 갈망하는 목소리가 간절한 점이 눈에 띈다. 참화의 와중에도 박희진 시의 주체는 내면으로 침잠하여 자신과 대면하기를 멈추지 않았다. 그렇지만 그가 현실과 격벽을 쌓고 있었던 것도 아니다. 1965년에 출간된 『청동시대』의 「혼돈과 창조」에서 주체는 "정부와 국회는 어디서 뭣을 하나"라고 질책한다. 전쟁기의 '국민방위군 사건'과 같은 일들이 반복되는 당대의 현실을 꼬집은 것이다. 박희진 시의 영원 지향성은 현실로부터의 도피에서 비롯되지 않았다.

박희진의 시에서 영원과 현실은 오히려 서로 삼투되기를 거부하지 않는다. 엄밀히 말해 그의 시는 이 둘을 넘나드는 반투막을 적극적으로 활용했다고 해야 옳다. 물론 현실이 번번이 내적 고양을 촉발하는 계기로 작용할 때 그것은 '실감'과는 거리가 멀어진다. 유고 시집에 묶인 시들 거개에서 목도하듯 말이다. 허나 박희진의 시가 꾸준히 영원을 향해 왔다는 사실을 잊어서는 안 될 것이다. 그는 자신이 추구해 온 시의 본령을 벗어난 적이 없다. 유의할 것은 박희진에게 현실이란 영원의 이면이라는 의미를 가진다는 사실이다. 둘은 원래 "하나인 것의 양면"이다(「뭉크의 절규」). 그러므로 그의 시에서 현실은 벌써 보았던 현대사의 굴곡뿐만 아니라, "소나무 아래 좌정하여 명상에 잠기는 일"에까지 이르는 것이다(「어린이와 노인」). 현실이 가진 너른 진폭은 따라서 그의 시가 더듬어 온 영원의 스펙트럼을 반영한다고 이해해야 한다.

충남 서산에 용비지라는 큰 저수지 있는데요.
하늘 나는 용의 모습도 비친다는 뜻일까요?
작은 섬 위엔 아름다운 정자도 있어요.
하늘·땅·사람의 절묘한 조화 보고 싶거든 이곳에 오세요.
　　　　　　　　　　　　　　　—「서산의 용비지(龍飛池)」 전문

박희진이 실험했던 다양한 단형시, 이른바 '4행시'의 하나이다. 시가 그려 낸 것은 저수지에 조성한 인공섬과 거기에 세운 정자이다. 그러나 풍경이 완성되는 것은 수면에 비친 하늘과 땅에 사람이 더해지면서이다. 한데 천지인 삼재(天地人 三才)가 어우러진 이 경관이 흥취를 불러일으키는 까닭은 어디에 있을까? 해답은 저수지가 품고 있는 것이 우주라는 데에서 찾을 수 있다. 그것은 광대무변한 우주를 제 안에 오롯이 담아내고 있다. 정확히 말해서 이 과정에서 인간은 시각적으로 확대된다. 착시의 결과, 그에게는 오래전 망각해 버렸던 우주적인 하모니를 상기할 기회가 주어진다. 잠시겠지만 말이다. 박희진 시의 주체가 사람들을 이곳으로 부르는 이유는 비록 일순이라도 그것을 나누고 싶기 때문일 터이다.

인간 존재가 드높여지는 저수지는 참으로 공교로운 이름을 가졌지만, 천지인 삼재가 조화를 이룬 우주는 박희진의 다른 시에서 '자궁'으로 명명되기도 한다. 이처럼 박희진 시에서 우주는 무엇보다

모성성으로 다가온다. 그 한가운데에서 주체는 "온 누리와 구석구석" 연결되었다는 기운생동의 감각으로 충일하다. 주체와 우주를 결속시키는 동력의 근원은 언제든 되살아나는 "원초적 탯줄의 기억"이다(「어머니와 이어진 탯줄은」). 모성적인 우주의 이러한 속성은 한편으로는 사랑의 실체가 무엇인지를 알려 준다. 그것은 "한마디로 지속성"으로 정리할 수 있다(「사랑의 본질」). 이렇게 보면 영원은 어쩌면 감각 너머에 있는 특별한 상태가 아니다. 박희진의 시가 초월해 버리지 않는 연유가 여기에 있다.

그의 시는 영원을 지금-여기의 삶과 짝짓는다. "시간 속에 태어나서/무시간 속에 열매를 맺는" 업을 실현했다는 스승에 대한 평가(「태암 김규영 선생 송」), 그리고 그런 그가 살아온 "일관된 생애"의 지극함이 "거룩한 하늘에 닿게 될 것"이라는 믿음은(「어느 날」) 대표적인 사례라 하겠다. 시집의 곳곳에 등장하는 노자를 비롯한 은자들 또한 지금-여기의 삶으로써 영원을 추구한다. 그럼에도 그들의 암중모색은 지금-여기를 지배하는 논리에 무심하다. 이 점에서 그들은 초역사적인 "본질의 수호자들"이다(「이 우주에 미만해 있는」). 그들은 차라리 "천·지·인 삼재가 내는 소리"에 민감한 "솔바람 사람들, 세계인, 우주인"이 되고자 한다(「우주의 나그네 솔바람 찬가」). 그러므로 박희진 시의 영원이 마지막으로 가닿은 자리는 "다만 존재하고 있을 따름"인 저 생명들의 '표현·밝음·아름다움'이라고 할 수 있다(「백만 송이 붓꽃 군락」). 아래의 시에서는 그런 존재들이 만나는 장면을 예시한다. 서로를 비움으로써 비로소 함께 벅차오르는 사랑의 순간을 말이다.

코드가 맞는다는 것은 둘이 만나서 하나 되는 일.
나는 그대 안에, 그대는 내 안에 들어와서

경계를 허무는 일. 서로의 에고는 없어지고
무아가 되는 일. 텅 비워서 가득 채우는 일.

　　　　　　　　　　　　　—「코드가 맞는다는 것은」 전문

5. '지금-여기' 즐비한 세계수

　히에로니무스 보슈는 「광인들의 배」라는 작품에서 돛대에 닭고기
를 그려 넣었다. 자세히 보면, 거기에 나뭇가지도 달아 놓았음을 알
수 있다. 보슈는 그 배를 세계의 알레고리로 삼았던 것이다. 배를 탄
광인들의 세계수인 저 돛대는 고기를 탐하는 자의 칼날 앞에서 위태
롭다. 그들의 항해도 마찬가지이다. 장석주는 보슈의 묵시록적 알레
고리를 이어받는다. 자두나무는 그의 모성적 우주를 지탱할 세계수
로 호출된다. 새로운 '우리'의 우주를 위해 모종의 '야만성', 곧 지금-
여기를 출렁이게 할 사랑이 필요하다는 데에 노혜경은 동의한다. 그
의 시에서 '그(들)'가 올랐던 철탑들은 무한한 사랑을 길어 올릴 꽃나
무들과 다르지 않았다. 그것들이 '우리'의 삶에 풍요로운 봄을 앞당
기는 세계수가 되기를 그의 시는 바란다. 사랑의 순간만이 영원으로
비약할 유일한 길이라는 인식을 보여 준 박희진의 시는, 다른 여러
곳에서 '우리'와 함께하는 나무들을 찬미한다. 그것들이 오랜 세월
꿋꿋할 수 있는 원동력은 지금-여기에 집중해 왔던 데 있었다. 하루
를 놓치는 것은 일 년을(「어린이와 노인」), 어쩌면 영원을 놓치는 일이
될지도 모른다. 박희진의 나무들이 경계하는 바는 다른 게 아니다.
(2016)

서툰 어른-되기와 주동사-되기
—장이지의『레몬옐로』, 황혜경의『나는 적극적으로 과거가 된다』

동시대를 살면서 공통되는 의식을 가진 비슷한 연령층의 사람들을 사전은 '세대'라고 일컫는다. 이것이 사회·경제·역사적 차원에서 언급될 때에는 조금 더 세분되기도 하는데, 386세대나 X세대 등 연배 차가 10년 내외임에도 구분하는 경우가 여기에 해당한다. 이즈음에 시도되는 보다 촘촘한 구분들은 X세대라는 호명이 그렇게 되고 말았듯이, 다른 세대와의 의식적 단절이나 차별성에 주목한 것이라기보다는 자본 사회의 소비자로서 특정 연령대를 불러내고 있다는 혐의가 짙다. 그럼에도 분명한 것은 세대에 대한 명명이나 수용은 자발성의 유무와는 별도로 벌써 흩어져 버렸거나 결국에는 그렇게 될 우리 자신과 그때의 젊음 그리고 지금의 나이를 지시해 주는 지침으로 기능한다는 사실이다.

예컨대 1980년대 학번들은 어느새 586세대라 불리는데, 이 이름에는 애초 컴퓨터 사양에 기댄 비유의 씁쓸함이 삭제되어 있다. 그것을 대신하는 '5'란 숫자는 부지불식간에 '6'으로 대체될 것이다. 시간은 공평하여 X세대에게도 사정은 다르지 않다. 하니 이 자리에서 한때 그리 불렸던, 1990년대에 이십대였던 이들과 그들의 오늘에 대한 얘기를 덧붙이려는 것은 아니다. 그보다는 문민정부가 들어서고 모라토리엄을 선언하기까지의 기간 동안으로 압축되는 시기에 청춘을 보낸 두 시인의 시집을 들여다보며, 과거의 과거성과 현재의 현재성을 분별하고 이 둘의 상관성을 짚어 보는 일이 필요해 보인다. 왜냐하면 어느 날 사십대 또는 오십대가 되어 버린 이들의 이야기에서 진정한 주인은 저 연대 이전으로부터 발원하여 여전히 집권 중인 세계이기 때문이다. 우주의 시간과 달리 이것은 도도하다. 흐르지 않는다. 그러므로 우리의 삶은 후일담으로 치부될 수 없다.

1. 두 개의 가상(假像)—장이지의 『레몬옐로』

"이렇게 선량한 얼굴을 하고 아무 일 없이 살아도 좋은가, 나는." 「하늘색 습작」에서 가져온 이 문장은 장이지 시의 특징을 이해하는 단서라 할 수 있다. 그리고 선량하다 못해 순수한 서정의 다른 한편에 병존하는 것은 사이버공간 더 근원적으로는 도시에서 자라난 기괴함이다. 이 둘의 동거가 낯선 까닭은 순수함과 기괴함의 뿌리가 각각 내면과 외부에 있는 탓이 아니다. 도리어 "선량한 얼굴"이 언제든 일그러질 수 있다는 사실이 쉽사리 잊힌다는 데 있다. 따라서 장이지의 시에서 주체는 분열되어 있지 않다. 그가 겪는 혼란이나 우리가 느끼는 낯섦은 오히려 처음부터 조화나 화합이 불가능한 주체와 세계의 만남에 원인이 있다. 세계가 미동도 않으므로 주체가 이 어긋남을 감내해야 할 뿐이다.

이런 의미에서 시집 끝 'Link'의 설명에서 주목할 단어는 '플랫'이다. 이것이 영화 '매트릭스'의 설정과 닿아 있다는 점은 누구나 추론할 수 있는 바이다. 이 연작과 함께 눈에 띄는 작품들은 '유령'이 부제로 달린 시편들이다. 요컨대 플랫인 세계와 그곳을 부유하며 떠도는 유령이 장이지의 이번 시집이 던지는 화두라고 하겠다. 굳이 불교적 세계관을 참조하지 않더라도 이미 예시한 영화가 보여 주었듯이 이 둘은 가상일지 모른다. 그러나 그렇게 믿는다고 하더라도, 유령인 한에서 우리는 이 세계를 탈주할 수 없다. 유일한 방법이 있지만 이 가상은 때때로 너무도 아름다워서 우리를 놓아주지 않는다. 그래서 택하는 차선책이 아마도 사이버공간으로의 망명일 것이다. 여기 '권태'를 달래는 또 하나의 가상이 있다.

갑자기 정전이 된 강의실. 멀리서 뇌성이 들려온다. 문학이 왜 사라져서는 안 되느냐고 한 남학생이 묻고 있다. 술 냄새를 풍기고 있다.

적의 해머 공격에 당했다. (중략) 철갑 블레이드를 꺼내 적을 향해 날린다. 해머를 들었던 팔이 날아간다. 한쪽 팔을 잃은 채로 적은 쇄도한다. 순식간에 디아블로의 팔이 무시무시한 창으로 바뀌면서 적의 동체를 양단할 준비를 한다. 어디선가 "해 버렸다!"라는 종잡을 수 없는 말이 들려왔다.

—「최소한의 사랑」 부분

두 장면이 나열된 시이다. 뉘어 쓴 부분은 문학 수업 시간의 곤혹스러운 일화이다. 학생은 자신에게 던지던 질문의 대답을 선생에게서 구한다. 그에게서 나는 술 냄새는 고민의 열도를 반영하지만, 인용 부분 마지막이 보여 주듯이 선생은 술자리 대신 PC방에 앉았다. 그곳이 선생의 궁지인 셈이다. 물론 시의 제목은 대답을 제시하고 있다. 그러나 처음 문학판에 들려고 기울였던 노력에 비하면 자신의 답변은 터무니없이 궁색하기만 하다. 문학은 고작 그것을 위해 존재하는 것인가. 그렇다. 겨우 그 정도이다. 2연의 희화화된 도입은 문학이 할 수 있는 게 사실상 그렇게 많지 않다는 사실을 주체가 상기하고 있음을 일러 준다. 그리고 그보다 나은 대답을 찾기란 난감한 일이 되어 버렸다. 하지만 장이지의 답변이 세상과 사람에 대한 "최소한의 사랑"의 마지노선이라면 어떨까.

이를테면 주체가 조종하는 것은 '디아블로(Diablo)'라는 캐릭터이다. 스페인어로 악마라는 뜻이다. 그는 가상의 적과 싸우기 위해 악마를 참칭했다. 반면 1990년대 후반에 나왔던 동명의 게임은 다음과 같은 시나리오로 끝난다. 디아블로를 죽인 주인공은 악마의 이마에 박힌 영혼석을 뽑아낸다. 이것이 악의 결정체이다. 그리고 이것을 자신의 이마에 꽂는다. 이로써 그 자신이 디아블로, 곧 악의 숙주가 되고 만다. 게이머들을 경악시킨 장면이었다. 악은 이처럼 끈질기며 악착같다. 이러한 상황이 게임에만 한정된 걸까. 그럴 리 없다. 지금도 곳곳에서 그것은 우리를 유혹하고 있으니 말이다. 이 시의 주체처럼 하다못해 위악이라도 떨어야 버틸 수 있는 곳이 우리가 사는 세계가 아닐까. 만약 그렇다면 주체가 행하는 게임들은 권태로울망정 그가 자신의 사명을 지킬 수 있는 작은 위안이 된다.

그러나 이 세계에서의 삶이 가상이라고 해도 거기에서 벗어날 수 없으므로, 이러한 위안은 자주 본질을 왜곡한다는 데 유의해야 한다. 가상을 견디기 위해 또 다른 가상에 몰입한 이들을 만나기 위해 굳이 PC방을 찾아갈 필요가 없는 시대라면, 차라리 "무료함은 나의 친구"임을 인정하는 편이 나을 수도 있다(「전전」). 이럴 때 가상에는 현실의 중력이 작용할 수 있을 것이다. 이 점에서 장이지 시의 주체가 행하는 게임과 그 안의 언어에 내재된 허황함은 현실로부터 도피한 이들의 현주소를 풍자한 것이기도 하다. "입에서 단내가 나지 않으면 하루가 끝나지 않고" 그만큼 "하잘것없다"고 자조할 수밖에 없는 '중년'(「미인」). 그것을 지나는 사람들이 바라보아야 할 이들은 고개 든 바로 앞에 있다. 무엇보다 먼저 직면해야 할 것은 자신의 얼굴이리라. "두 개의 거울에 나를 비춰 보면서/나는 나의 자리를 서서히 찾아간다." 「두 개의 장소」는 자기 응시로부터 비롯되는 이 시대 중년의 더딘 성장담을 담고 있다. 그렇게 "서툰 어른"으로서(「중경삼림」), 우리가 가졌던 "선량한 얼굴"을 다시 떠올려야 이 시대의 가상은 가상(嘉尙)이 될 터이다.

2. 새로운 슬기―황혜경의 『나는 적극적으로 과거가 된다』

목차에 있는 몇 편의 제목뿐만 아니라 여러 시에서 확인할 수 있는 바와 같이, 황혜경은 언어 자체에 몰두하는 시인이다. 그의 시가 시시로 현실과 멀어지는 경향을 보이며, 동시에 그것으로부터 이격된 자의 정서로 채워져 있는 이유는 다른 데 있지 않다. 기실 쓰고 또 읽는 일이 생활이 되어 그것을 반복하는 것은 스스로를 닫아거는 일과 같다. 하니 그곳에서 울려 나오는 목소리란 텅 빈 독백이라는 인상을 주기 마련이다. 허나 이처럼 폐소(閉所)에 스스로를 유폐한 이는 황혜경 시의 주체만이라고 할 수는 없다. 사람들 사이의 관계가 물화된 이후, 이러한 주체들의 존재는 잘 알려져 있다. 일테면 저 많은 SNS는 한편으로는 관계에의 열망으로 들끓는 자위의 방편이 아니던가. 그러니 거기를 채우는 것은 주체 자신이 아니다. 연출된 행복의 순간과 그것을 즐기는 듯한 환상이다.

실제의 발화에서 출발하지 않은, 이미지에 기댄 문자. 실재가 아닌, 이미지에 기반한 이미지. SNS에 염증을 느낀다면 이 때문이다. SNS에 들끓는 관계에의 갈망들은 충족될 수 없다. 이유는 단순하다. 그것들이 현실에서 충족된 적이 없으며, 시도된 적도 없는 까닭에서다. 말하자면 네트워크는 시공간의 경계를 허물지만, 가까이 있는 이들과의 시공간도 동일한 지평으로 전환시킨다. 그러므로 물화된 관계를 바로잡기 위해서는 실재로서의 현실과 그것을 반영하는 언어에 대한 성찰을 통한 시공간과 주체의 재정립이 필요하다고 하겠다. 황혜경 시에서 인용되는 영화나 연극들은 가상이지만, 실재를 가장하지 않는다. 곧 허구임을 자인한다. 다른 모든 시와 같이 황혜경 시의 주체 역시 그렇게 보아야 한다. 그는 "옹기종기 간격을 좁히고 앉고 싶은 지금 끼리끼리의 중심으로 가고 있는" 우리를 대리하는 자이다(「끼리끼리」).

> 눈을 한번 떴는데 순식간에 꼬물꼬물 아이들을 낳고
> 이루어지는 가정들을 본다
> 곤경은 외경의 불빛을 기웃거린다
>
> 호모사피엔스는 꼿꼿해야 할 의무를 지녔는데 집에 가고 싶은데 갈
> 수가 없어 싫은데 슬기롭고도 싶은데
>
> 어떤 시간이 완전한 과거가 되는 때는 언제인가
>
> —「갱생」 부분

> 이르고 도달해 나를 다 즈려밟고 지나가야 할 길
> 누구에 의해서든 압축되어 버려질 나는 아름답다

사람을 위한 과일이라기보다는 새들을 위한 열매인 듯

하늘 바로 밑에 나무 꼭대기에 매달린 노란 모과를 보았을 때

주인인 줄 알고 살았던 나의 생에

객으로 초대받는 느낌이었다고 고백하면서

불러 줘서 고맙다고 인사하면서

또, 나를 믿어 주는 사람들로부터 체온을 나눠 받는 혹한이다

—「버려질 나는 아름답다」 부분

앞 시의 주체는 가정을 가지지 못했다. 이것이 '곤경'이라면, 그것을 이룬 이들에 대해 그가 가지는 감정은 '외경'이다. 가정을 꾸려 나가는 이들은 이처럼 공경을 받아 마땅한 지위에 올라 버렸다. 해서 그들을 마주하는 일은 두려우며 급기야 자신을 위축시키고 마는 결과를 초래한다. 주체가 호모사피엔스로서 "꼿꼿해야 할 의무"를 지키지 못하는 연유이다. 그럼에도 그는 "기웃거린다". 그에게는 '집'이 없고 관계가 없는 탓이다. 이런 사실은 '슬기-사람'으로서 살지 못하는 자신의 현재가 "완전한 과거"가 되길 바라게 하지만, 그것이 여의치 않다는 것을 주체는 잘 알고 있다. 더구나 그 바람이 가짜임은 그의 태도에서 전해진다. 시의 마지막은 "걷다가 다른 것이 되고 싶었다"이다. 그렇다면 주체가 사람으로서 슬기롭지 못한 삶을 사는 까닭은 무엇인가. 답은 뻔하다. 원인은 슬기의 부재에 있지 않다.

뒤의 시는 "핏줄들도 버리려고 할 때"로 시작된다. 비유이든 아니든 시간은 핏줄과의 거리를 만든다. 앞의 시에서와 같이 그들은 자신의 혈육을 낳기 때문이다. 그런데 주체의 결론은 뜻밖이다. 그렇게 버려지고 말 자신이 '아름답다'고 주장하니 말이다. 어찌된 일일까. 주체는 버려짐을 자연스러운 현상으로 이해한다. 세상에 '주인'

이 아니고 '객'으로 왔다는 인식이 작용한 결과이다. 한겨울 모과나무에 남은 열매가 시사하듯이 인간은 새들처럼 또 나무처럼 이 세상의 손님이라는 것이다. 그러므로 삶으로 "불러 줘서 고맙다"는 생각이 가능해지는 것이다. 핏줄들도 예외는 아니다. 그들도 주체와 조금 가까운 관계로 왔을 뿐이다. 고로 이 가까움이 생의 나머지를 결정할 수는 없다. 사이가 변하여 버려지거나 버릴 수 있는 것 또한 피할 수 없는 사람의 일인 탓이다. 그만큼 우리 앞에 놓인 시간은 지극스레 길기도 하다.

따라서 "나를 믿어 주는 사람들"과 체온을 나누는 일은 세계의 '혹한'을 견디는 한 방법이다. 이것이 이 시대의 새로운 슬기라면 어떨까. 하루하루 그들과 만들어 갈 관계를 황혜경은 '맹(盟)'이라는 한자로 도시한다. '日·月'의 축적 속에 어느 순간 '血'이 바닥에 깔리는 형태로 말이다. 마치 혈맹처럼 엮이는 사람들의 관계가 만들어 내는 또 다른 핏줄은 우리네 삶을 새롭게 변화시켜 줄 것이라고 그의 시는 믿고 싶어 한다. 그의 의도를 용이히 전달하기 위해서 구두점을 병기하면 이렇다. "거듭나다, 거듭나기 위하여. 거듭나다, 피의 약속으로"(「맹」). 이렇게 세상에 원만하게, 즉 잘 적응하지 못한 자들에 대한 긍정과 그들을 향해 손을 내미는 대목은 다른 시에서도 등장한다. 예를 들면 "나는 나의 전체를 지체시키는 것들 속에서 전진한다"거나(「두루두루」), "굴러갈 것이다 앞으로든 뒤로든" 등이겠다(「궤도」). "그렇게 주동사(主動詞)가 될 수 있을까"라고 자문하는 황혜경 시의 주체는 선언처럼 '적극적으로' 과거를 만들고자 한다. 어쨌든 최선을 다해 오늘을 살아야 한다는 주장이다.

학자들은 한국에 신자유주의가 본격적으로 도입된 시점을 1997

년의 IMF 구제금융이라고 못 박는다. 하지만 우루과이 라운드(1993)와 WTO의 설립(1995)에 이은 것이었으므로 1990년대는 내내 신자유주의로 가는 길목이었다고 하겠다. X세대 이후 최근의 N포세대까지 악화일로에 놓인 우리 삶의 기원이 거기에 있는 것이다. 세계시적으로는 1980년대 이후의 일이며, "월가를 점거하라(Occupy Wall Street)"는 구호와 시위로도 자본의 농성은 계속되고 있다. "우선 의식주를 얻도록 노력하라. 그러면 신의 왕국은 스스로 열릴 것이다.(Seek for food and clothing first, then the Kingdom of God shall be added unto you.)" 헤겔의 발언이다. 그의 첫 문장이 의심받는 것은 이 땅의 불행이다. 그럼에도 장이지와 황혜경의 시는 아니 시는 "최소한의 사랑"으로라도 '주동사'가 되어야 한다고 우리를 위무하고 있다. 이것이 시가 가진 여러 얼굴들 중에서 가장 "선량한 얼굴"이겠다.

(2018)